GZC 高校主题出版
GAOXIAO ZHUTI CHUBAN

大国工程

赵忆宁 著

中国人民大学出版社
·北京·

序　记录强国时代的大国工程

胡鞍钢*

一、何谓“大国工程”

所谓“大国工程”，是人类认识世界、改造世界、并对人类命运产生深远影响的精神实践和物质实践的统一，这就至少需要包含三个基本特征，即时间上的延续性、空间上的跨度性和福祉上的广泛性。

“大国工程”，从历史角度来讲，就是经受住时间洗礼，可持续、可验证的人类实践活动；从现实角度来讲，是解决人类发展面临的重大问题的实践活动；从未来角度来讲，则是涉及人群最广，并将泽被后世的实践活动，是“前人栽树、后人乘凉”的代际工程。

从中国历史上看，每个兴盛时代都会建造大国工程，惠及后人。在秦国强盛时代，建造了都江堰工程（约公元前256—前251年），它历经两千多年风采依旧，惠及成都平原；京杭大运河开掘于春秋时期，完成于隋朝，繁荣于唐宋，取直于元代，疏通于明清，它是世界上里程最长、工程最大的古代运河，也是最古老的运河之一。

从新中国历史上看，在长江上修建的第一座公路、铁路两用桥——武汉长江大桥，是中国第一个五年计划标志性的大国工程，是苏联援助中国156个重大项目之一，其设计寿命100年，至2017年已使用了60年，惠

* 清华大学国情研究院院长，清华大学文科资深教授。

及长江两岸，诚如毛泽东在《水调歌头·游泳》这首词中所言："一桥飞架南北，天堑变通途。"1960—1968 年期间我国建造了南京长江大桥，这是由中国自行设计和建造的双层式铁路、公路两用桥。至今长江大桥已有 68 座，大大促进了中国南北方的经济一体化，创造了巨大的经济社会效益。

改革开放以来，中国进入经济起飞时代，也进入工业化、城市化、基础设施现代化加速阶段，自行设计和建造了一大批标志性的大国工程，如长江三峡水电站（1994—2009 年建设），这是世界上规模最大的水电站和清洁能源生产基地，至 2017 年 3 月累计发电超过 1 万亿千瓦时，仅减排二氧化碳就超 8 亿吨。

二、中国进入大国工程时代

只有世界大国才有大国工程，只有大国工程才能是世界工程，只有世界工程才能称世纪工程。

进入 21 世纪，中国进行前瞻性全国大布局，建设更大规模的大国工程，大力振兴我国重大装备制造业，使之成为工业化、现代化建设的发动机，重点建设一大批关系全局与未来的重大项目，尤其是水利、交通、通信、能源、环保、生态等基础性设施工程。国家"十一五"规划安排了 15 类 134 个重大项目，其中包括民用飞机等项目；国家"十二五"规划安排了 20 类 142 个重大项目，其中包括港珠澳大桥、特高压跨区域输电通道等项目；国家"十三五"规划安排了 23 类 165 个重大项目，其中包括加快大型飞机研制，建设智能电网、能源互联网等项目，特别是建成全国高速铁路网，预计 2020 年营业里程达到 3 万公里，覆盖 80%以上的大城市，使我国综合交通基础设施总体达到世界水平。

这些大国工程几乎都是代表世界先进水平的杰作，已经创造出难以估量的经济效益和社会效益。仅以高速铁路为例，2008 年中国高速铁路营业里程为 672 公里，仅占铁路营业里程的 0.8%，占铁路客运量的 0.5%；到 2017 年底中国高速铁路营业里程已经达到 2.5 万公里，占铁路营业里程的 19.7%；截至 2017 年 9 月 30 日，中国高铁动车组累计发送旅客突破

70 亿人次，高铁动车组已成为国人旅行的主要交通工具，这极大地显示了高铁的正外部性和溢出效应，如为旅客节约了难以计算的时间成本，从根本上改变了内陆地区的区位劣势，加速了人流、物流、信息流的交换速度，促进了区域经济一体化、全国经济一体化等。从经济学的视角来看，建设这些标志性的大国工程，尽管工程的设计者、建设者都付出了极大代价和艰辛劳动，但其符合公共投资长期边际成本趋于零的规律，功在当代，惠及后世。

中国高铁革命的意义早已超过美国的铁路革命，当时美国总人口不足 1 亿人，而今天中国总人口已近 14 亿人。如果说美国的铁路革命是美国成为世界强国的重要标志，那么中国的高铁革命则是中国进入世界强国时代的重要标志。

三、中国进入全面创新时代

我们有幸见证前所未有的伟大科技创新时代。我和我的研究团队对科技实力的宏观研究表明：2000 年中国科技实力（核心指标包括：投入指标，即研发支出；产出指标，如本国居民发明专利申请量和科学论文发表数）占世界比重为 3.99%，美国比重（25.63%）是中国的 6.42 倍；2010 年中国的比重上升至 15.78%，与美国比重（22.64%）的相对差距已经缩小，美国是中国的 1.44 倍；2015 年中国比重上升至 24.17%，美国的比重则下降至 19.66%。从科技实力上看，进入新世纪后，中国仅用 15 年的时间就实现了对美国的赶超。从世界科技前沿来看，中国在加速追赶美国等发达国家，在高速铁路、特高压输电、巨型跨海大桥等重大工程方面取得了重大突破，不仅在国内打造大国工程，而且已经开始走向世界。

这充分体现了两种中国独特的创新机制：一是自下而上的基于市场机制的市场创新、科技微创新，反映在企业对研发的直接投入和发明专利“双增长”；二是自上而下的基于国家科技发展战略需求的重大工程创新，举全国之力办全国大事，反映在国家重大工程和项目数“双增长”。两者不是对立的而是统一的，不是相互排斥的而是相互补充的，不是相反的而是同向同行的。这也解释了为什么中国不仅在科技实力上会超过美国，而且在重大工程上也会超过美国。中国步入世界科技强国之列的速度远超人们的预想。

世界强国需要大国工程，大国工程又是世界强国的重要标志。美国曾是如此，才有了太平洋铁路工程（1869 年建成）、胡佛水坝（1936 年建成）、旧金山金门大桥（1937 年建成），它们至今还在发挥效益。当今的中国更是如此，且正在全面超过美国。特别需要指出的是，根据国家“十三五”规划，到 2020 年，中国将力争在基础研究、应用研究和战略前沿领域取得重大突破。中国还会建设和创造令世人瞩目的大国工程、世界工程、世纪工程，继续创造人间奇迹。

四、记录中国如何走向强国时代

我们有机会记录前所未有的伟大时代，即中国进入世界强国的时代。不同的人有不同的视角，就会有不同的记录，但本质上还是一致的，都是以中国为对象、以中国为中心、以中国为主题，书写不同的中国好故事。

何谓中国好记者？一是中国实践的记录者，真实记录当代中国的重大事件，第一线报道中国重大创新、重大工程，及时反映人民创新、国家创新；二是中国声音的传播者，讲好精彩的中国故事，彰显中国力量。

本书作者作为一名职业记者，深入第一线调研采访，真实记录了中国企业管理者、工程师、技术员、工人如何创造大国工程奇迹，全面反映了中国两种创新是如何同向同行的。可谓“不入虎穴，焉得虎子”。不经过深入细致的调查研究，就不能了解真实情况；不下功夫深入思考分析，就不能获得真知；不经过艰苦的反复打磨润色，就不能留下真正有价值的中国记录；不动真情就写不出有温度、有品质的作品，更不可能打动读者。

本书作者已经撰写和出版了若干有关中国与世界的专题著作，为了解中国、观察中国、分析中国留下了宝贵的文字资料，深受广大读者的欢迎。我本人就是一名忠实读者。这些著作提供了第一线的重要采访报道和第一手的重要数据资料，也从微观视角透视了中国是如何走向强国时代的，为被采访者和读者之间架起了沟通和交流的信息桥梁，为中国和世界架起了知识桥梁，更为当下和未来之间架起了历史连接的桥梁。这正是本书的价值所在。

2018 年 1 月

目　录

第一章　中国大飞机：21 世纪的一号工程

引言

2015 年 11 月 2 日，中国自主研制的 C919 大型客机首架机从中国商用飞机有限责任公司（简称中国商飞）总装下线。中国梦圆大飞机，向世界传递出一个信号：世界第二大经济体迅猛发展的航空业正在创造并与世界分享发展机会。毫无疑问，这是一个见证历史的重大时刻，当天，除了有 3 000 多人参加的隆重仪式外，各家媒体均以重要版面报道了这一事件。在当天所有的报道中，《21 世纪经济报道》的这组报道以富有历史感、采访深入而受到其他媒体的

2015 年 11 月 2 日 C919 大型客机总装下线仪式

肯定。时任中国商飞企业文化部部长魏应彪（现为上海飞机制造有限公司董事长、党委书记）对其他媒体讲，“《21世纪经济报道》为这组专题报道准备了一年”。

为了报道C919大飞机，我从2014年11月开始准备，过程中曾三次前往中国商飞上海总部。我登上一架白色涂装的飞机，它就是1980年首飞的运-10，它静静地停在中国商飞上海飞机制造厂的草坪上。飞机前的石碑上镌刻着四个字——“永不放弃”。从1970年运-10立项到今天，所有的遗憾与挫折、不屈与奋起、成功与自豪，都凝结在这四个字里。我坐在运-10飞机驾驶舱的那一刻，要给读者一个全视角的中国大飞机报道的想法更加坚定。

在C919下线这组专题中，共有七位访谈对象，每一篇访谈都是经过精心构思的。国家大型飞机重大专项专家咨询委员会委员吴兴世曾参与过运-10项目，在接受专访时，他用亲身经历讲述了40多年来，中国对发展大飞机的艰难探索与实践过程。C919项目常务副总设计师陈迎春针对C919“是欧美进口配件组装货”之说，旗帜鲜明地给出“C919飞机自主创新有五个标志”的结论。特别是对北京大学政府管理学院路风教授的访谈，字字句句震撼人心，至今我还记得整个访谈结尾时他说的那句话：C919下线，这一天是有重要纪念意义的，它标志着中国高端制造业的一个历史性突破，也同时标志着中国工业发展从沉溺于低端经济活动开始奋起向高端爬升。

C919大型客机试飞成功

2017年5月5日，C919在众人的见证下试飞成功。那几天我正在珠海见证港珠澳大桥沉管隧道最终接头的沉放。我虽然没在C919试飞现场，但是当C919冲上云霄的那一刻，我已经是泪流满面。回望C919，成功的背后，怎一个艰辛了得？从设立项目到首次起飞，历时10年。为了此次首飞，C919已完成118个试验项目，经过了低滑、中滑、高滑在内的21次滑行试验，2017年3月通过了专家技术评审，4月又通过了放飞评审，才有了这天的首飞。

中国终于有了自己的大飞机，国际民用航空市场出现了新的竞争者。C919订单仍在不断刷新。截止到2017年12月，中国C919大飞机订单已达785架。从此我们可以为中国民用大飞机骄傲，如同为中国的高铁骄傲！

中国大飞机准备起飞　为制造强国而战*

为实现中国大飞机的梦想，C919 和我们一起等待了近半个世纪。为了造出大飞机，中国一次次地尝试、探索，历经几番浮沉。从中国自主研发运-10 的下马，到为外国民机制造商组装，乃至一次次联合设计的无果而终，中国大飞机忍受着累累的伤痕与不甘，背负着几代人的遗憾，但最终国人将其变成了勇气和力量的源泉。“世界工厂”终于给自己一个交代，有了自主制造的大飞机。

中国大飞机 C919 即将揭开面纱

此时，在中国商飞总装制造中心浦东基地，人们正在为 C919 代号

C919 在中国商飞总装制造中心浦东基地总装中

---

* 本文原载 2015 年 11 月 2 日的《21 世纪经济报道》，标题为收入本书时所加。

101架机进行最后的“梳妆”。进入2015年6月，C919进入安装机载系统阶段，具体包括安装发动机、飞控系统、起落架等。当四周等待安装的部件完成并进行测试和安全检查后，C919安静地在那里等待。

航空制造业：中国制造的短板

2014年，李克强总理给中国工程院的院士们讲了个故事，某外国政要向他推销本国飞机，将一款同类飞机模型作为礼物赠给了他。当他接过模型翻过来看时，底部赫然写着“Made in China”——中国制造！他说：“模型是我们制造的，飞机却是他们卖的。你们想想，我们要造多少飞机模型才能换他们的一架飞机？我越想这买卖越不划算呀！”“中国经济要向中高端跃升，靠什么？靠创新。这是中国发展的根本出路。”

半个多世纪以来，中国制造业发生了历史性的巨变，中国已经取代美国，成为世界头号工业制造国，结束了美国长达一个多世纪工业国领袖的历史。根据世界银行数据，2010年中国制造业增加值占世界比重为16.9%，而2014年这一数字上升到25%，在四年间提高了8个百分点。**今日的中国，工业品产量居世界第一位的已超过220多种，制造业净出口位列世界第一，工业产值与制造业产值已经分别是美国的1.23倍和1.4倍。**在220多项工业产品制造业中，有众多耀眼的数据：

- 汽车产量超过世界总产量的25%；
- 船舶产量占世界总量的41.9%；
- 工程机械产量占世界总产量的43%；
- 计算机产量占世界总产量的68%；
- 手机产量超过世界总产量的70%；
- 彩电产量占世界总产量的50%；
- 冰箱产量占世界总产量的65%；
- 空调产量占世界总产量的80%；

…………

中国已经实现载人航天器太空对接和蛟龙入海；我们生产了世界一半以上的钢铁；2014年发电量占世界总量的22%，跃居世界第一；截至

2017 年底中国高速铁路营业里程已经达 2.5 万公里，稳居世界首位；目前每年新装备的战斗机、军舰、坦克数量均居世界第一位。但是，我们却不能生产大型民用飞机！

直到目前，洲际大型民用飞机市场还是波音和空中客车的天下。为何在世界诸多工业强国和经济体中，只有俄罗斯、美国和欧盟国家三大经济体能够制造民用大型飞机？一组对比数字给出问题的答案。

据经济合作与发展组织（OECD）数据，2014 年美国航空航天产业占 GDP 比重为 0.73%，占美国出口额的 7.82%；而中国航空航天产业仅占 GDP 的 0.05%，占中国出口额的 0.22%（见表 1-1）。而《中国工业统计年鉴 2015》的数据显示，2014 年中国航空、航天器及设备制造工业销售产值为 2 667.94 亿元，占 GDP 的 0.45%；出口额为 271.15 亿元，占出口总额的 0.21%。

表 1-1　中美两国航空航天产业占出口和经济总量比重（2003—2014 年）

	2003年	2004年	2005年	2006年	2007年	2008年	2009年	2010年	2011年	2012年	2013年	2014年
占商品出口比重（%）												
美国	7.00	6.78	7.16	8.03	8.32	7.21	7.99	6.31	6.00	6.84	7.40	7.82
中国	0.13	0.13	0.14	0.18	0.16	0.17	0.15	0.15	0.16	0.15	0.17	0.22
占GDP比重（%）												
美国	0.44	0.45	0.49	0.59	0.65	0.63	0.58	0.54	0.57	0.65	0.70	0.73
中国	0.03	0.04	0.05	0.07	0.05	0.05	0.04	0.04	0.04	0.04	0.04	0.05

资料来源：OECD 数据库。

2014 年我国装备制造业产值突破 20 万亿元人民币，中国制造产业正在从低端向中高端进军的路上，为何唯独航空航天工业发展如此滞后？这源于该产业与传统钢铁、汽车等产业发展模式的不同。航空制造业被公认为是一个技术水平与技术壁垒最高的产业，同时具有高技术附加值与低劳动密集度的特征，经过百年的行业发展，生存下来的均为资金规模和技术储备极强的大型公司或者工业集团。

过去的 30 年，中国在大手笔购买飞机的同时，输送给波音与空客公司的美元无以计数。从波音 737 到空客 A380，每架飞机的目录价格都在 5 000万美元～2.95 亿美元之间。到 2014 年年底，中国几大航空公司总计引进了 1 500 多架波音飞机；截至 2014 年 10 月，空客在中国现役的飞机有 1 080 架。2015 年，中国又订购 45 架空客 A330 系列飞机；2015 年 9 月与波音公司签署 300 架单通道飞机和宽体飞机的确认与承诺订单。中国成为从波音和空客两家购买均超过 1 000 架飞机的最大市场之一，中国排位飞机购买市场的世界第三，位于美国和欧盟之后，是波音和空客在本土以外最大的买家。波音和空客的生存状况相当程度上由亚洲市场决定，特别是中国市场。

在这场航空制造业的较量游戏中，中国要么勇敢地进入两大制造商长期垄断的市场，要么将花更多的钱购买飞机。根据空客公司预测，未来 20 年，中国新增飞机总数为 5 363 架，其中包括单通道飞机 3 567 架、双通道飞机1 477架、超大型飞机 319 架。据波音的估算，未来的 20 年里，中国的航空公司还需购买 2 300 架共价值 2 000 亿美元的飞机。两大航空公司笃定，中国将会成为远程飞机和支线飞机的最大买家。一架 1.5 亿美元的波音 747，给波音公司带来的利润是 3 000 万美元。

高层强音：中国制造自己的大飞机

2014 年 5 月，习近平总书记来到中国商飞，作为国家最高领导人，第一次明确作出中国制造大飞机的最坚定决策，他说："我们要做一个强国，就一定要把装备制造业搞上去，把大飞机搞上去，起带动作用、标志性作用。**中国是最大的飞机市场，过去有人说造不如买、买不如租，这个逻辑要倒过来，要花更多资金来研发、制造自己的大飞机！**"

国际民用飞机圈内做市场分析的人一直关注中国经济走势，尤其关注中国与美国、欧盟关系的动态，因为两者都与飞机的订单数量和价格相关。在两大航空巨头看来，中国决定买谁家的飞机有时出于市场与商业的考虑，但经常把购买飞机作为平衡国际关系与贸易逆差的筹码。中国决定自己制造单通道飞机，对它们无疑是最坏的结果。

每当中国推进自己的大飞机（包括运输机）制造，西方媒体就冷嘲热讽。1999 年中国推出的新舟 60（MA60）50 座级双发涡桨支线客机，被西方媒体贬低形容为“极其危险”。运-12 也没有逃过类似的嘲讽，他们甚至给这款飞机起名“死亡陷阱”。C919 更是遭到贬损，航空业内最有影响力的美国《航空周刊》刊载文章称，“中国商飞工程师、中层经理人和管理者根本没有商用飞机的制造经验”，断言“几乎看不到中国商飞会将其中程商用飞机 C919 送上天的希望”。对中国声称在 8 年内要制造出像波音 737 那种飞机，该文章的作者说，“在北京首都国际机场登上 C919 飞往成都或上海，我不相信我能活到那一天”。

两大巨头对 C919 格外关注，其相关重要人士很早就猜测到，中国早晚都会自己制造大飞机。虽然研制一个新型号的飞机费用巨大，但这个决策来自于中国最高层，最终就一定会执行，并很可能取得成功。他们还认为，只有国家意志代表组成的集团（指中国商飞）才能够创造成功，这才是他们最为看重的。

当中国《国家中长期科学和技术发展规划纲要（2006—2020 年）》发布，大飞机项目成为 16 个重大专项之一时，这些相关重要人士深知，C919 已经不仅仅是一型飞机，它的背后是中国长远战略利益考量——中国不仅希望能够成为被国际认可的第二大经济体，还希望国际社会认可它是科技创新的引擎。要想做到这一点，中国需要证明自己拥有国产化任何工业产品的能力，尤其是大飞机，它关乎的是一个国家的荣誉。波音公司前首席执行官说：“我不认为中国有克服不了的技术障碍，他们已经两次将宇航员送到太空，而且一些世界上最好的空气动力学家就是中国人。”这型飞机将展现中国在科技创新上的雄心。

就这样，C919 在质疑与猜测声中启程。来自中国商飞的信息表明，它决心成为大型民用客机世界第三大制造商，从 C919 命名就可以看出它要和空客、波音一道成为世界飞机市场 ABC（“A”“B”“C”三大巨头）的意志，“A”来自于空客（Airbus）英文首字母，“B”来自于波音（Boeing）英文首字母，“C”来自于中国（China）和制造商中国商飞（COMAC）英文首字母。C919 是中国继运-10 后自主设计的第二款大型民用飞机，对全球民用航空飞机制造业而言，它并不是填补中型、窄体客机研发的空白，而是分享细分市场中增长性最大的机型市场。

“黄皮白心”：是自主研发吗?

C919 项目的定位是“自主研制、国际合作、国际标准”。国内一些人质疑 C919 是“黄皮白心”，说中国只是自己设计了图纸和做了个机壳，机载关键系统包括发动机、航电系统都是采购别国的，并得出结论：C919 明明是“组装货”而吹嘘成“自主研发”，其与运-8、运-10 相比没有任何值得自豪之处。而实际情况并非如此。

我们从“皮”说起。机体包括机头、机身、机翼和机尾几大部分，其中机翼部件被英国飞机制造商称为“飞机的灵魂”，正是飞机的机翼决定了飞机的起飞重量、飞机的运营效率和经济性。如果说以前波音、空客在生产商务客机机翼方面的对手是俄罗斯与日本，那么，现在又增加了中国这个对手。

C919 常务副总设计师、中国商飞科技委常委陈迎春介绍：“飞机性能的两个决定性因素是空气动力升阻比（空气动力效率）和飞机的重量，在设计阶段我们的目标是 C919 机翼的重量控制要超越波音的水平，而空气动力效率要达到空客的水平。”中国飞机空气动力学专业领域顶尖的 100 名专家组成的团队，为 C919 共设计了 500 多副翼型，目前用在 C919-101 上的机翼是经过数轮结构测试优中选优的翼型，经过欧美多个国家的风洞试验，得到国际同行们高度评价，其升阻比、巡航特性、失速特性等几项重要指标均超越同类机型。

为了减轻重量降低油耗，C919 在 600 项零件中使用了复合材料，如铝锂合金，复合材料使用量占飞机结构重量的 20%，机翼使用的复合材料——钛合金占到 10%左右，而同类机型（波音 737 和空客 A320）占比远远低于 C919（见图 1-1）。C919 从机头、机翼到机尾、发动机，在设计上都费尽心思。

2006 年当我访问波音公司时，波音民用飞机集团副总裁卡罗琳·科维（Carolyn Corvi）介绍说：波音飞机有 65%左右的零部件都是在波音公司所在地以外的地方采购的，波音 777 和波音 767 的整个机身是在日本不同的工厂制造的，有的发动机是在法国制造的，大部分飞行操纵系统、前

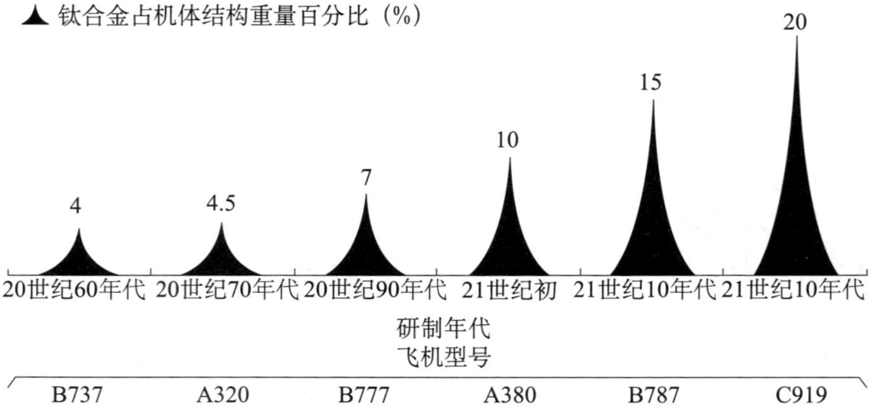

图 1-1　民用飞机复合材料使用比例的比较

缘装置、电气和液压系统是在北美生产的。这就是当下飞机制造业主流的“主制造商-供应模式”（简称“主供模式”），以此分摊项目研制费用和风险。

她还告诉我，一架完整的波音 747 飞机，要由 450 万个零部件紧密地组合而成，把各个零部件在同一时间从世界各地集中到一起并拼成飞行器，这比让飞机飞行更加困难。如果人人都可以把买来的部件组装并让它飞起来，全球大飞机市场就不会只有两大巨头了。她特别强调说：**波音的核心竞争力是什么？就是我们具备集成的能力，包括将技术、设计和“主供模式”创新融为一体，这才是波音具备但别人很难仿制而不能照搬的东西。**

中国商飞也采用了“主供模式”。客观地说，中国商飞与波音采取“主供模式”有本质的差异，波音有能力自己生产全部配件，而中国商飞并未掌握大多数机载设备的技术，这正是我们的差距所在。波音在 2016 年迎来了 100 周年华诞，至 2017 年空客也已有 47 年的历史，而到 2017 年中国商飞才仅仅 9 岁。波音和空客这两家飞机制造公司从没有像中国商飞一样，为一个型号飞机的研制成立过 16 家合资公司，而中国商飞成立合资公司的目的就是加快学习和尽早实现民用大飞机国产化。

C919 的 101 架机全部机载设备包括发动机、航电系统、飞控系统及起落架等，采购合同额为 1 700 万美元，即便这些都是进口的，与 5 000 万美元的整机售价相比，就不算什么了。这些部件的总价和飞机整机的价格相比孰大孰小，高下立判。我们之前有过程控交换机的案例，中国人自主研制出 HJD04 机，就改变了“七国八制”的局面，瓜分中国市场的国际厂商再也不能高价兜售，进口程控交换机的价格从每线 250 美元直线降到每线 5 美元，进口替代效应直接反应在价格的变化上。我们要给中国商飞和 C919 时间！

对此，参与大飞机专项论证、并对决策产生重要影响的北京大学路风教授对记者说：运-10 的下马，不仅仅是扔掉了一架飞机，根本性的损失是中国从此丧失了民用客机产品研发平台。其结果是，中国的技术能力与美国、欧洲的技术能力差距在过去 20 年间越拉越大。这种不断拉大的差距实际上造成了中国再进入民机领域时所遇到的不断抬高的门槛。中国的大飞机项目是几代人争取来的，其中包括运-10 那一代人的奉献与牺牲。因此，中国商飞不仅要做成一个在商业上成功的公司，更重要的是承担了一个民族的重托。就算我们现在与先进水平有几十年的差距，但如果坚持做 200 年，那这几十年的差距就不算什么了。

后发制人：两大竞争对手率先换“心”

业界一般认为，大型民用飞机的制造最好有 3～4 家生产商参与，这样才对运营商们更加有利。**但处于垄断地位的波音和空客，并不希望出现第三家竞争对手。中国 C919 的出现，事实上使波音和空客的部分“蛋糕”落到中国商飞的“盘子”里，而航空工业是欧美两大经济体的重要基石，对这一行业的任何挑战都被认为是挑衅。**反击行动来的比我们所预料的要早。

2010 年，C919 样机于珠海航展首次亮相。波音和空客两大飞机制造公司的专家看到 C919 的设计远远超过波音 737 和空客 A320 时吓了一跳，他们看到 C919 的机型在很多方面优于波音 737 和空客 A320。比如，C919 机载新一代发动机 LEAP-X1C，机身使用复合材料，将比波音 737 和空客 A320 更具有优势，特别是飞机减重 14%、减阻 5%、减噪 10 分贝、污染排放物减少 50%、油耗下降12%～15%。

之后，两家公司立即做出反应，在很短的时间内为这两款老机型更换发动机，而且波音选的是与 C919 相同的发动机。业内专家向记者透露，波音和空客不换机身和机翼是因为沉没成本太高，如果同时换发动机、机身和机翼，大概需要 100 亿美元，那时它们拿不出这个钱。2010 年 12 月空客宣布花费 10 亿美元为空客 A320 更换 LEAP-X1C 发动机，空客 A320 的航程增加到 950 公里，节省燃油 15%。中国大飞机的前瞻性设计成为两家公司换发动机的重要推动力量。

2011 年 8 月 31 日，波音公司宣布，将为波音 737 飞机配备燃油效率更高的新型发动机 LEAP-1B，这款发动机是 CFM 所生产，CFM 是 GE 航空集团和法国赛峰集团的合资公司。配备新引擎的波音 737 飞机被命名为“737MAX”，取自英文单词 maximum，意为最优化。737 MAX 比波音 737 原有机型的燃油效率高 12%。波音承诺，737 MAX 飞机将于 2017 年开始交付。

几乎同时，空中客车公司推出了 A320neo 飞机（neo 是英文 new engine option 的缩写，即新发动机选项），A320neo 系列飞机是现有 A320 系列飞机的改进机型，装配新型高效发动机和鲨鳍小翼。到 2020 年，空客 A320neo 系列飞机的单座燃油效率将比现有 A320 系列提升 20%。2014 年 9 月 25 日，A320neo 飞机顺利完成首飞，并计划于 2015 年开始交付。

客观地说，两家航空公司更换发动机并非一时兴起。波音和空客早就做出判断，下一个竞争激烈的市场将是单通道飞机市场，也都在分别规划建造新的飞机以取代现有的机型——波音 737 和空客 A320，并计划把许多新技术使用在波音 737 和空客 A320 上。很长时间以来，两家都在关注竞争对手——巴西航空公司和加拿大的庞巴迪公司，看它们是否会开发载客量 125 座以上的机型。这如同参与龙舟比赛一样，领先者总是担心临近的船会超越自己。出乎意料的是，中国商飞横空出世，因为单通道飞机市场增长份额大多数来自中国的需求。

在飞机制造行业中，一笔订单就有可能左右一个飞机制造商在某一领域的销售，所以业界公司在订单的获取上竞争非常激烈。一家航空公司购买三四架飞机的意向订单就能导致空客和波音进行你死我活的斗争。而 C919 在没有下线的时候，就已经陆续获得了 517 架飞机的承诺与确定订单。之前有“波音画张图纸就能把飞机卖出去”的说法，而今，一个新进入者——中国商飞正在创造新的传奇。

当下，波音的伦顿（Renton）工厂正在大兴土木扩建总装厂，其计划到 2018 年将目前每月生产 42 架波音 737 飞机提高到每月生产 52 架，未来有可能会进一步提高生产能力，达到每月生产 60 架飞机。而空客也扩大了对空客 A320 的生产能力，计划到 2016 年从目前每月生产 42 架飞机提高到每月生产 46 架。波音 737 MAX 此前已经收到了 2 724 份订单，而空客 A320 已经收到了 2 934 份订单。

吉姆·麦克纳尼（Jim McNerney），这位波音公司董事长于 2015 年 9 月 24 日向《华尔街日报》表示，“中国制造商要想在飞机制造业进行全球竞争，还有几十年的差距需要追赶”。他说得或许没错，但是，中国这个竞争对手已经开始让对手坐卧不安。

十年为期：迈入航空制造业强国行列

民用航空制造业是我国改革开放以来为数不多的没有与国民经济同步发展的产业。一般来讲，一个产业占到 GDP 的四个百分点即可称为支柱产业。对于一个制造大国，中国民用航空制造业甚至都谈不上是重要产业，也谈不上是新的经济增长点。

为什么如此？我国民用航空制造业的现状，决定了规模扩张的道路非常艰难。其一，民用航空制造业无法通过规模效应带动地方经济发展，在省级层面基本没有调动投入的可能性。面对年产销量均超过 2 200 万辆的中国汽车市场，一家大型汽车企业的引入能够带来几十万辆汽车的产销量、数百亿产值及几十万人的就业机会。而现有民用航空制造企业产值较小，一个年交付量为 450 架飞机的飞机制造企业，产值约为 150 亿元，吸纳就业人数约为 1 万人。其二，在航空制造业的现有生产模式下，相关企业的利润率较低。根据国内一家相关大型组装出口企业的经营经验，年毛利率仅为 2%，对地方税收的贡献率也比较低。所以这些年来，除了航空工业自身的投资外，很少出现地方投资。

但是，如果从国家的角度审视航空工业的发展，就会发现，航空工业具有产业链条长、辐射面宽、连带效应强的特点。对此，日本曾对 500 余项技术扩散案例作过一次分析，发现 60%的技术源于航空工业。根据日本统计的数据，按照产品单位重量创造的价值来计算，航空产品是各种交通运输产品中附加值最高的，若船舶的附加值系数为 1，则小汽车为 9，大型飞机为 800，航空发动机为 1 400。航空产业覆盖机械、电子、材料、冶金、仪器仪表、化工等几乎所有的工业门类，涉及空气动力学、人机工程学、系统工程学、项目管理等数百种学科，所以发展航空工业能够带动提高整个国家的高端工业和制造业水平（见图 1-2）。

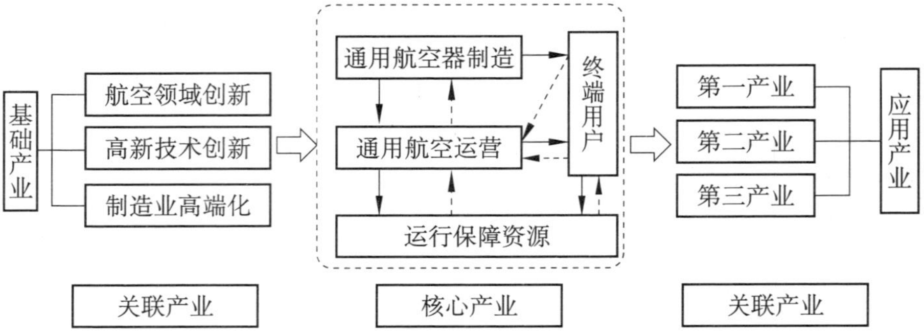

图 1-2 航空产业链

正是由于航空制造业的产业特点，只有中央政府下决心并高投入，才能将航空制造业提升到超过汽车工业、船舶工业和工程机械业的重要位置，而民用航空器的制造正是中国部署创新产业链的龙头。**“给我们十年”，《中国制造 2025》报告发出明确的信息，力争用十年时间使中国从制造大国迈入制造强国的行列，重点任务之一就是“围绕产业链部署创新链，围绕创新链配置资源链”。**

首批国产 ARJ21 飞机计划 2015 年底交付成都航空，这是我国自行研制的中、短航程新型涡扇支线飞机；而今 C919 即将下线，正在准备首飞。未来还有更大的惊喜，据俄罗斯媒体报道，目前中国商飞正在与俄罗斯合作研制宽体客机，这款能与波音 787 和空客 A350 媲美的飞机，有望在下一个十年实现首飞。

再过 20 年，中国民用航空制造业或将实现历史性的跨越，中国大飞机翱翔天际的日子并不遥远。

国家发展中国大飞机的四次决策*

——专访国家大型飞机重大专项专家咨询委员会委员吴兴世

吴兴世

2008年至今，C919大型客机项目的实施，全面落实中央的战略性重大决策，开始显现“自主研制大型飞机，发展有市场竞争力的航空产业，对于转变经济增长方式、带动科学技术发展、增强国家综合实力和国际竞争力，加快现代化步伐”的成效。

“C919大型客机下线，使我们向实现让中国的大飞机翱翔蓝天又迈出了重要的一大步。”吴兴世告诉《21世纪经济报道》记者。

吴兴世曾参与中国第一架大型喷气式客机运-10的研制，也是新型涡扇支线飞机ARJ21研制的首任总设计师；曾在中国空气动力研究与发展中心、中国直升机设计研究所工作；1972年后在上海飞机设计研究所历任设计员、研究室副主任、副所长、所长兼总设计师。

大飞机承载几代人梦想

赵忆宁：从运-10研制开始，在40多年的时间里，中国对“选择什么样的大飞机发展道路”进行了多次艰难的探索和实践，直到2007年大飞机正式立项才基本上取得了共识。中国为什么要研制自己的大型民用飞机？我们走过了一条怎样的道路？

---

* 本文原载2015年11月2日的《21世纪经济报道》。

吴兴世：中国发展大型民用飞机，承载着几代中国人的梦想，得到历代党和国家领导人的高度重视和大力推动，走过了40多年的曲折历程。在40多年里，从1970年立项研制运-10开始，到2007年党中央、国务院决定实行航空工业体制改革，立项研制我国大型客机C919之前，党中央、国务院曾先后四次做过关于发展中国大型民用飞机的重大决策。

中央第一次决策是立项研制中国第一架大型喷气式客机运-10。最早提出研制大型民用飞机的党和国家领导人是周恩来总理。早在1969年，周总理就提出在轰-6飞机基础上研制我国喷气式客机。

1970年7月中旬，毛泽东主席视察上海时指出：上海的工业基础这么好，可以搞飞机嘛。空军航空工业领导小组立即向三机部传达了毛主席这一指示，要求三机部与上海市联系。三机部起初准备将研制中的歼-12飞机交上海生产，上海市则提出要研制大型客机，作为周总理等国家领导人出国访问的专机。

就上海市的要求，空军航空工业领导小组于1970年7月26日向军委国防工业领导小组提交《关于上海、广州地区制造飞机问题的请示》。7月30日，军委国防工业领导小组原则同意空军航空工业领导小组的请示，并上报国务院。经周恩来总理批准，国家计委、军委国防工业领导小组于1970年8月27日联合批复，原则同意上海市试制生产运输机的报告，并

上海大场机场草坪上矗立着“永不放弃”的雕像

纳入国家计划，试制生产所需技术资料、试制费、原材料及计划下达等，均由三机部统一归口。任务定名为“708 工程”，飞机代号运-10。

1972 年 1 月中央军委副主席叶剑英主持军委办公会，听取关于“708 工程”和运-10飞机设计方案的汇报，批准了运-10 研制团队不唯上、不唯书、不盲目跟风，经过深入论证采用后掠机翼下吊挂涡扇发动机短舱布局的运-10 设计方案。这个方案在当时并非多数同类飞机所选，今天已成为主流的高亚声速大型民用飞机布局。

1973 年 6 月，国务院、中央军委决定在上海组建大型客机设计院并将空军第 5703 工厂划归上海市领导，两者分别是今天中国商飞上海飞机设计研究院和上海飞机制造有限公司的前身。

当时在“举国体制”下，中央统一部署，从全国相关单位调集了 600 多名工程技术人员，他们与上海市和全国协作单位的工人、技术人员和管理人员一道，于 1975 年完成了全部运-10 设计图纸；1976 年完成静力试验飞机制造；1978 年实现运-10 全机静力破坏试验一次通过；1980 年 6 月完成飞行试验机制造，8 月完成操纵、液压、燃油、航电网络四大系统模拟试验。1980 年 9 月 26 日上午，中国独立自主研发、拥有完全自主知识产权的第一架大型远程喷气式客机运-10，在上海大场机场首飞成功，实现了一次意义深远的攀登。

运-10 被搁置的三个原因

赵忆宁：关于运-10的下马有多种说法，大多数人归结为就是差3 000万元研制费。

吴兴世：1980 年运-10 在上海首飞之后，曾经飞到北京、哈尔滨、广州、合肥、昆明、乌鲁木齐、成都和拉萨，进行了系统的航线科研试飞，并七次飞越喜马拉雅山进藏为西藏自治区运送急需物资，总共飞抵过全国九大城市。运-10 飞到 1983 年时已经得不到经费支持，到 1985 年“无米下锅”，只能停飞了。

当时确实申请过 3 000 万经费支持，但我认为 3 000 万投入能否落实还不是主要问题所在。从 1970 年 8 月中央下达任务到 1985 年 2 月飞机停飞，运-10 研制前后历时 15 年，其间还成功完成了与它配套的涡扇-8 发动机研制及大量台架试验和 200 小时飞行试验。国家总投资 5.377 亿元，其中研制费 3.34 亿元，基本建设费 1.747 亿元，上海市提供流动资金 0.29 亿元。这样的费效比在我国航空工业史上是比较高的。而西方研制一架相同级别的大型客机（不含研制发动机）的费用一般是 15 亿～20 亿美元。

我认为运-10 研制被搁置，有三个方面的深层次原因：

第一，当时对中国发展大型民用飞机以及大型民用飞机产业的重要意义（即必要性）和正确途径的认识深度和共识广度都不到位。

40 多年来，围绕着要不要研制中国的大型民机；坚持自主创新，研制有自主知识产权的中国大型民机，还是通过国际合作，生产国外开发的先进大型民机；先研制大型民机还是支线飞机；先研制大型民机还是大型军用运输机，等等，长期争议不断。

今天，“自主研制大型飞机，发展有市场竞争力的航空产业，对于转变经济增长方式、带动科学技术发展、增强国家综合实力和国际竞争力，加快现代化步伐，具有重大意义”已经深入人心，成为推动我们努力奋斗，实现中国梦的一大组成部分，也成为推动中国的大飞机翱翔蓝天的强大动力。

人的正确思想只能从实践中来。达成这一不到 100 个字就能表达的“五大意义”共识并成功付诸实践，我们花了 40 多年！

第二，当时对于制约中国航空工业长远健康发展，也阻碍坚持运-10 飞机研制，并继而面向市场夺取商业成功、实现大型民机产业化发展的，在航空工业体制与运行机制方面存在的问题，尚无通过改革创新解决的举措，甚至可以说，对航空工业体制改革、机制创新的必要性和正确途径，理性认识不够。

第三，当时对于局部利益和全局利益、眼前利益和长远利益两对常见的利益矛盾，把握得不是很好。

我认为上述原因是发展中国大型民用飞机产业举步维艰的根本症结所在。运-10 总计设计师马凤山（1990 年去世，时年 61 岁）对运-10 研制有一个评价：“像一个没有来得及排练就被历史推上舞台的剧组，成功地演出了一台大戏威武的第一幕。”这一评价既反映了来之不易的坚持自主创新的业绩，又显现了这位运-10 之父心中的几多悲壮，几多无奈。

1988年，吴兴世（左一）陪同运-10总设计师马凤山（右一）接待来访外宾

赵忆宁：人们谈到运-10常常说是下马，您为什么说是被搁置呢？

吴兴世：运-10研制立项、实施“708工程”是经周恩来总理批准，由当时国家计委和军委国防工业领导小组联合发出“中央红头文件”批复的。前面已经说过的深层次原因，造成表面上运-10研制工程因必要的资源保障难以为继被迫中断，但是至今没有任何人找到过反映任何上级主管部门作出的停止运-10飞机研制的决定并明确要求下级执行的正式会议纪要或者发出的正式文件，更谈不上找到反映中央作出停止运-10研制正式决定的“中央红头文件”了。所以，我十分赞同在国家组织大型飞机方案论证期间，中央领导明确的“运-10飞机研制被搁置”的提法。

三次艰难的决策历程

赵忆宁：运-10被搁置以后，我国大型民用飞机产业处于什么样的状态？

吴兴世：我们不妨回顾一下运-10研制被搁置后，国家发展我国大型民机和大型民机产业三次决策的历程，还原历史本来的面目。

1980年10月，邓小平同志在中央政治局扩大会议上指出，国内航线的飞机，要考虑自己制造。1982年2月，他又进一步指示，国内航线使用民用飞机，由国内自己制造要作为国策定下来。

1984—2000 年中国航空工业实施了美国麦道公司 150 座级大型民用飞机产品 MD-80 合作生产和 MD-90 国产化的中美干线飞机合作项目，取得 FAA 生产许可证延伸，共向国内外客户交付 37 架飞机，其中 5 架出口到美国，国产化率基本达到了 70%。

该项目提高了我国民用飞机工业的制造能力、技术水平和管理水平，但没有产品的知识产权，不能自主面向全球市场生产销售，只有在“亚产品”层面进行“国产化”型的技术学习，而不是如同运-10 研制在产品层面进行自主型学习，这使得作为全球大型民机产业的新手必不可少的技术学习效果受到明显局限。该项目因 1997 年波音公司兼并麦道公司后撤销 MD-80/90 飞机生产线而被迫终止。

在此期间，中国航空工业若干核心企业开始承接波音公司（含麦道）和空客公司的大型民用飞机产品部件转包生产并延续至今，规模不断扩大，水平持续提高。

鉴于市场对大型民机的旺盛需求和自主研制大型民机的重大意义，1986 年 8 月，著名航空教育家、西北工业大学原校长季文美，北京航空学院（现为北京航空航天大学）原院长沈元，南京航空学院（现为南京航空航天大学）原副院长张阿舟和航空工业部飞机局原局长胡溪涛联名上书邓小平同志，建议立即着手研制我国的 150 座干线（大型）客机。邓小平同志随即批转当时党和国家的主要领导同志。1986 年 12 月，国务院 125 次常务会作出通过国际合作走与国外合作生产的道路，消化吸收国外技术发展我国 150 座干线飞机的决定。这是运-10 研制被搁置后，我国在国家层面发展大型民机的第二次决策。

中国航空工业为执行国务院决定进行了艰苦的努力，但未能取得预期成果，该项研制最终转化为 MD-90 国产化中美干线飞机合作项目，并于 2000 年终止。

1991 年 1 月 31 日，邓小平同志视察上海航空工业公司，听取公司负责人汇报，参观铆装和总装车间，指出：飞机制造业也是国民经济的带头工业，是很有发展前途的。闭关自守不行。

1993 年 10 月下旬，针对单纯与国外合作生产大型民机难以发展我国大型民机和大型民机产业的问题，国务委员宋健受总理、副总理委托，以国务院名义在上海召开了研制干线飞机会议。11 月 29 日，国务院又专门对此下发了由总理、副总理批准的会议纪要，明确要求“要下决心，不失时机地研制我国自己的、掌握知识产权和总体设计技术的 150 座级以上的干线飞机，力争 2000 年前后搞出样机并取得国内适航证”。这是运-10 研制被搁置后，我国在国家层面对发展大型民机和大型民机产业作出的第三次决策。

自 1993 年底起，中国航空工业寻求实施通过国际技术合作研制生产 100 座中型客机的项目，得到国务院批准，曾与韩国航空企业、波音、新加坡航空企业、空客等合作对象商谈。波音、韩国航空企业、新加坡航空企业先后退出，1998 年因空客无意合作，以巨额技术转让费相挟，国家决定终止该项目。基本由于与前面谈到的造成运-10 研制被搁置的同样的三大原因，国家第三次决策在实施中无果而终。

直到新世纪我国大型飞机重大专项立项前，尽管国内大型民用飞机市场容量迅猛扩张到举世瞩目的规模，中国航空工业在转包生产国外先进大型民用飞机部件和与国外企业合作生产或总装先进大型民用飞机方面也达到相当高的水平，但由于中断了面向市场研制生产中国有自主知识产权的大型民用飞机的实践，我国大型民用飞机主流产业技术体系、技术能力体系的建设和主流生产经营模式的形成过程在整体上处于停滞状态。

这三次中央决策及其落实、实施的过程，确实是在我国经济发展和社会进步的大风大浪中“摸着石头过河”的艰难历程。人的正确认识从实践中来，它使我们深刻认识到，高举自主创新、牢牢掌握知识产权、践行“以客户为中心，寓自身增值于客户增值之中”价值观的大旗，坚持一以贯之、锲而不舍的实践，是中国大型民用飞机和大型民用飞机产业取得长足发展的“生命线”。

面向市场的“三条金光大道”

赵忆宁：为了找到一条适合我们的大飞机之路，我们走了40多年，最高决策者对发展我国大型民机和大型民机产业前后作出四次决策，翱翔蓝天确实是几代人的梦想。

吴兴世：运-10 飞机首飞成功，标志着我国跨上了发展大型民用飞机必经的台阶，进入了大型民机产业继续发展“三条金光大道”的入口。

我们创建了大型民机产品开发平台，组建和培养、锻炼了我国专门从事大型民机设计、制造和管理的队伍，为后续发展打下重要基础；在产品研发和技术进步互动中，实现了与形成自主知识产权密不可分的集成创新能力的一次飞跃。

运-10 研制不幸被搁置，使我们失去了一次实现我国大型民机和大型民机产业发展的大好机遇。美国正是在成功研产波音 707 和道格拉斯 DC-8以后，沿着“三条金光大道”登上了大型飞机工业霸主宝座，取得了巨大的经济效益和社会效益：第一，继续向大型化、远程化喷气式客机发展；第二，发展载运能力强、经济性好的中短程和长程喷气式客机；第三，直接改型发展预警机、加油机、电子侦察机、空中指挥机等军用特种飞机。2008 年 2 月 29 日，美国国防部宣布采购 179 架由空客 A330 改进的 KC-30（现已更名为 KC-45A）加油机，合同总额达到 400 亿美元，这是近几年来五角大楼最大的一份合同。

空客公司也在“三条金光大道”上飞速前进。欧洲空客公司从研制 A300 飞机起步，沿着“三条金光大道”继续发展，终于在 2004 年的市场销售额上超过了波音公司，成为商用飞机制造行业的新霸。

我国研制运-10 飞机只比空客起步晚三年，同样登上了这个发展大型飞机必经的阶梯。20 世纪 80 年代初，运-10 研制队伍就提出了发展运-10 飞机远程型、双发中短程型和预警机等军用特种飞机的系列化发展技术方案，并进行了总体方案论证和风洞试验。

我国航空工业业内外人士普遍认为，如果运-10 研制没有被搁置，发展中国大型飞机的历史将会改写。因为此后我国自主研制大中型喷气式客机的一系列努力得以起步或取得阶段性的成功，客观上都是在我国航空工业通过研制运-10 实现的技术跨越和此后相关的继续发展建立起来的基础上实现的。这就是西方国家对我国研制运-10 飞机给予了极大的“特殊”关注的真正原因所在。

在运-10 首飞成功后，路透社发表评论：“在得到这种高度的技术后，再也不能视中国为一个落后的国家了。”波音公司一位副总裁参观运-10 飞机后说：“对于如何研制大型喷气式运输机，你们已经毕业了，我们只不过比你们早毕业而已。”美国道格拉斯飞机公司一位副总裁看了飞机之后说：“你们航空工业一下子赶上来了 15 年。”

引领产业发展

赵忆宁：从产业的角度看，大型民用飞机工业被认为是现代工业皇冠上的一颗明珠。

吴兴世：所以，2007 年中央做出了自主研制大型飞机，发展有市场竞争力的航空产业的战略性决策，我国出现了一个大型民机产业发展的全新的大好局面。大型民用飞机产业有力响应来自市场的呼唤，以不断提供升级换代的先进产品加服务创造巨大效益。大型民用飞机产业以其在以下三个方面的举足轻重的地位，被世界上多个国家或地区精心培育、大力发展：第一，发展大型民机产业能显著带动国民经济增长；第二，发展大型民机产业对科学技术发展有巨大牵引作用；第三，发展大型民机产业能夯实保障国家安全的基础。这就是大型民用飞机工业被认为是现代工业皇冠上的一颗明珠的由来。

自 2008 年以来，C919 大型客机项目的实施，全面落实中央的战略性重大决策，开始显现“自主研制大型飞机，发展有市场竞争力的航空产业，对于转变经济增长方式、带动科学技术发展、增强国家综合实力和国际竞争力，加快现代化步伐”的成效。C919 大型客机下线使我们向实现让中国的大飞机翱翔蓝天又迈出了重要的一大步。

大型民机产业以大型民机产业主体企业为核心和存在标志，包含价值链中专门从事民机业务的企业。大型民机产业是航空工业发展到一定阶段的必然，是航空工业中可以独立产业化发展的重要组成部分，存在于工业化和经济发展到一定水平后的大国或多个国家联合体，如美国、欧盟、俄罗斯、中国。中国商飞就是这样一个具备三大特征（专业从事大型民机整机市场开发、研制生产和客户服务，掌控完整价值链，向用户提供大型民机产品和服务），拥有五项“特权”（市场开发的自主权、包含产品创意的所有权和产品构型的控制权在内的自主知识产权、供应商选择和工作分工的决定权、产品集成和交付的唯一权、产品销售和服务的排他权），处于

“唯一”地位（目前在一个国家或多国联合体只有一个大型民机产业主体企业，例如波音公司、空客公司、俄罗斯联合航空制造集团公司和中国商飞公司，体现大型民机产业范围经济性，旨在实现效益最大化）的大型民机产业主体企业。

赵忆宁：实际上中央给中国商飞的定位，一个是实施我国大型客机项目，一个是统筹干线飞机（大型民用飞机）和支线飞机发展，中国商飞怎样才能兼顾两者呢？

吴兴世：国家要求我们以中国商飞公司产品和企业长足、快速、跨越式的发展，引领我国大型民用飞机产业和相关产业的发展。这种引领作用的火车头是长足、快速的发展带来的“增量”，而不是既有的“存量”。国内发展大型民用飞机和大型民用飞机产业的现状，可以用“蓄势多年，需求强劲；基础俱备，突破坚冰；开局良好，任重道远”这 24 个字来概括。中国商飞公司在继 ARJ21 和 C919 交付市场后的十年左右将形成比较完整的包括大型远程宽体客机在内的大型民用飞机产品链，并在产品开发和技术进步的互动中，对外不断产出升级换代的大型民机产品和提供优良服务，对内实现包含技术能力在内的企业核心能力的增强，在生产经营实践中实现企业长足的发展。

这次我们终于干成了：C919 飞机自主创新有五个标志*

——专访 C919 项目常务副总设计师陈迎春

陈迎春

据中国商飞大型客机 C919 项目常务副总设计师陈迎春介绍，C919 飞机自主创新有五个标志：第一，飞机的总体方案自定；第二，气动外形由中国自主设计、自己试验完成；第三，飞机的机体从设计、计算、试验到制造全是中国自己做的；第四，系统集成由中国自己完成；第五，中国自己的特色管理。

陈迎春毕业于西北工业大学飞机系空气动力学专业，1983 年进入中国航空工业第一飞机设计研究院工作，曾参与和主持了“飞豹”、MPC-75、AE100、ARJ21、C919 等多种型号的军用、民用飞机的研制和国际合作。2008 年中国商飞成立后，陈迎春担任 C919 项目常务副总设计师，兼任 C929 宽体客机总设计师。

“举全国之力”研制大飞机

赵忆宁：中央下决心实施大飞机专项，最重要的原则是设计并制造出具有自主知识产权和国际竞争力的大飞机。C919大飞机的研制设计首先从哪里开始？

---

* 本文原载 2015 年 11 月 2 日的《21 世纪经济报道》，收入本书时标题有改动。

陈迎春：2008 年 5 月中国商飞公司成立，揭开了中国人自己的大型客机的研制序幕。中国商飞是一家新公司，技术力量主要来自上海飞机设计研究院（之前的 640 所），并没有多少设计人员。中央决策的时候已经明确，要“举全国之力”研制大飞机。所以在初始阶段，从全国 12 个省市的 40 多家单位召集了将近 500 名设计人员，在上海成立了大型客机联合工程队。

2008 年 7 月，中国大飞机项目启动，首先要做的是可行性研究和初步技术方案论证。我们的设计分两步走。第一步是做初步技术方案设计，也叫联合概念设计。要大致描述大飞机的轮廓，确定飞机装多少人、装多少货、飞多远、飞机的尺寸、装什么样的发动机与系统，确定发动机的量级、电源的功率等，筛选供应商。初步方案设计用了半年时间。

2009 年开始第二步，做系统联合定义设计。这个阶段主要是向供应商描述我们将制造一个什么样的大飞机，就像我们做衣服，要向裁缝描述颜色、尺寸一样，告诉它们发动机和系统的要求等。与此同时进行的是，我们自己开始做气动、结构强度和系统方案初步设计，通过仿真计算分析、制作模型、做风洞试验和结构强度试验等，逐步确定飞机的气动外形和结构。这个阶段也叫初步设计。这两个方面是同步进行的。我们原来计划使用两年时间完成系统联合定义（初步设计），而实际上用了三年时间。

所以直到 2011 年 12 月，飞机设计才通过评审，2012 年初开始进入到详细设计阶段。

概括说，飞机设计要经过总体方案设计、初步设计、详细设计三个阶段，然后进入生产制造和试验试飞阶段。目前大型客机就要下线了，后面还要进行系统的安装测试，地面试验完成后，再进行空中飞行试验。

解密一段曲折的历史

赵忆宁：您之前的工作是设计歼击轰炸机，从什么时候开始进入民用飞机设计领域？

陈迎春：是 1988 年。1987 年，联邦德国主要的航空企业梅塞施密特-伯尔科-布洛姆公司（Messerschmitt-Bölkow-Blohm，MBB）提出与中国合作研制代号 MPC-75 中型喷气式支线客机。当时这家公司还没有加入空客，正处于犹豫状态，后来其决定与中国合作，双方组建了合资公司，目标是合作研制 MPC-75。MPC-75 性能相当先进，有座位 70～80 个。当年 4 月，双方在汉诺威展览会上联合展出了这架飞机模型，向全世界公布了这一消息。

我国自运-10 下马后一直希望再次进入喷气式客机制造领域，能有这样的合作机会当然很高兴。所以自 1988 年底，中方前后派出了几百名技术骨干前往联邦德国。我是 1988 年底第一批被派到联邦德国学习和工作的，我们这一代的很多飞机设计师都曾经参与这个项目，包括 C919 总设计师吴光辉。

这个项目从 1987 年开始，一直持续到 1991 年，我在那里工作了一年，这是我从军机设计转向民机设计的开始。在 MBB 的工作，是我第一次接触民机设计，很遗憾这个项目没有进行下去。

1991 年中国与美国麦克唐纳-道格拉斯飞机制造公司（McDonnell-Douglas Corporation）合作，在上海建立了 MD-82 飞机的组装厂，当时把更多的精力放到了组装生产上。

赵忆宁：但是 MD-82 飞机项目因美国麦道公司破产而彻底告吹。

陈迎春：我 1989 年回到中国继续从事军机研制，直到 1995 年又遇到一次参与民机研制的机会。这一年中国与波音合作，是由美国、中国、日本、韩国四国合作的飞机设计项目。那时欧洲的空客崭露头角，亚洲的中国、日本、韩国都在思考同一个问题：美洲有波音，欧洲有空客，亚洲有什么？有人倡议亚洲国家联合起来搞一个喷气式客机“亚洲快车”AE100。但是亚洲没有联合体，中日、韩日之间关系复杂，联合设计飞机很难谈拢，所以才有了美国波音出面撮合，把三个国家的设计师请到了美国。

当时波音拿出 B737-600 的设计方案，并表示，你们不用再设计了，就把这款现成的设计改名成 AE100。如果这个方案成立，波音将用这款飞机占领整个亚洲市场，在亚洲彻底打败空客。

这件事在当时对中国而言可以说是一个重新进入航空制造领域的捷径，但是这个项目最终也没有做成。

此后，欧洲空客向中国抛出橄榄枝，让我们到他们那里合作设计飞机。我们派了一拨人到图卢兹工作两年，却并没有联合设计这回事，实质性的设计并不让中国人参与。

1999 年发生北约轰炸中国驻南斯拉夫联盟大使馆事件后，军机的发展进入快车道。直到 2002 年，国务院批准 ARJ21-700 飞机项目；2008 年 5 月，国家组建中国商飞公司，作为大型客机项目的实施主体。中国的大飞机之路一波三折。

赵忆宁：历史没有如果，我们曾经一次次地与成为航空工业大国的机会失之交臂。

陈迎春：我从大学毕业到现在已经 32 年，经历了国家航空制造大发展的时期，之前是军机大发展时期，现在是客机的大发展时期。我们为什么要发展民用机？根据《航空周刊》推算，2015 年到 2019 年，全世界（除中国外）战斗机的市场需求是 842 架，产值是 872 亿美元；而全世界（除中国外）客机市场需求量是 10 099 架，产值是 1.37 万亿美元，客机的产值大约是战斗机的 16 倍，巨大差距说明客机是现代航空的“主战场”。

中国航空市场客货运量现在已经是世界第二，我们需要客机。自己不搞就得买，除了花钱多之外，还要处处受制于人。我们有刻骨铭心的教训。

C919 完全是自主设计

赵忆宁：有一种观点认为，无论 ARJ21 还是 C919 都是系统集成，这可以称为自主创新吗？

陈迎春：系统集成本身就是集成创新。对于复杂的大型系统，如航电、飞控系统等，我们是拆成子系统让外国公司做，而系统的集成是我们自己做的。这虽然增加了难度，但对掌握技术是有帮助的，能为以后开发新型号积累经验。这就像到超市买速冻饺子，这次吃饱了，下次想吃时依旧不知道饺子怎么做，但是当你买来面粉、肉，再和了面、擀了皮，自己做了一遍后，就知道怎么包饺子了。研发 C919 相当于我们自己包了一次饺子，但是面、肉是到市场买的，我们自己既没有养猪、种菜，也没种小麦，道理就是这样。当然我们要通过C919项目带动国内“养猪、种菜、种小麦”的行业，避免被别人的“肉、菜、面”卡住而做不成我们自己的“饺子”，最终形成国内外合理布局、有序竞争的供应商体系。

赵忆宁：这是一种能力的获得。在全球资源配置的背景下，能力的获得比技术本身更重要。设计师在具体设计一架大型客机的时候首先要考虑的是什么？

陈迎春：初步方案设计应该是最关键的，要确定方向。比如：飞机布局是什么样的？所谓布局就是机翼、机身、尾翼、发动机、起落架这几大部件的相互关系。再一个是航程、座级基本的参数，先确定飞机尺寸、坐多少人以及飞多远，最后确定发动机的功率，用多少电。总设计师或者总体设计就是这样开始描述飞机的构思内容。就像我们盖房子，先要有个构思：房子要盖几层？盖个什么样式的？使用什么建材？这些大的构思很重要。

赵忆宁：对于技术路线，特别是自主研制的说法，国外研究机构有些质疑，它们举例说ARJ21机翼请乌克兰企业帮助设计，并揣测C919并非完全中国自主设计。

陈迎春：我负责ARJ21的气动设计，我们曾与乌克兰安东诺夫飞机制造公司签署了帮助评估的协议，另外也邀请过一些专家参加咨询，其中几个骨干现在都加入了中国商飞，但是ARJ21这款飞机是我们自己设计的，所以国外机构的说法并不准确。

在C919项目设计上，我们一分钱也没给外国人。我可以负责任地说，C919完全是自主设计。

参与C919设计研制的工程技术人员目前共有3 000多人，包括外国雇员300多人。比如当时做机翼设计时，我们集中了国内飞机气动专业顶尖的100名专家，组成8个队，设计了500多副翼型，在计算的基础上选了8副翼型进行风洞试验验证，从中选出4副进行机翼设计，再组成4个队，按照同一个目标和要求同时开工，拿出第一轮成果后相互评议。在总结4个方案设计的优点后合成一个更好的方案。在此基础上，再进行验证。最后才确定现在用在飞机上的这一副机翼。

这副机翼不仅在国内做试验，还运到欧洲（法国、德国、英国、意大利、荷兰）、美国做试验，所有试验的结果均显示，我们飞机的几项重要指标比竞争机型都好，比如升阻比、巡航特性、失速特性、噪声水平、结冰特性等。对此，国内外同行是高度认可的。

赵忆宁：自主设计或者自主知识产权、自主创新的标志是什么？

陈迎春：概括说，C919 飞机自主创新有五个标志：第一，这个飞机的总体方案是我们自己定的，没有任何外国人参与。第二，气动外形是我们自己设计、自己试验完成的。第三，飞机的机体，从设计、计算、试验到制造全是中国人自己做的，西安、沈阳、成都、哈尔滨、南昌等地的专业人员全都参与了。第四，系统集成是我们自己完成的。系统集成并不是意味着把国外的系统或者材料买回来就能变成飞机，否则如何解释全世界目前能进入客机研制领域的只有欧洲、美国、中国、俄罗斯、加拿大、巴西和日本等地区和国家？第五，我们搞的是中国自己的特色管理。我这里说的“自己”不仅是中国商飞，还包括国内各行各业为 C919 做出过贡献的人们，我们真正做到了“举全国之力”。

如何参与国际市场竞争？

赵忆宁：C919即将下线，一旦进入市场，竞争的型号是哪个？

陈迎春：C919 瞄准的竞争机型是波音 737 和空客 A320。C919 从设计角度来看，在几个方面具有优势，比如机身更宽，使用新一代发动机，选择了全电传操纵系统、最先进的综合化模块式航电系统，等等。

当 C919 样机 2010 年出现在珠海航展时，波音与空客这两大公司看到 C919 的设计超过波音 737 和空客 A320 就坐不住了。但那时波音与空客正处在困难时期，所以采取了折中的措施，空客决定为 A320 换一个与 C919 同样的发动机，后来波音也为波音 737 换了同样类型的发动机。但它们的机体还是老的，主要系统也没变。

C919 现在有 500 多架订单。我们最初的设想是希望占到6 000架新增飞机的 5%，现在已经突破 8%，超出预期了。C919 下线后这个数字还会增加。

赵忆宁：飞机型号的市场寿命取决于什么因素？

陈迎春：所有的飞机产品都是根据市场竞争来决定销售时间的长短。

我把几个型号的飞机分别叫“万岁机”和“千岁机”。“万岁机”是指一个型号的飞机可以卖到万架以上的，目前只有波音 737 和空客 A320 实现了销售万架以上；“千岁机”也不少，比如波音 747、波音 757、波音 767、波音 777 都卖到千架以上。而空客机型既有成功的也有失败的，早期 A300 销售了 500 多架，A330 也是“千岁机”，但是 A340 只卖了 200 多架就停产了。

C919 能在市场上存在多久，第一是与我们自己有关系，比如生存能力，即受客户欢迎程度。第二是与竞争对手有关系，比如波音 767 原本是一个很好的机型，但等 A330 一出来就被打败了，最后只能停产，甚至还有退货；而波音 787 面世，A330 就面临险境。两家航空公司都在有针对性地设计，用独有特性打败对手。

我们预判，C919 的优势将会保持很长时间。第一步先进入“千岁机”的行列，这就是一个成功。实现销售万架要用很长的时间，波音 737 从上世纪 60 年代一直卖到现在，每年平均销售 200 架左右。A320 的销售速度比波音 737 快，基本上每年销售 300 架，所以空客比波音在更短的时间内达到了这个数量。

赵忆宁：在发展大飞机的半个多世纪里，中国错过了很多机会，商飞未来如何与百年老店波音竞争？

陈迎春：波音的百年实际包括军机制造部分，重要的是看民机的发展。波音也就是上个世纪 60 年代开始研发民机，这是什么概念？波音研发民机时我们也开始着手了，1970 年我们的运-7 首飞上天，这是我国在苏联安-24 的基础上研制生产的双发涡轮螺旋桨中短程运输机。空客是在上世纪 70 年代才发展起来的，我们的运-10 项目也是上世纪 70 年代启动的，比空客只晚了三年。上世纪 80 年代巴西航空业起步，而我们在进行 MPC-75 合作开发。上世纪 90 年代加拿大的庞巴迪崛起，同期我们在做 AE100。

我们每一次机遇都赶上了，每一次都想大展拳脚，但是前面几次最后都没坚持下来。直到 2000 年俄罗斯航空工业搞 SSJ-100 的时候，中国的 ARJ21 起步，开始自主研制，目前马上就要交付航空公司运营。

航空制造业外的人很难体会我们的痛苦和忍耐，尽管如此，制造中国自己的大飞机的信念一直在，而这次我们终于成功了。这代中国航空人终

于迎来了一个充满希望的时代。现在国家有强大的经济实力，有较强的科学技术实力，中国正在由制造业大国变成制造业强国，这些都是支撑中国大飞机项目的基础。C919 让我们更加有信心，未来再把发动机和系统的短板补上，那时，我们一定会从航空大国变成航空强国。有了 ARJ21 和 C919 锻炼成长起来的队伍和形成的基础，我们在研制宽体客机的时候，一定会更快更好。

C919 订单预期 2030 年占全球市场 1/5*

——专访中国商飞市场营销部副部长党铁红

党铁红

国产大型客机 C919 即将下线，中国商飞市场营销部副部长党铁红告诉记者。截至 2017 年 12 月，C919 大型客机已经收获来自 21 家客户的 785 架订单。订单国内客户包括国航、东航、南航、海航等航空公司，以及工银租赁、建银租赁等航空租赁公司；国外客户包括美国通用电气商业航空服务公司（GECAS）和德国普仁航空（PuRen Airlines）等。

当前订单包括确认订单和意向订单

赵忆宁：目前大型客机 C919最大的客户是谁？欧美航空公司对 C919是否有购买意向？

党铁红：2015 年 6 月 15 日，在第 51 届巴黎国际航空航天博览会开幕当日，平安租赁与中国商飞公司签署 50 架 C919 大型客机购机意向协议。平安租赁成为 C919 大型客机第 19 家客户，也是目前 C919 大型客机的最大客户。

目前，爱尔兰的瑞安航空（Ryanair）、英国的英国航空（British Airways）等公司已经开始和我们接触。C919 大型客机为世界航空市场提供

* 本文原载 2015 年 11 月 2 日的《21 世纪经济报道》，收入本书时标题有改动。

了更多的选择品类。我们相信，C919 因其良好的性能将会受到更多客户包括欧美航空公司的青睐。

赵忆宁：有西方媒体揣测，订购 C919的国内航空公司以及航空租赁公司下订单是在政府授意下的行为。

党铁红：民用航空是一个国际化、市场化的行业，航空公司对航空产品的采购和使用也是一个市场化的选择过程，它们的主要目的是营利。C919 大型客机是完全按照国际标准研制的民机产品，其安全性、舒适性、经济性和环保性将为国内外航空公司提供新的产品选择，如果运营 C919 能为航空公司带来更大利益，它们肯定会自觉按照市场化逻辑进行选择。

赵忆宁：您介绍的这些购买者，本身就是中国商飞的利益关联者，比如银行的租赁公司，又比如美国通用电气（GE）也是 C919的供应商与合资方。

党铁红：你说的是事实。但是我认为，无论是国内的航空公司和租赁公司，还是美国 GECAS 等，第一，它们会做出自己的判断，一定会购买有竞争力的产品；第二，航空公司或者租赁公司采购飞机是综合性的考虑，首先考虑的是自身的发展战略，什么样的飞机与发展战略匹配，然后考虑产品的特性与经济性；第三是寻找战略伙伴，拓展某一个区域的市场。至于美国 GECAS，当然不排除寻找战略伙伴和拓展某一个区域市场的原因，但是我认为它更看重的一点是 C919 的产品竞争力。

赵忆宁：目前（截至2015年10月）已获得的517架 C919订单，是没有付定金的口头承诺，还是已经受法律条款约束？

党铁红：目前的订单中有的是确认订单，有的是意向订单，但对双方都有一定的约束，这也更加鞭策我们加快步伐，为客户提供安全、可靠、经济、环保的产品。

赵忆宁：C919即将下线，研发生产成本是否已经核算？目前销售的目录价是多少？

党铁红：C919 目前还在研制过程中，成本核算也在进行中。销售目录价格也将根据成本核算以及具体的商务谈判来决定。

预期 2030 年占全球市场 1/5

赵忆宁：在 C919进入市场之前，大型民用客机市场被波音、空客两家所垄断。C919投放市场后，将对市场带来什么影响？

党铁红：我们判断，初期的影响不会太大，空客、波音两家仍将处于绝对霸主地位。中国商飞更注重于把自己的产品做好，虽然我们有一个预期目标，比如分享多少市场份额，但这只是一个心理预期。我个人认为，在单通道飞机市场上，我们能够占到全球市场的 1/5 或者 1/6 就满足了。到 2030 年，全球市场的需求量可能是 2 万多架，如果实现 1/5 的目标，将是 4 000 架。

赵忆宁：一般来说，单通道客机订单在300架左右就可达到盈亏平衡点，即便将 C919的盈亏平衡点预计在500～600架订单，按照现有的订单量来看，销售情况已经非常好了。但是，空客和波音两家竞争已经很激烈，中国商飞突然抢走500多架飞机的订单，是否将进一步激化竞争态势？

党铁红：市场的商业竞争本身是激烈的，我相信人们都会关注这 500 架的订单。实际上每家公司更多的还是关注自己的产品，因为市场细分不同，有产品的差异性存在，市场销售与产品相辅相成，大家的关注点还是不一样的。

赵忆宁：关于市场的开发，C919 是如何考虑美国市场的开发，是否与美国的航空公司沟通过？当年的空客把自己的飞机卖到美国本土市场就是具有代表性的重要节点。

党铁红：C919 目前还没有拓展美国市场的计划，第一步的目标市场是亚洲及其周边地区，亚洲也是增长最快的一个市场。当然，如果有欧美客户愿意购买我们的产品，我们非常欢迎。首要的任务是制造出飞机，然后通过适航关才能把飞机交出去。C919 进入欧美市场，取得欧洲与美国航空管理局的适航证是前提。

赵忆宁：能否顺便透露一下 ARJ21的销售情况？

党铁红：目前，ARJ21-700 飞机已获得国内外 20 家用户的 300 多架订单，得到了市场充分的信任和认可。

赵忆宁：飞机是工业制造的皇冠产品，这对中国制造业意味着什么？

党铁红：中国近10年以来正在逐步改变出口产品结构。中国能够制造大飞机并出口大飞机是几代人的梦想，意义不仅仅是提高出口产品的附加价值，还包括改变我们国家的产业结构，此外，对实现“一带一路”沿线国家的互联互通也将会产生重大的影响。

“主供模式”：中国商飞与顶级供应商形成“生命共同体”*

——专访中国商飞张洪光处长、郭佳文处长

张洪光

郭佳文

C919 的设计及供应商管理基本理念是“中国设计并完成飞机级系统集成、面向全球招标，逐步提高国产化”。而在这一过程中，中国商飞采用了“主制造商-供应商”模式。

其中，根据国内供应商的研制能力，C919 机体部件主要由国内供应商承制，包括雷达罩、机头、机身、机翼等。对于发动机及主要机载系统，则要求国外供应商同国内相关企业开展合资或合作，以期提升国产比例，这样最终成立了 16 家合资企业，涉及航电、飞控、电源、燃油和液压系统等。

这样的模式对于中国商飞而言既有机遇也有挑战。中国商飞采购合同处处长张洪光、机载系统处处长郭佳文接受采访时，直面外界对“主供模

---

* 本文的删改版原载 2015 年 11 月 2 日的《21 世纪经济报道》。

式”的质疑，并还原了中国商飞作为主制造商在供应商选择、供应商管理等核心问题上的抉择。

16家合资企业　提升系统及产品研制能力

赵忆宁：民用航空“主制造商–供应商”模式来自波音与空客两家飞机制造商，而我们有研制运-10的历史记忆，但那时叫“联合攻关”，是国内配套单位大协作的方式，“主制造商–供应商”模式对我们来说是个较陌生的领域。

张洪光：其实无论汽车制造还是火车制造都存在“主供模式”，比如中国高铁，中车是主制造商，其周边有多家供应商。C919的设计及供应商管理基本理念是“中国设计并完成飞机级系统集成、面向全球招标，逐步提高国产化”。根据国内供应商的研制能力，C919机体部件主要由国内供应商承制，包括雷达罩、机头、机身、机翼等。对于发动机及主要机载系统，则要求国外供应商同国内相关企业开展合资或合作，以期提升国产比例，这样最终成立了16家合资企业，涉及航电、飞控、电源、燃油和液压系统等（C919的主要国际合作伙伴见表1–2）。

赵忆宁：有外国媒体报道，如果外资公司不同意成立合资企业，将无法拿到C919供应商入场券，是这样吗？

郭佳文：C919项目有带动产业发展的责任，这是国家交给我们的使命，所以在选择供应商之前就明确了要走合资合作的道路，这是选择供应商的必要条件。我们希望通过这种形式，最大限度地带动一批具有机载系统世界领先技术的供应商进入，并成立合资企业，以获得系统级产品研发、集成、生产装配和试验能力，并形成成套的批产能力和售后服务能力。如果供应商不愿意接受这个条件我们就不会选择它。当时有一家制造起落架的供应商，不愿意走合资合作这条路，我们就把它排除了，而选择了另外一家愿意合资合作的供应商。

赵忆宁：是否可以这样理解，西方航空企业对转让先进技术给中国或设立关键领域的合资公司普遍持谨慎态度？

郭佳文：这并非简单技术转让，而是属于合资合作范畴。国外企业普

表 1－2　　C919 项目的主要国际合作伙伴

C919 项目合作伙伴		分配
美国合作伙伴	通用电气	推进系统（CFM 国际）；发动机短舱、反推力装置（奈赛公司）；航电系统核心的处理和显示；机载维护和飞行数据记录
	古德里奇公司	室外照明
	汉胜公司	发电和配电；驾驶舱飞行员控制系统（左右控制杆、脚踏板等）
	霍尼韦尔国际公司	飞行控制系统；APU；机轮刹车；惯性基准和大气数据系统
	凯德航空公司（汉胜公司的子公司）	防火和过热保护系统
	派克宇航	燃油和液压系统
	罗克韦尔柯林斯公司	通讯与导航系统；综合监测系统；客舱核心系统
非美国合作伙伴	奥地利未来先进复合材料股份公司	驾驶舱、客舱、厨房、厕所
	利勃海尔宇航图卢兹公司（法国）	空气管理系统
	利勃海尔宇航林登博格公司（德国）	飞机起落架系统

遍的心态可以用两句话概括：第一句话，不是我们要成立合资公司，而是你们要我们成立合资公司，因为要参与 C919 项目，所以我们必须成立合资公司。第二句话，我们看好 C919 这个项目，也看好中国商飞和中国市场，为了长远着想，我们愿意成立合资公司。到目前为止已经成立了 16 家合资企业，在这 16 家合资企业中，有两家是与中国商飞的企业直接合作。另外 14 家合资公司分别是与中国航空工业集团有限公司、中国电子科技集团有限公司以及湖南博云新材料股份有限公司合作，博云是一家民营企业。

赵忆宁：为什么 C919研发生产采用“主供模式”？

张洪光：“主供模式”是当前世界主要飞机制造商所采取的主流方式。采取“主供模式”更多的考虑是对整个项目风险的管控和分摊，比如分摊项目的研制风险，参与其中的供应商要承担相关的研制费用，共同分担整个项目的风险，分享整个项目的利润，这是“主供模式”核心内容。波音公司曾经什么都做，但是后来很多型号配件的生产转包给供应商，转包生产的配件达到65%左右，特别是在波音787项目上。

赵忆宁：这些机载系统供应商参与C919项目的领域是哪些？是一种什么样的合作方式？

张洪光：简单而言有三种模式。第一种是战略合作伙伴关系，主要涉及飞机动力装置，它为飞机发动机提供型号平台，发动机也将直接影响该型号飞机成功与否，这种战略合作伙伴关系是“主供模式”的顶层关系。第二种是风险合作伙伴关系，主要涉及关键性系统，比如航电、飞控、起落架等。比如中航雷华柯林斯（无锡）航空电子有限公司是与美国罗克韦尔柯林斯公司合资，参与研制C919的通讯与导航设备；又比如鸿翔飞控技术（西安）有限责任公司是中航工业618所与霍尼韦尔公司成立的合资企业，负责提供C919飞控系统产品。风险合作伙伴关系一般要求供应商承担部分研发费用。第三种是一般供应商。它们不参与飞机研制，只提供成熟货架产品，如原材料、标准件等。有些产品会根据飞机总体要求做一些小的更改，如小的定制结构件等，在这种情况下我们将这类供应商定义为一般供应商。

赵忆宁：在所建立的16家合资企业中，你们如何划分技术或系统的深度？

郭佳文：排在第一位的是综合航空电子系统，也叫航电系统；排在第二位的是飞行综合控制系统，这是关键的两个系统，带有填补我国技术能力空白的性质。此外，飞机起落架和电源等，对我们提升技术等级有比较大的帮助。比如飞机主飞控计算机的设计，特别是控制率，对相关软件的设计需要大量的经验与积累，虽然自主承担研发终有一天可以实现突破，但是能否满足C919使用时间要求与是否可靠都不确定。还有起落架，当年在制造运-10的时候是我们自己研发的，中国自己做起落架没有问题。但是用在民机上的一套起落架，其安全性要通过适航取证。从工程设计的角度或者从适航的角度来说，就是要验证它的可靠性。在这一点上我们还有差距，有些技术还有待检验。

赵忆宁：是否可以理解为，从控制风险角度看，成立合资公司是出于风险最小化的目的？

郭佳文：这是一个悖论。如果单纯从风险最小化的角度来说，我们就不成立合资企业了，合资对于项目来说是增加了风险，增加了管理难度。但是，另一方面合资会推动技术的升级，当未来实现进口替代时又可以降低风险。假设一旦国际环境发生变化，或者西方国家与中国的关系恶化，颁布禁止与中国在技术领域合作的禁令，出现撤资时，这种方式又降低了我们的风险。应该说，如果我们没有承担提升国家航空产业化水平的责任，或者没有带动国内产业链发展的任务，只是单纯为了项目的研制，直接选国外供应商可能风险与负担更小。

“主供模式”：与顶级供应商打交道

赵忆宁：虽然“主供模式”是飞机制造业的主流选择，但波音、空客有制造民用机数十年的历史，人们有理由信任它们。中国商飞是新进入者，供应商们为什么相信商飞一定会取得商业上的成功?

张洪光：其实在 C919 项目供应商选择初期我们也担心过：如果没有供应商参与投标怎么办？特别是发动机。事实上国外供应商对是否参与新型号飞机合作研制，自己有一套很完整的评估体系，主要包括：第一，飞机市场的定位。通过了解新型号飞机本身的定位是什么，座级有多少，航程是多少，可以得出该型号飞机在交付后 20～25 年内的市场份额。第二，飞机制造商的实力。供应商对飞机市场需求量的判断决定其商务模型，包括投入的研制费是多少，单机成本是多少等，还要预测盈亏平衡和现金流；客观地说，中国商飞在 2008 年进入市场正赶上金融危机，那时机载系统供应商手里没有新的项目，参与 C919 项目对它们而言是一个理性的决策。

赵忆宁：难道出现了拥挤现象吗?

张洪光：不能说拥挤，但是非常踊跃。全世界顶级的机载系统供应商对 C919 的投标表现出很高的热情，当时有 12 个国家的 70 多家供应商竞标机载系统。比如当时我们给四家发动机供应商发了信息征询书，分别是 CFM（CFM 是通用电气和斯奈克玛这两家发动机厂商合资的一家公司）、罗罗（罗尔斯-罗伊斯公司）、普惠（普拉特-惠特尼公司）和 IAE（国际航空发动机公司）。其中，CFM 给波音 737 和空客 A320 两个单通道飞机型号提供产品，而罗罗只给双通道宽体机提供发动机，这样罗罗就退出了；而普惠当时准备研制 GTF 发动机；第四个 IAE，是罗罗与普惠合作的公司，它们只有一款发动机适合。经过初步评估，C919 发动机初步锁定了 CFM 和普惠这两家公司，在经过严谨细致的筛选评估后，C919 项目最终选择了 CFM 公司的 LEAP 发动机。

赵忆宁：谈判对手都是世界知名的大企业，谈判进行得顺利吗？

张洪光：商务谈判肯定不会一帆风顺。比如我们开始选择了霍尼韦尔公司作为主飞控系统供应商，其间霍尼韦尔公司按招标要求同中航工业 618 所成立了合资企业鸿翔飞控（西安）有限责任公司。双方谈判首先要明确合同责任主体，即谁是一级供应商。为规避项目风险，同时结合供应商选择的实际过程，中国商飞认为霍尼韦尔公司在项目研发的相当长时间内应承担一级供应商责任；而霍尼韦尔公司则认为既然中国商飞鼓励成立合资企业，那么鸿翔飞控公司就应该尽快成为一级供应商。双方围绕这件事反反复复谈了将近 6 个月。商飞考虑到飞控系统的特殊性以及项目当时进展要求，很难再重新选择另外一家供应商，最后不得已，商飞合同经理跨程序直接给霍尼韦尔总裁高德威（Dave Cote）写信，说明双方主要分歧原因及解决建议，这样才最终签署合同。C919 机载合同谈判中这样的故事不胜枚举，充满了艰辛和挑战，当然最终能解决问题很有成就感，也锻炼了队伍。

赵忆宁：关于大飞机推迟首飞是个敏感的话题。外界用中国高铁与中国大飞机做了比较，有一种说法认为由于大飞机采取了"主供模式"造成时间的拖延，您能评论一下他们的观点吗？

郭佳文：如果站在中国商飞的角度来看，他们的说法是对的，确实存在供应商延迟交付产品，导致项目任务节点无法及时完成的情况，尤其表现在软件的开发方面。如果从供应商的角度来说，这种看法是不对的。供应商产品的开发时间取决于我们是否能够及时提供前端所有的输入，有时候因为我们不能按时冻结设计需求，无法按时向供应商提供完整的输入，所以供应商无法进行后半段的工作。如果从供应链的角度看，是我们设计研发能力有待提升。

举个例子：主飞控软件中有对控制率的要求，这是一个非常复杂的核心内容。在供应商设计软件中控制率之前，我们先要把有多少种不同姿态输入给它，可能有的时候我们今天说有 1 500 种，过了 10 天告诉它有 2 000种，问题就出现在这里。我们的供应商是世界顶级大企业，它们有丰富的经验，当我们告诉它们有 1 500 种的时候，其实它们早就知道可能有2 000种，它们会一直等到我们自己慢慢发现有 2 000 种，而绝不会按照 1 500 种去做设计，所以供应商无法按时完成下端的工作。说到底还是我们自己的设计研发需要积累经验。

赵忆宁：其实这都没有太大的关系，任何事情都有从不会到会的过程。我们大飞机的设计能力建设中断了较长时间，现在重新起步，无论成功失败都是能力的积累，都是宝贵的财富。

郭佳文：如果更多的人能这样看问题就好了。其实在供应商管理中，我们向供应商学到了很多东西。比如供应燃油和液压系统的知名企业派克宇航集团，在我们刚开始设计液压工作包时提前介入。关于液压流量的问题，初始我们给了它 1 000PSI（PSI：计量单位，磅/平方英寸）的要求，它的工作人员会说，按照我们的经验，肯定要1 200PSI或者 1 500PSI，请你们回去再论证一下。根据他们提供的信息，求证后发现确实有道理，之后我们发布的正是经过修改后的设计输入要求。再比如说电源，我们给美国联合技术公司（UTC）一轮电源的电载荷输入，因为趋于保守的设计，给了一个较大的电载荷数据，这时对方给我们提出建设性的意见。依据曾经给波音和空客做这种系统的经验，对方认为可能需要 3/4 就够了，大的载荷对 C919 的重量是负担，对成本是浪费。

在艰难的摸索中学习

赵忆宁：2006年我访问波音公司，负责波音飞机生产以及全球供应商整合的民用飞机集团副总裁卡罗琳·科维（Carolyn Corvi）对我说：“世界上没有太多公司像我们这样造飞机，是因为需要长时间学习。波音到2016年就100岁了，为什么其他企业很难照搬我们的核心竞争力？我们可以设计飞机，别的很多人也可以设计飞机，难的不是让飞机飞行，而是把各个零部件在同一时间、从世界各地集中到一起。”我想知道，对于2008年才成立的中国商飞，“主制造商-供应商”模式对你们意味着什么？

郭佳文：对供应商管理我们没有太多的经验，过去几十年中国航空制造业走的是“国内配套单位大协作”的路子，而不是“主供模式”。我第一次接触到供应商管理概念是在2003年，ARJ21支线飞机引入“主制造商-供应商”模式，我们才着手建设管理流程、体制、标准和工具平台。对整个中国商飞或者整个行业来说，都没有太多经验。我们只能是边干边学，在做的过程中总结经验与教训。

赵忆宁：波音和空客具有“主制造商-供应商”模式的经验，你们是否到这两家公司进行过培训？

郭佳文：我们公司和波音、空客有很多合作项目，它们为了销售产品对中国市场有投资，而且也进行了很多技术方面的培训。但是，中国商飞曾经就“主供模式”分别与波音、空客联系，希望它们能提供供应商组织管理方面的培训，但是至今也没有收到反馈。**我想，罗琳·科维说得一点没错，供应商的管理是企业核心能力之一，所以它们不会把核心能力教给我们，没有人愿意培养自己的竞争对手。对此，我个人是能够理解的。**

赵忆宁：那你们通过什么途径学习呢？

郭佳文：因为波音、空客不给我们搞供应商管理的培训，所以只能通过公开的资料学习。

第一是读书。比如波音747之父乔·萨特（Joe Sutter）所写的《未了的传奇——波音747的故事》，这本书虽然不是单纯讲供应商管理，但是给我一种理念和观念上的启发。他告诉我们波音747项目大概有多少供应商，全球的分布状况如何，以及采取什么方式解决供应链遇到的问题，等等。再有就是国际项目管理协会发布的PMBOK（*Project Management Body of Knowledge*）。这是一本项目管理知识体系的工具书，全球供应商也是按照PMBOK这套方法做项目管理。我们只有与供应商使用同一种“语言”交流，才更有效率。

第二是从国际航空网站、航空期刊上阅读公开发表的论文。

第三是直接向美国联邦航空管理局（Federal Aviation Administration，FAA）和欧洲航空安全局（European Aviation Safety Agency，EASA）取经。它们比较开放地向我们介绍了波音、空客管理供应商的情况，也给予了我们一些指导。

第四，我们也委托国际知名咨询公司为我们做“主供模式”专题咨询报告。相对来说，这是一次比较完整的咨询，涉及组织架构、职责分工、标准程序和标准模板。正是借助这份报告我们分析了中国商飞的现状和它与行业领先公司的差距，同时也发现，中国商飞在组织机构、流程标准以及思想理念上与其他公司有完全不一样的地方。我们公司与加拿大庞巴迪公司有些合作，所以也向它的工作人员请教过供应商的管理问题，他们在程序和操作层面给了我们一些指导意见。

所有这些学习开阔了我们的眼界，教会了我们管理的方法，但是怎样做，还是要靠我们自己去实践。毕竟知识与实践还有一段距离。

赵忆宁：这个学习过程比购买产品要艰难，有些东西是花钱买不来的。

郭佳文：我们只能在不断的学习中慢慢积累经验，逐步提高供应商管理能力，其中包括搭建平台、建设渠道的能力，当然还有签订合同的能力、选择供应商的能力，以及对供应商评价的能力。为此，我们为“主供模式”建章立制，开发了对供应商绩效管理的工具、与供应商沟通交流的工具、对供应商工作监控的工具，以及供应商信息管理工具等。

但是，供应商管理能力是融入主制造商工程研发能力、质量管理能力以及适航管理能力之中的，只有当后面这些能力放在一起时才能体现供应商管理能力。2010年，中国商飞将供应商管理能力列为建立的六大核心能力之一。这是一次认识上的飞跃，将供应商管理从一个部门延伸到全公司的流程中。虽然供应商管理团队只有30多人，但是在中国商飞整个研发团队中，有300～500人涉及供应商链条，包括工程研发、质量管理、适航管理，乃至采购管理。

新型供应商模式：“生命共同体”

赵忆宁：波音、空客定义供应商关系为“合作伙伴关系”。我注意到你们之前将供应商关系划分为“战略合作伙伴关系”、“风险合作伙伴关系”与“一般供应商”三个层次，而现在你们将供应商关系又提升到“生命共同体”层次。前三个层次是描述获取利益的合作关系，而后者带有情感色彩。

郭佳文：“战略合作伙伴”等三个层次的关系，是我们从波音与空客处学来的，而“生命共同体”是中国商飞对“主供模式”的深化。在研发ARJ21时，我们与供应商的关系基本上是单纯的买卖关系。**而为研发C919我们成立了16家中外合资企业，为一个型号机的研发生产成立这么多合资企业，波音没有做过，空客也没有做过。**正是在“生命共同体”的理念下，我们视供应商的问题为我们自己的问题，视供应商的事情为我们自己的事情，主制造商以积极负责的态度发挥协调、牵引的作用，想尽办法为供应商服务。

C919机身运到中国商飞总装制造中心浦东基地

赵忆宁：你们是怎样帮助合资企业的呢？

郭佳文：在贵阳有一家原来的军工企业185厂，它是美国联合技术公司（UTC）参与合资的企业的三级供应商。按理说，185厂无论如何不会直接面对中国商飞。而我们在和美国联合技术公司合作过程中发现，美国联合技术公司转包给185厂的产品在研发中遇到了困难：一是185厂自身的研发能力不足，二是美国联合技术公司对185厂的指导不足。美国联合技术公司让合资企业派人到贵阳指导，但是在指导的过程中，解决方案先是从美国联合技术公司到合资企业，再从合资企业到185厂，信息在传递中层层损失，最后185厂已经不清楚怎么弄了。之后中国商飞派了由采购、质量、适航、制造工艺各个部门组成的团队到185厂指导，帮助它建立实现产品开发的路径体系，并传授经验，目的就是培育185厂这样的企业。

再比如，C919液压和燃油两个系统是美国派克宇航集团与中国航空工业集团公司金城南京机电液压工程研究中心（以下简称金城液压）成立的合资企业提供的。燃油工作系统总共有 78 项产品，其中 49 项产品是由派克宇航集团承担，29 项产品由金城液压承担。我们在做工作包检查时发现，派克宇航集团负责的产品设计进展顺利，而金城液压负责的部分进展稍慢，这里面既有金城液压和派克宇航集团之间沟通协调的问题，也有金城液压自己工艺能力欠缺的问题。此时，我们去帮助指导，传授工艺，告知如何获得审批等。这些都是促进国内供应商能力提升的例子。

赵忆宁：在这些合资企业中，博云是唯一的民营企业，你们也是这样帮助它的吗？

郭佳文：湖南博云是一家生产炭盘的民营企业，它和霍尼韦尔成立合资企业，在这个合资企业中，霍尼韦尔主要做系统集成和控制，博云负责炭盘，然后它们将产品交给另一家企业鑫航公司（与博云两块牌子一套体系）做机轮。机轮是起落架对轮胎控制的部件。而鑫航公司遇到了很大的困难，虽然它有很强的炭盘生产能力，但是机轮控制系统设计能力欠缺太大，导致霍尼韦尔公司多次提出不让鑫航公司做设计了，而希望使用中国商飞的设计方案。这对中国商飞当然很好，但是对鑫航公司不利，它原本希望借此提升设计能力。所以中国商飞就去当中间人，组织双方讨论调整分工问题和设计研发的工作。最后结果双方都比较满意。

对主制造商而言，每一个供应商都是“生命共同体”的一部分，一个制造商的一个零部件交不出来，C919 都不能上天。做这些只有一个目的，实现中国大飞机上天的梦想，提升和带动航空产业链的发展。

中国大飞机是 GE 全球战略千载难逢的机会*

——专访昂际航电总裁兼首席执行官仲安仁

仲安仁

“建立合资公司这样的合作方式，可以帮助我们在竞争激烈的环境中实现技术突破。我们所处的航空产业环境以及我们所合作的客户，例如中国商飞，都要求供应商的产品质量和解决方案具有竞争力，同时还要满足价格要求和非常紧迫的进度要求。昂际航电就是在这样的环境中脱颖而出。”

作为中国商飞 C919 大型客机项目供应商之一，由中国航空工业集团有限公司和美国通用电气公司（GE）合资建立的昂际航电（中航通用电气民用航电系统有限公司）于 2012 年注册成立，总部位于上海。

昂际航电总裁兼首席执行官仲安仁（Alan Jones）认为，GE 在中国谋求的是长期的发展，与中国商飞合作参与 C919 这样有重要历史意义的项目、组建合资公司，是一个千载难逢的机会。

于 GE 而言，从 C919 项目中获得经验和美誉，对继续研发下一代航电系统，推进未来的项目，具有重要意义。

成立合资公司是 GE 全球战略的需要

赵忆宁：中国制造大飞机 C919采取了“主制造商-供应商”模式，为

---

* 本文原载 2015 年 11 月 2 日的《21 世纪经济报道》。

此成立了16家合资公司，这个“巨大的交易”被美国媒体认为是被“绑架”和“强迫”的结果。昂际航电是重要的合资公司之一，所以我想向您求证，真的是被“强迫”的吗？

仲安仁：我们与中航工业共同成立这个合资公司，为中国商飞 C919 项目研发综合航空电子系统。对我们来说，肯定不能用“强迫”和“绑架”这些词来形容。GE 公司在中国开展业务已经有 100 多年的历史了，能够与中国商飞合作提供下一代航电产品，是一个千载难逢的机会。

对 GE 的全球战略来说，中国是非常重要的一部分。举个例子，GE 在中国已经设立了 30 多家合资公司，涉及的领域包括航空、医疗、油气等，共有 13 000 多名员工，昂际航电是 GE 在中国的 30 多个合资企业中的一个。所以，建立昂际航电合资公司对 GE 而言，不是一个新事情或新方向，也并不特殊。

赵忆宁：中国 C919需要美国 GE，GE 也需要中国吗？双方利益的契合点在哪里？

仲安仁：GE 与中国市场的关系是双方彼此需要。在航空领域，无论对 GE 还是昂际航电来说，中国市场都是公司全球业务版图的重要一部分；同时，像中航工业一样，GE 也是一个科技类型的公司，技术创新是我们业务模式的核心，为客户提供最好的价值和最先进的科技是我们的目标。所以对 GE 来说，在中国谋求的是长期的发展，与中国商飞合作参与 C919 这样有重要历史意义的项目、与中航工业组建合资公司，是一个千载难逢的机会，而不是被“强迫”。昂际航电很荣幸能获得 C919 的多个航电系统合同包。GE 与斯奈克玛（SNECMA）的合资公司 CFM 也是 C919 发动机的唯一供应商，CFM 可提供世界最好的窄体机引擎。

对 GE 公司而言，在过去的 10 年里，美国以外的收入增长占总收入增长的 60%。正是由于国际收入的增长，GE 在美国本土雇用超过 26 000 名工人，并支持 11 000 多个国内供应商，其中有 1 800 个供应商的航空业务在中国。如果我们不参与在中国的竞争，不仅可能牺牲美国的工作岗位，而且也会动摇美国技术领先的地位。

2009 年，昂际航电的组建事宜就已经开始筹备了，到现在为止，在能力建设、团队建设、市场融合、开放式航电系统研发、品牌建设和文化

上海昂际大楼

建设等多个方面，我们已经取得了很多重大的进展。昂际航电在 2014 年成为中国商飞的入册供应商，从 2014 年 11 月交付地面件开始，我们完全按照中国商飞给出的时间表，进入了按节点交付的节奏。我们已经交付了 C919 首架机和第二架机的硬件，通过了制造符合性审查，交付了系统综合实验室设备，以及第一版首飞软件，并正在与中国商飞和其他供应商进行联试。

赵忆宁：GE 公司与中国成立合资公司，从 GE 全球市场的角度是出于什么考虑？是否存在空客与利勃海尔（Liebherr）合并的竞争压力？

仲安仁：我们在中国设立合资公司，并不完全是出于一种竞争的压力或者竞争的需要，更多的还是出于 GE 本身全球发展的战略和全球布局的需要。

另外，建立合资公司这样的合作方式，可以帮助我们在竞争激烈的环境中实现技术突破。我们所处的航空产业环境以及我们所合作的客户，例如中国商飞，都要求供应商的产品质量和解决方案具有竞争力，同时还要满足价格要求和非常紧迫的进度要求，昂际航电就是在这样的环境中脱颖而出。所以，靠近市场、靠近客户也是成功的一个关键因素，因为这样更便于加强本地的能力建设以及建立更深入的合作关系。

提倡“合规文化”，转移“干净”技术

赵忆宁：GE母公司掌握航电系统集成的核心技术，新建的昂际航电是GE与中国航空工业集团有限公司各占50%股份的合资公司。包括即将下线的C919这型飞机，在没有这个合资公司之前，很多飞机的航电集成系统要向GE母公司购买，合资公司建立后将会改变这一格局。通常来讲，大型民用飞机具有潜在的军事用途。美国方面，尤其是美国国会以及白宫经济顾问委员会，有没有提出不同意见？

仲安仁：正如您所说，成立合资公司后，GE将集成化航电模块系统的核心技术向合资公司进行了转移。在做技术转移之前，GE为此做了大量的工作，对技术重新进行了修改，比如拿掉了潜在的与军用有关的以及有可能涉及其他客户的知识产权的内容，等于是转移了一个“干净”的技术。现在，IMA（集成模块化航空电子系统）这个技术已经是属于昂际航电的了。

关于安全问题，从2009年GE有意愿成立合资公司开始，直到2012年的3月份昂际航电成立，GE一直与美国的政府部门进行讨论和对话，经历了非常长期的谈判过程。要说明的是，美国政府并没有直接投资研发IMA技术，IMA是作为商业产品被开发的，因此并不是由美国国防部出资。但是GE还是在整个过程中以积极的态度和透明的方式，与美国国会和美国所有相关政府部门沟通，包括国防部门。后来经过政府部门的审定，认为已经不涉及任何敏感性的技术。其实从专业角度看，集成模块化航电系统技术就是一个通用的计算平台技术。

赵忆宁：关于知识产权保护的问题，合资公司是如何解决的？

仲安仁：保护知识产权与维护美国的国家安全问题同等重要。合资公司将为中国提供IMA技术、显示系统、机载维护系统、飞行记录器以及C919的飞行管理系统。在成立公司的协议上已经明确，昂际航电的产品仅限于商业航空使用，而不能参与军事应用。我们也会采取全面的措施以防止任何未经授权的知识产权转让。

在昂际航电内部，我们提倡一种“合规文化”，从意识层面树立强烈的知识产权保护的理念：所保护的知识产权不仅仅是我们自己的，还有客户的，以及我们的供应商和合作伙伴的。为了从执行层面确保知识产权的有效保护，我们双方花了三年时间搭建了一个严密的知识产权保护措施网，包括监督合规性和知识产权机制、在违反合规行为情况下重要的补救措施、非竞争义务等，以这些最严格的法律承诺，确保 GE 和中航工业的贡献和努力都能得到保护。

我想强调，GE 在世界其他地方有许多成功的合资企业，与中航工业集团组建的合资企业是建立在很多成功先例的基础上的。无论是中国、加拿大还是其他国家与 GE 合作，双方都要努力遵守所有的规则和条例，以确保在国外市场的公平竞争。与中国航空工业集团的合资公司也不例外。

希望从 C919 项目中获得经验和美誉

赵忆宁：虽然 GE 在航电领域有很强的优势，但从全球排名来讲，与你们的竞争对手相比并不占优势，除了考虑全球布局以外，你们参与中国 C919的项目，是否也希望在这个领域扩大市场份额？

仲安仁：在民用航电领域，昂际航电是代表母公司 GE 和中航工业面向市场的一级民用航电系统供应商。就现有的产品和市场份额而言，我们还落后于排在前三位的霍尼韦尔（Honeywell）、罗克韦尔柯林斯（Rockwell Collins）和泰雷兹（Thales）公司。但如果就集成模块化航空电子系统技术来讲，我们无疑拥有全球最先进的技术。

一个公司肯定希望能够扩大它的市场份额，选择与中国商飞这么大的客户合作，当然是考虑到中国经济增长的潜力和规模，也会考虑到未来中国不断增大的航空业市场。这是综合多重因素后的决策。在 C919 之外，基于我们的技术，我们也会继续研发下一代航电系统，对我们来说机遇难能可贵。

赵忆宁：合资公司赢得了 C919哪些航电合同？昂际航电为 C919设置的优先研究开发项目是什么？

仲安仁：昂际航电负责 C919 项目的 3 个工作包：航电核心处理系统、

综合显示系统、机载维护和飞行记录系统，其中核心处理系统又包括IMA 平台、网络和飞行管理系统。我们在开发硬件的同时也负责软件开发和系统集成——将我们的产品与中国商飞其他供应商的航电系统进行集成，支持中国商飞的飞行测试、验证、取证和铁鸟试验。其中最核心、最优先研发的就是 IMA 平台，我们希望从 C919 项目中获得经验并将其运用到将来的其他项目中。

赵忆宁：你们在上海建设了 3.6万平方米的工厂，我想，肯定是基于对昂际航电未来的定位，包括中国与全球的市场。未来，除了共同研制的项目，昂际航电产品是否有面向 GE 母公司和第三方供应商的合作项目？

仲安仁：对上海昂际办公总部的投入，显示了我们致力于在中国长期发展的决心与承诺。现阶段，昂际航电尚处于发展的最初阶段，所以目前的定位是以 C919 为主要任务，但我们的产品、能力、服务、技术知识产权是全球性的。今天，我们已经在中国很好地站稳了脚跟，正在有序地推进目前的项目和未来的项目。同时我们的技术也运用在波音 787 和波音 777X 上。现在我们要做的是，通过 C919 项目建立起我们的信誉和美誉，对此我们很有信心。

赵忆宁：之前，当我采访 C919常务副总设计师陈迎春的时候，他预计 C919能够卖出1 000架左右。根据你们的研究，你们预测 C919的销售市场有多大？

仲安仁：截止到目前，最新的数据是，中国商飞 C919 已经卖了 500 架。C919 的下线将是至关重要的一步，如果首飞顺利，我们期盼中国商飞能够拿到更多的订单，卖出更多的飞机。**从我们昂际航电的角度来说，在设立合资公司的时候是有预期的，我们认为 C919 可以销售到 2 000 架左右，这是我们基于市场的预判。**

赵忆宁：对下一个宽体机型号 C929，GE 以及合资公司是否有期待，是否会提供航电设备？

仲安仁：除了 C919 窄体机之外，我们当然还希望能够参与 C929 宽体机的项目，但我们预计 C929 项目航电系统的投标竞争将非常激烈，我们肯定也会积极参与并支持这个项目。

昂际航电已经在 C919 项目上积累了经验，在其他类似重大项目，比如波音 777X、波音 787 上也利用了 IMA 技术，加上与中航工业及 GE 全球研发团队的合作，这势必会增强我们航电产品的研发能力，推进系统产品的发展。此外，昂际航电的地位独特，目前正在领导中国商飞航电系统的集成工作，尽我们所能为中国商飞提供所需的产品和服务，这些都将成为昂际航电获得宽体机项目的有力保证。自合资公司成立后，昂际航电一直在为实现目标不断努力，我们在本地及全球的战略发展离不开中国大飞机事业的发展和中国商飞的支持，我们已经在C919项目上获得了长足的进步，C929则是一个引人注目、激动人心的新机会。

沉浮：中国大飞机的三十年*

——专访北京大学教授路风

路风

“对于像飞机（特别是大型客机）这样高度复杂的产品，其产品开发的关键不是对某种单项技术的掌握，而是综合各种技术的能力。这种‘综合’集中体现在飞机设计的总体方案上。从这一点看，中国商飞选择自主研发的道路是正确的。”北京大学教授路风在接受采访时这样说。

大飞机决策回溯

赵忆宁：十年前我读过您撰写的《中国大型飞机发展战略研究报告》，这是一份对制定大飞机决策影响重大的报告，现在读来仍旧振聋发聩。您并不是航空制造业内人士，什么事情导致您参与关于大飞机的争论？

路风：关于大飞机的重新讨论是在 2003 年，这一年政府换届，中国科学院、中国工程院院士王大珩给国务院主要负责同志写信，提出要重新启动研制国产大飞机的建议。自运-10 于 1985 年下马以后，这个话题 20

---

* 本文的删减版原载 2015 年 11 月 2 日的《21 世纪经济报道》。

世纪 90 年代曾经被重新提出过。业内人都知道，那时国务院主要领导曾经明确说过：本届政府不考虑大飞机。当时的背景是中国的国有企业正处在痛苦的改革时期，大量的国防工业由军转民，此后，中国国防工业经历了 20 年艰苦的转型。

为什么大飞机又被再次提起呢？有两个重要的事件：第一件事是 1995—1996 年台海危机，第二件事是 1999 年以美国为首的北约用导弹袭击了我国驻南联盟大使馆。这两个事件触痛了中国维护国家主权的敏感神经。在这样的背景下，大飞机被重新提起。这两个事件之后，中国政府领导层开始加大对国防工业的投入，所以才有了今天我们看到的一系列成就，比如歼-20、歼-10 战斗机等。

我参与大飞机的争论是从产业研究的角度出发的。2004 年我完成了研究报告《中国汽车工业自主开发的现状与对策》。这份报告的社会影响很大，报告的核心观点是：中国汽车工业 20 年以来的合资模式是错误的，必须要靠自己，要走自主开发的道路。报告出来后有人问我："你对大飞机有兴趣吗？"我因为致力于产业研究，所以当然有兴趣，于是就被带进研究大飞机问题的领域。

赵忆宁：今年（2015年）是运-10下马的30周年，令人不解的是，上述事件直接的关联者应该是军方，为什么重提大飞机的是科技界？

路风：科技界一直认为运-10 是中国一项伟大的科技成就。当年依靠我们自己的力量做成大飞机，还多次飞到西藏运送救灾物资，对这段历史的记忆是泯灭不掉的。科技界非常务实，所以在运-10 下马后多次重提中国大飞机项目。军方也是支持大飞机项目的，因为这也是中国空军的短板，比如我们缺乏预警机、加油机等，而这些特种飞机的改装都需要有大飞机做平台。我的判断是，在 20 世纪 90 年代末中国重提加强国防工业建设的时候，应该是缘于空军方面的需要，于是科技界也把这件事情说出来了。

赵忆宁：2004年我们开始对大飞机进行第一轮论证，为什么是由科技部组织的呢？

路风：2003 年王大珩给国务院领导人写信建议中国应该做大飞机，事实上国务院领导人被说服了，但是鉴于当时有反对意见的存在，所以国务院建议把是否重上大飞机项目的论证放到《国家中长期科学和技术发展规划纲要（2006—2020 年）》的编制中去。正是由于国家中长期科技发展规划由科技部牵头编制，所以科技部加入进来了。第一轮论证的主题是“中国要不要做、能不能做大飞机”。

赵忆宁：据说在《国家中长期科学和技术发展规划纲要（2006—2020 年）》提出的16个重大专项中，大飞机的论证过程是最艰苦的，是这样的吗？

路风：第一轮论证我并没参加，但是过程知道一些。说出来你会感到意外，最不愿意重上大飞机项目的是当时中国两个航空工业集团的领导。当然他们不是直接反对，而是总想重新定义这个项目。

第一，当时原中国航空工业第一集团正在研制 ARJ21 飞机（2002 年国务院批准立项），这是一款支线飞机，其并不是国家项目。它的研发过程比想象的要难，预算被突破，工期也一拖再拖。国家发改委对此不满意，所以他们想把这个项目定义为大飞机的国家项目，让国家将 ARJ21 接下来。事实上后来的中国商飞果真接下了 ARJ21。

第二，他们认为大飞机项目应该上大型军用运输机，不要做民机。主要原因是做民机比军机难。行内人都知道，民用客机的研发非常不容易，因为需要取得适航证。当时有人甚至说过，我们无法与波音和空客竞争。做民机要面对竞争，而做军机就没这个问题了。

在第一轮论证中，各方面专家们的意见基本上是一致的，都认为中国一定要搞自己的大飞机。矛盾的焦点在于到底是搞军用运输机还是民用客机，所以出现“军机派”和“民机派”两派。航空工业集团想上军机，国防科工委作为其主管部门支持他们，军方因为自己的需要也支持上军机。而“民机派”则是科技部加上科技界的专家们，中间还有个发改委。不过那时发改委是“组装派”，无论是上军机还是民机，都希望找个外国公司合作。第一轮的论证中，“军机派”占了上风。

赵忆宁：有些匪夷所思，为什么反对者是航空工业集团？

路风：可能是与运-10 的渊源有关。我作为晚辈也困惑过，运-10 是中国航空工业的一个重大成就，为什么却总遭到航空工业界的贬低。运-10是在“文革”特殊的条件下的上海干成的，所以那时就有人把运-10 说成是“四人帮”干的。这个论据很荒唐，虽然当时上海的确是被“四人帮”把持，但知晓中国决策机制的人士都会知道，他们并没有上这个重大项目的决策权。实际上，上运-10 项目并且放在上海是毛泽东主席提议的。

1968 年 12 月，中国仿照苏联制造的轰-6 首飞成功后（当时轰-6 是中国最大的飞机），周恩来总理问三机部（航空工业部的前身）负责人，“能不能在轰-6基础上设计一种喷气式客机?”当时领导人出访乘坐的都是外国飞机，而且人家不卖给我们，比如美国的波音飞机。三机部的回答是做不了。这才有后来 1970 年 7 月毛泽东视察上海时说：“上海工业基础这么好，可以造飞机嘛。”这等于是给上海下达的命令。于是同年 8 月份，中央军委国防工业领导小组、国家计委批准了空军航空工业领导小组提出的《关于上海试制生产运输机的报告》，这就是“708”工程，即大型客机运-10。运-10 就这样上马了。

赵忆宁：运-10的成功是一个奇迹，在当时的条件下，运-10的成功最重要的因素是什么？

路风：关键是技术和体制上的创新。运-10 项目虽然放在上海，但在事实上形成了技术领军人物有自主权的体制，或者叫“工程师说了算”的体制。运-10 的领军人物马凤山是位杰出的技术领导和科技专家。与此同时，国务院让空军航空工业领导小组负责业务指导与协调，负责人是时任空军副司令员曹里怀将军，当时他还兼任空军航空工业领导小组组长。

我曾就运-10 为什么能做成问过参与过运-10 研制的一位设计师，他说有三个重要的条件：第一，指挥者是曹里怀这样打过仗的人，可能他们并不懂技术，但是他们懂战略、懂决策，比如组织领导原子弹、导弹、卫星等研制与试验的张爱萍将军等，应该说他们是空前绝后的一代人。正是因为有他们，中国国防工业在那个年代才能取得巨大成就。比如当技术人员在技术路线上发生分歧时，曹里怀将军会听取正反方的意见，听明白了以后他会做一个决断，必须执行，根本没有商量余地了。他的判断力来自残酷的战争经验。第二，有马凤山这样的技术领军人物，他有眼光、技术强、敢创新，所以摆脱了苏联模式。他曾是轰-6 的总设计师，直到今天轰-6依然是空军的主力轰炸机。第三，参与运-10 研制的这批人都是从各个地方研发第一线抽调的，并不需要太多时间的磨合，一接工作就马上上手。所以运-10 只用了 10 年的时间就做出来了，跟“两弹一星”是同等量级的事。运-10 研制费用总计 5.377 亿元人民币，其中研制费 3.34 亿元，基建费 1.747 亿元，上海市提供流动资金 0.29 亿元。今天我们重新启动

大飞机C919的研制，最初的预算是600亿～700亿元人民币，翻了多少倍呀！所以说运-10的下马非常可惜。

赵忆宁：您是在什么情况下加入第二次论证中的呢？

路风：是因为写了一个关于大飞机的研究报告。那时正是大飞机论证最艰难的时候。焦点并非是理论之争，而是人们各说各话。**在《中国汽车工业自主开发的现状与对策》中我从多角度论证“技术能力是买不来的”，所以我认为运-10的下马不仅仅是抛弃了一个产品，而是同时摧毁了我们自己搭建的研发平台和研发体系，当然研发能力也就随之丧失。**2005年1月，我完成了近7万字的《中国大型飞机发展战略研究报告》，这份报告先是在内部发表，想必决策层看到了，之后又流传到社会上。应该说，我的报告当时为更加强调自主创新的“民机派”提供了理论支持。

王大珩院士给国务院领导写信，他讲的是大飞机，但是并没有说是民用机还是军用机，所以才有后面就军机还是民机的争议。因为第一轮的论证有意见分歧，所以在2006年国务院提出进行大飞机的第二轮论证，这次论证的题目叫“大飞机实施方案的论证”。而且国务院明确表示，第二轮的论证纳入《国家中长期科学和技术发展规划纲要（2006—2020年）》的16个重大专项的论证中。

从题目看，前提就是国务院已经决定要上大飞机项目了，要讨论的只是怎么上的问题。《国家中长期科学和技术发展规划纲要（2006—2020年）》由科技部牵头编制，当时提论证专家名单的时候，国防科工委、发改委、总装备部反对我参与，时任科技部部长徐冠华曾对我讲，既然国务院让科技部牵头，找哪些人参与论证就是以科技部的意见为主。

赵忆宁：抛开这件事情，我个人认为，徐冠华部长对中国科技发展以及重大战略项目的推进起了很大作用，是一个应该被记住的人。

路风：他的最大贡献一个是促成自主创新方针的提出，另一个是16个重大专项，两个都跟他有直接关系，最后变成了中央的决策。第二轮专家论证组由19位成员组成，尽管相关部委对名单中的部分论证专家存在争议，但该名单最终获得高层批准。论证组专家包括中国航空工业第一、二集团的高层，学者，技术专家；来自用户方的代表和中国国际工程咨询公司的相关负责人。论证组由身为两院院士的歼-8Ⅱ总设计师顾诵芬、北京航空航天大学原校长李未、原中国航空工业第二集团公司总经理张彦仲担任主任委员。我和高梁作为学者参与其中。由于当时中央的决心已经很明显，所以第二轮论证过程没有太大的冲突。

2007 年 2 月 26 日，时任国务院总理温家宝主持召开国务院常务会议，听取大型飞机重大专项领导小组关于大型飞机方案论证工作汇报，原则批准大型飞机研制重大科技专项正式立项，同意组建大型客机股份公司，并要求尽快开展相关工作。

需要说明的是，第一轮论证中的军机和民机之争是一个零和博弈，但第二轮论证的结果是军机、民机一起上，化解了矛盾。我属于“乐观其成派”，中国这么大，民机、军机都需要，都应该干。2007 年 3 月，中国宣布启动大飞机工程，C919 在上海，大型运输机在陕西。

运-10 下马摧毁了大飞机的研发平台

赵忆宁：我两次到上海采访，最伤心的记忆是在上飞与一位曾经参与运-10项目的老工人的交谈。在 ARJ21的组装车间，他告诉我，现在的飞机是搞组装，而研制运-10的时候，发动机、航电系统包括线缆都是我们自己做的，仅在上海就有30多家无线电配套厂，建立了大飞机的产业链。您怎么看这个问题?

路风：不能把 ARJ21 和 C919 说成是“组装”，因为整个项目和总体设计是自主的，与组装外国产品有本质区别。当然，现在研制的大飞机，许多系统都需要进口。运-10 下马，瓦解了中国的配套能力。正如那位老工人所说，运-10 下马了以后，产业链也就随之断了，或者说是能力的基础也断了。当年参与运-10 项目的人都退休了。30 年来，虽然北航每年都有毕业生，但是这些年轻的工程师谁做过大飞机呢? **所以运-10 的下马，绝不仅仅是扔掉了一架飞机，而几乎是“自废武功”，中国从此丧失了民用客机的产品开发平台，其结果就是中国民用航空技术能力的长期停滞和倒退。**但在同时，波音和空客在各自的产品开发平台上连续改进和创新，技术能力随着产品更新升级而不断提高。于是，**中国的技术能力与美国、欧洲的技术能力的差距在过去 20 年间呈现出“剪刀差”的趋势，越拉越大（见图 1－3）。这种不断拉大的差距实际上造成了中国再进入民机领域**

时所遇到的不断抬高的门槛。20 多年后当我们重新做大飞机的时候，现实的问题是，国内已经没有相关的产业链了，一切都要从头开始。

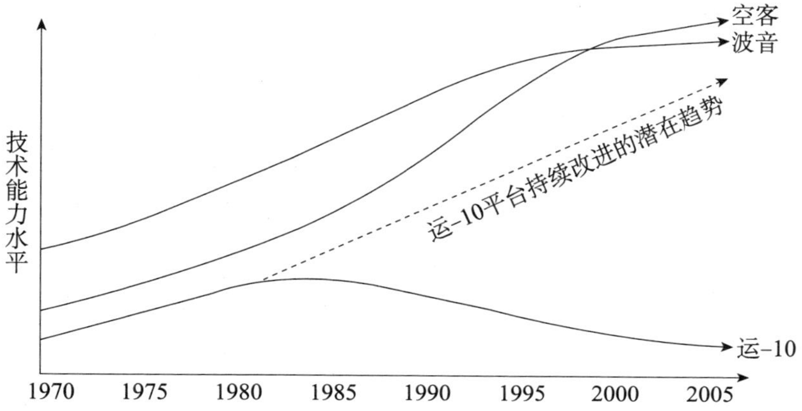

图 1－3　运-10、波音飞机和空客飞机三个平台的技术能力发展趋势

说明：本图并非根据精确数据量化而成，而是力求定性表现技术水平发展的趋势。但至少有三个细化的指标可以描述二三十年来世界航空工业技术水平的发展趋势：发动机效率（功率和耗油量）提高和噪音降低；气动系统超临界机翼的出现与发展；机载设备（原称航空系统）自动化程度的提高。

赵忆宁：目前商飞采用的是“主制造商－供应商”模式，这是世界潮流或者通常做法，还是不得已而为之的选择？

路风：这个模式本身是没问题的，波音、空客也是这种模式。但是我们与这两家公司有很大的区别。虽然波音把一些研发甩给日本等国，但是之前波音飞机的所有主要部件都是自己做的，产业链曾经在自己的手中，只是因为成本原因现在自己不做了，但是能力从来没有失去过，他们有技术和能力去协调供应链。波音就是供应商的老板，供应商就是供货的。恐怕这点中国商飞还做不到。中国商飞很可能有时不得不听供应商的，因为我们懂得不多。

为什么会造成这种局面？根本原因就是我们没有经验。我认为技术包括两种性质的知识：一是通用或显性知识，二是缄默或隐性知识。通用知识是原理性的，在一定程度上具有公共产品的性质。但缄默知识及其衍生出来的各种诀窍和操作细节，获得的途径只能是经验，即只能从实践中学到。从这点来看，因为我们缺乏经验，所以说表面看上去都是“主制造商-供应商”模式，实质上还是有区别的。

赵忆宁：在您的报告中，有大段阐述平台建设与能力建设的内容。

路风：这件事我一直在想。我在报告里曾经有一个建议，就是让运-10复飞。当年的资料数据都在，请做过运-10 的人重新披挂上阵带领年轻人，把全部经验挖掘出来。上飞厂不是还有一架运-10 嘛，虽然发动机已经消失了，但是可以再买，要让运-10 再飞起来，这个建议在没有成立商飞之前是做得到的。但是这个建议当时遭到多数人的反对，甚至包括力主上民机的人，他们都认为运-10 的技术太旧、太老了，没必要再弄了。

赵忆宁：这话听起来似乎有一定的道理？

路风：为什么有道理?! 我们中国和波音、空客的差距就在于我们缺乏技术源头。想想看，每当波音要开发下一代新机型时，大量的试验就是在它以前的机型上做的，比如新翼型的设计，风洞试验吹出的只是理论，所有系统要在实际飞行中得到验证，可是我们没有，何来经验可谈？C919 就要下线了，我们虽然做了全过程，但是商飞知道 C919 飞起来是什么样子吗？不知道。如果让运-10 复飞就可以承载这个任务，运-10 将唤醒我们能力的记忆。我当时提出复飞建议，并不是说大飞机项目就是运-10 复飞，我是希望通过运-10 的复飞，让运-10 变成一个研发平台，有利于新型号大飞机的开发。

赵忆宁：当我采访吴兴世时他说，运-10目前的状态也很难说下马，因为运-10的立项并没有废掉。

路风：复飞的道理所在，犹如中国做航母要从“辽宁号”开始一样。“辽宁号”是买的乌克兰的旧航母“瓦良格号”，那为什么我们不从一开始就设计一个最高水平的航母？这是因为我们缺乏经验，航母是大型复杂系统，复杂的东西从零开始做就会有太多的困难。如果中间有个台阶，就会加速新手的学习过程，而且不会妨碍去发展更高技术水平的航母。因此，海军一直说“辽宁号”是一个训练平台，用来积累经验，为下一步开发自己的新航母做准备。可以想象，当新航母投入使用时，中国舰载机起飞和降落的飞行系统就已经通过“辽宁号”形成了，再应用到新航母上就会大大减轻解决问题的压力。如果船是新的，包括飞行系统的其他系统也都是新的，都需要从头摸索，那就会面临巨大的风险和困难。这与运-10 复飞的道理一样，凡是技术复杂的产品，包括汽车，都要继承原有的技术，它使开发者将精力集中在最需要改变的地方，根本不用推倒重来一遍。如果当初选择的是复飞，研制大飞机所花的钱会少很多。我的问题是，用在“辽宁号”航母上的聪明为什么就不能用在大飞机上，何况运-10 本来从头到脚都是我们自己的技术。

赵忆宁：现在看来复飞的可能性更小了。仅以航电系统为例，目前已经发展到四代模块化了，技术的发展太快，差距也越来越大了。

路风：是的，从我提那个建议到现在又过去了 10 年，人都老了。但教训是，我们太不珍惜自己的技术经验了。往往口头上说要做世界最先进的，但扔掉自己的经验后却只能陷入对外国技术的依赖。我记得 2004 年在讨论大飞机项目的一次会议上，一位北航搞发动机的老教授说，如果大飞机 20 年能做出来的话，发动机得要 50 年。戏剧性的是他突然话锋一转说，当年运-10 的发动机就是我们自己做出来的，虽然也是模仿当年普惠的发动机，但是今天整个中国航空工业也无法做到，当年上海造发动机的技术能力已经彻底消失，厂房和设备早已拆除，人员也都流散。如果能够在那款发动机的产品开发平台上不断改进提高，我们今天还用得着设立第 17 个发动机专项吗？说起来大飞机可惜，发动机更可惜，曾经做过的发动机只存在记忆中。那个时代的人真是奇迹，包括成功研制了“两弹一星”。

赵忆宁：现在中国商飞为 C919 成立了 16 家合资公司，您怎么评价？

路风：事实上，对于像飞机（特别是大型客机）这样高度复杂的产品，其产品开发的关键不是对某种单项技术的掌握，而是综合各种技术的能力。这种“综合”集中体现在飞机设计的总体方案上。从这一点看，中国商飞选择自主研发的道路是正确的。

至于成立合资公司，很明显，其目的是为零部件的国产化，这是我们几十年来一直坚持的思路。中国汽车行业为实现国产化成立了很多合资公司，但是没有德国供应商，我们自己能干吗？问题就在这里。**供应商没有让一架飞机飞到天上去的本事，它们只能做航电、发动机等，让一架飞机飞起来是主制造商的本事所在。**即便波音所有的配件全是来自供应商，那也是“我让你做什么你就得做什么”，波音做飞机做了快 100 年了，它知道让飞机怎么飞，所以供应商肯定老老实实听波音的。

而中国商飞这个“主制造商-供应商”模式，缺少的是经验基础和能力基础。此刻我们千万不能盲目乐观，甚至说出“技术领先”这种话。技术领先不是有决心、有钱就能做到的，技术领先靠的是长期的技术积累。总之，我认为做总比不做好，我们现在做不到最高水平说明没有经验，但不做就永远没经验。

中国商飞一定要坚定地走下去

赵忆宁：C919即将下线，但是在此之前，因为首飞时间的推迟，商飞曾面临很大的压力，您怎么看？

路风：我认为社会应该对中国商飞更宽容些。表面上大家看到他们正在做的产品是 C919 大飞机，但在做产品的背后是他们正在搭建产品开发平台和提高技术能力。人们当然希望 C919 能够成功，但是如果出现不顺利的情况，千万不要以产品早期的优缺点论输赢，否则又会重演运-10 的悲剧，我们已经有过教训了。

现在中国正在迈过大飞机制造门槛的过程中，这种大型的复杂技术产品需要经验的积累。只要我们有了研发平台，只要聚合了一支研发队伍，无论遇到什么困难都坚定往前走，就能一直到成功。国家的战略目标不仅仅是得到一两个产品，而是建立起可持续发展的产品开发平台，最终获得技术能力。从这个目标出发，产品早期的水平不是关键，关键是能不能持续改进并最终实现产业化。

只要明确这个战略重点，就不会因为短期的缺点和弱点而动摇意志和既定的长期目标。所以人们要充分认识到技术能力的宝贵性，在培育大飞机的技术能力上要意志坚定，给予长期不懈的支持。

赵忆宁：C919下线后，马上面临首飞、取得适航证等，道路漫长。在ARJ21试飞的时候，为找结冰试验的那块云，全世界到处飞，开始怎么也找不到满足结冰气候条件的区域。其实，结冰理想的气候条件只在北美五大湖区特定的区域能够满足，这点美国联邦航空局一清二楚。所以当我们的飞机最后来到这个区域时，他们甚至都没有到现场。我是想说，ARJ21只是一款70座的支线飞机，而C919是与波音分享市场的主力机型，取得适航证可能没有想的那样乐观。

C919 换型

路风：中国上大飞机项目必将触动国际既得利益集团的神经，我们绝不要低估美国和欧洲政商合谋扼杀中国民用航空工业的决心。美国人和欧洲人比许多中国人更明白，一旦中国开始建立大飞机的开发平台，问题就不再是中国产品刚出现时的水平是低还是高，而是中国的技术能力一定会通过这一平台成长起来。从国家层面要想清楚这件事情，即便是美国或者欧洲都不给我们适航证，我们也要坚持飞，不能飞国际航线就飞国内航线。

中国有特殊的大国效应，我们的市场足够大，养得起一个民机工业。只要有决心，总有一天欧美得给我们适航证。10 年不行就 20 年，20 年不行就 30 年。不飞就得不到验证。当然，适航体系我们还是要认真学习，毕竟这是多年积累起的宝贵经验。

需要说明的是，对于大型复杂技术系统工业，比如航空、通信、高铁产业，其国际竞争力除了产品本身外，实际上政府的能力与国家的能力也是重要的组成部分。**市场经济是非常复杂的，千万不可简单化。这么说吧，经济学教科书讲的市场经济就是“菜市场经济”，几百个菜摊谁也不能影响市场价格，最符合完全竞争情形。但是高端制造市场不是，比如波音、空客两家公司决定了整个民机行业技术进步的速度、产业链的结构与产品的价格。当然背后还有它们与政府共同积累起来的经验基础，人们买**

波音飞机很大一部分原因也是对美国政府有信心。

但是，当下国内有些人以为只要政府什么都不管就有好的市场经济，产业就能升级了，这太天真。美国联邦政府的能力非常强大，包括对航空市场的监管。

赵忆宁：C919将正式下线，您有何感想？

路风：这一天是有重要纪念意义的，它标志着中国高端制造业的一个历史性突破，也同时标志着中国工业发展从沉溺于低端经济活动开始奋起向高端爬升。

中国的大飞机项目是许多人、几代人争取来的，其中包括运-10那一代人。因此，虽然中国商飞要做成一个在商业上成功的公司，但它所承担的是一个民族的托付。我们每一个中国人都应该支持中国商飞做下去。**就算是我们现在与先进水平有50年的差距，但如果坚持做200年，那这50年的差距就不算什么。祝贺中国商飞！**

第二章　中国高铁：走向世界

引言

“中国高铁：走向世界”是“国际科技前沿”专题报道的第一个选题。2013 年 4 月，我开始联系中国南车股份有限公司（后与中国北车股份有限公司合并组建为中国中车股份有限公司）北京总部，在沟通的时候，我明确告知对方希望以正在研制的 605 公里高速试验列车与中国高铁“走出去”为调研主题。采访时间为 2013 年 10 月，地点为南车青岛四方机车车辆股份有限公司（现中车青岛四方机车车辆股份有限公司），文章刊登于 2013 年 10 月 25 日和 2014 年 1 月 17 日的《21 世纪经济报道》。

为什么将高铁项目作为开栏的第一个选题？让时间回到 2011 年，“7・23”甬温线特别重大铁路交通事故后，中国高铁陷入舆论的风暴中，负面报道可谓来势凶猛，尤其是微博上所谓的大 V 们激烈声讨中国高铁的情形历历在目。有一位知名专家，2012 年坐高铁嫌人少，感叹“这样低的客座率焉能不赔”，“我国过分投资，消费严重不足”；2013 年坐高铁又嫌人多，抱怨“买票如此之难，让人望而却步”，“对旅客排队习以为常，叫人极为失望”。总之，他认为高铁怎样都是不好。还有一家媒体，在 2011—2012 年间曾连续用封面报道质疑中国高铁发展，如《高铁通向何方》和《高铁国产化幻觉》，前者质疑“中国现阶段是否需要这么多高速铁路”，后者直截了当地认定“中国高铁是一个失败的案例”，也“根本没有获得任何核心技术”。总之，高铁被他们“妖魔化”成人人喊打的过街老鼠，甚至有人把“CRH”解释成“耻辱号”。这就是2011—2013年中国高铁的外部舆论环境。

高铁被舆论界“妖魔化”的后果是致命的：其一，高速铁路连续降速，从时速380公里降到时速300公里和时速250公里两个速度等级；其二，很多地方在建的高铁项目停工，比如湖南、浙江等地；其三，在青岛四方机车采访时人们告诉我，因为银行开始对修建高铁限贷，他们已经拿不到新的订单，一些职工开始回家待岗，每月只拿到一些生活费；其四，最令人惋惜的是停在厂里试验跑道上的时速500公里的试验列车，原本一直处于研发提速状态的高铁骤然刹车，它已经无法完成线路试验了，因为按照时速500公里以上超高速列车运行需求建设的京沪高铁枣庄西经徐州至蚌埠之间100多公里进行线路试验的路轨也被拆了。世界上运行速度最快的高速列车如龙困浅水，只能在厂内3.7公里的小环线上以时速不超过30公里的速度跑了1 000公里。

在整个高铁的发展遭到口诛笔伐的时候，2014年年初，这组“中国高铁：走向世界”的专题报道刊出，首先呈现在读者面前的就是“中国超高速试验列车”。中国只用十几年的时间，就使高铁技术位居世界最前列，到2016年底中国高速铁路总运营里程已经达到2.2万公里，超过其他国家高速铁路总里程，占全球高速铁路总长的大约2/3。根据国家发改委发布的《中长期铁路网规划》，到2025年，中国铁路网规模将达到17.5万公里左右，其中高速铁路达到3.8万公里，2030年中国高铁总里程更是有望达到4.5万公里。届时高速铁路线将贯穿全国的东西南北，连接全国80%的百万以上人口的城市。

当高铁成为人们出行便捷的交通工具，并在世界享有“中国名片”极高声誉的时候，我们不要忘记高铁艰难的发展历程，也不要忘记那些为研发中国高铁技术做出贡献的人。需要反思的是媒体：中国已经进入自主创新的时代，媒体该如何为创新型社会提供正确的社会舆论引导？技术创新本身就意味着种种不确定性，这是常识。彼时曾经把矛头指向中国高铁的人，如果有勇气承认自己当年的幼稚，才能说明其还有担当或者开始变得成熟。我要对所谓的舆论监督给一点忠告：媒体人若对技术与市场信息掌握或了解有限，在质疑问题前最好先审视自己的眼界。

2017 年 9 月 21 日，试验时速 400 公里的“复兴号”持续运行时速 350 公里，在全长 1 300 公里的京沪线开始运营，从北京到上海的行驶时间缩短至 4.5 小时。相比之下，在德国乘坐高速列车 ICE 从汉堡到慕尼黑的路程只有北京到上海的一半，但需要 6 小时。

中国高铁正在超越国界。2015 年 6 月，中国与俄罗斯签署了最高设计时速 400 公里、从莫斯科至喀山 770 公里的高速铁路规划设计项目，这是中国高铁走出国门的第一单。2017 年 9 月 7 日，泰国政府与中国签署了两项高铁项目合同。中国参与的无论是俄罗斯还是东南亚的新修铁路线，都是在用高速列车打造 21 世纪的“新丝绸之路”，以推动欧亚大陆的经济发展与融合。

中国超高速试验列车*

一辆银灰色超高速试验列车卧在南车青岛四方机车车辆股份有限公司四方车体分厂的铁轨上，这辆台架试验时速达到605公里的列车，在这里静静等待了两年，采访时，它甚至还没有一个名字。

超高速试验列车

时速605公里超高速列车台上试验

山东，2011年4月18日，6节编组的超高速试验列车，被两台50吨的龙门吊“放置”在巨大的滚动试验台上，依靠滚动台的轮轨带动车辆的运行。这个试验台不仅具有当时世界最高滚动速度——时速600公里，而

* 本文的删改版原载2014年1月17日的《21世纪经济报道》。

且可实现双向式滚动。6 节超高速试验列车由地面 2 500 伏高压供电系统代替高速列车的受电弓-接触网输送电力静态行驶。伴随着轰鸣声，超高速列车启动，经过不到 2 个小时，最后冲到了时速 605 公里的超高速。

佩戴降噪耳机的 30 多位工程技术人员聚集在二层观察室，注视着滚动台上方大屏幕上变换的曲线。按照设定的程序，轮轴的时速从启动开始稳步上升，100 公里，200 公里，……直到 580 公里之后改变了提升速度的节奏，轮轴时速继续上升：585 公里，590 公里，595 公里，600 公里，602 公里，604 公里，605 公里！当时速上升到 605 公里的时候，试验没有马上停止，列车保持该速度运行了 10 分钟，相当于在地面上行驶了 100.8 公里。

技术人员目不转睛地注视着眼前的操作台、控制台和监视台，收集 67 个加速传感器、16 个温度传感器、7 个位移传感器，以及电流、电压、噪声、电磁传感器发回的数据。“轮轴温度正常！”他们其中的一个人说道。有人指着屏幕回应：“粘着系数只有 0.1！”“轮轴姿态平稳！真是太完美了！”只有 36 岁的现场指挥梁建英显得有些激动：“我们成功了！”周围一群比她更年轻的设计师、工程师情不自禁地相互拥抱。

为了这次试验，公司组织召开了七次方案讨论会。参加试验的电气开发部部长焦京海回忆说：“100～200 公里时一点担心都没有，时速上了 550 公里以上心情开始激动，到 600 公里时就开始有点紧张了。”试验止步于 605 公里，是因为制定的试验目标为 600 公里。“试验台改建时，是按 600 公里设计的，速度再往上冲，担心对试验台不好。”主任设计师李兵解释说。

坐落在青岛四方机车车辆股份有限公司厂区内的高速列车系统集成国家工程实验室，耗资 4.14 亿元，总占地面积 4 万平方米。这辆由 4 万多个零件组成的超高速试验列车，经过 150 多项的仿真试验后，在 2011 年 3 月 2 日到 11 月 20 日的 8 个多月的时间，完成了包括系统集成、结构强度、舒适度和动力学 4 个领域的 15 个方面的所有专业测试。工程技术人员获得了超高速列车不同速度下的动力学性能、电气牵引性能以及车辆控制性能的数据。

高铁就像一架飞机在不停地起降

“高铁就像一架飞机在不停地起降。”中科院力学所杨国伟研究员这样说。杨国伟开创了跨声速非线性气动弹性研究，为中国高铁与大飞机研制提供空气动力与气动弹性方面的技术支撑。“坐飞机最危险的是起飞和降落，因为会有地面效应，包括建筑、风对飞机的激扰，所以飞机设计的难点在起和降的过程。而高速列车始终在地面上高速运行，从空气动力学上车与空气相互作用的角度来看，既要考虑地面对列车的强激扰，也要考虑到高速运行状况下气流对列车的激扰。波音 737 的巡航阻力系数在 0.028 左右，6 节编组时速 500 公里试验列车整车阻力系数约为 0.75，所以说使超高速列车在地面运行的技术比使飞机在天上巡航的技术要复杂得多。”杨国伟说。

民用飞机每小时飞行距离 800～900 公里，中国研制的超高速列车每小时运行距离在 500 公里以上。与曾在线上以每小时 380 公里最高时速运行的 CRH380A 相比，时速 500 公里以上高速列车的技术边界条件必须清晰：“空气动力学性能的表征是什么？安全性保障的动力学特点有哪些？受轨道不平顺影响，对振动激扰的响应不断加大，如何保证舒适的乘车环境？比提高速度更重要的是，能不能很好地停下来？”四方机车技术中心设计主审梁建英说。

在列车高速行驶中，行驶速度的主要抗衡者竟是空气。列车在运行中需要克服的基本阻力包括车轮与轨道摩擦的机械阻力和空气阻力。“当列车以每小时 200 公里的速度行驶的时候，空气阻力占总阻力的 70%左右，“和谐号”CRH380A 在京沪高铁跑出 486.1 公里的时速时，空气阻力超过了总阻力的 92%，如果跑到 500 公里以上，总阻力的 95%以上是空气阻力。”主任设计师李兵说。列车运行速度提高到 2 倍，空气阻力将增至 4 倍。正是这个平方关系，让设计师绞尽脑汁。

空气阻力的三大影响因素，一是车头迎风受到的正面压力，以及车尾受空气尾流影响的后拉力；二是由于空气黏性作用于车体表面的摩擦阻力；三是列车底架以及列车表面凹凸结构引起的干扰阻力。工程师们为降低空气阻力，以列车头型减阻为研究的开端。工程师们在对 200 多种模型进行优化的基础上，做出 20 个与实际尺寸比例为 1∶20 的头型模型，再通过计算机仿真分析，最终把筛选出的五款车头模型送到绵阳 29 基地作风洞试验，名为“箭”的头型被选定，其气动噪声、气动阻力参数最优。“从气动性能来讲，‘箭’与民航客机是可以媲美的。”李兵说。

让数百吨重的超高速列车在线路上飞跑，除了减少空气阻力外，加大机车的牵引能力是另一个关键。2008 年 6 月 24 日创下了 394.3 公里的最高时速的 CRH3 动车为 8 节编组，它的牵引总功率只有 8 800 千瓦；6 节编组的超高速试验列车在试验台上以每小时 500～600 公里的速度奔跑，经过验证牵引总功率达到 21 120 千瓦。“我们自主开发的大功率牵引变流器，其列车牵引总功率可达到 22 800 千瓦。正是有了大功率的交流传动技术，才有高速试验列车实现时速 605 公里的可能。”电气工程师焦京海说。

大功率牵引传动系统的技术研发，具有强大的技术扩散效应，除列车之外还可应用在其他制造领域。“大功率牵引传动系统的技术具有很好的外延性。除轨道交通领域以外，大功率牵引传动系统在许多工业传动领域都有广泛的应用，比如轧钢系统、船舶推进系统、石油钻井系统、电力系统等。”时任南车时代电气技术中心主任荣智林说。

高速列车运行依靠电能，电力输送是由受电弓与接触网接触完成的，这个过程被称为“受流”环节。这项技术也是迄今为止技术专家们最关注的技术之一。“双弓受流”技术曾经是困扰工程技术人员的一个技术难点。“现在看来这个也不太像技术难点了。”梁建英说，“车辆在高速运行时，前弓在取电滑过接触网时，会形成激扰，产生一个波，造成弓网之间的拉弧，导致下一个受电弓离线的可能性加大，影响车辆的牵引性能。如何保证后弓受流的稳定性，这是技术上的难点，但是现在看来，已经不算是难点了。”

希望最高速度出现在中国

“超高速列车在试验台跑到时速 605 公里，创造了新的速度纪录，但它不被业界承认，因为不是在线路上跑出来的数据。”李兵说。2007 年 4 月 3 日，法国 TGV 在线路上创造了 574.8 公里/小时的最高试验速度，目前为止尚未有新的纪录出现。2010 年 12 月，京沪高铁枣庄至蚌埠间的先导段联调联试和综合试验中，CRH380A 达到最高时速 486.1 公里，没有超过法国的纪录。中国超高速列车超越全球第一速，条件已经具备，只欠东风——上线试验。

按照原来的计划，2011 年 4 月完成超高速列车台架综合性能试验后，将在京沪高铁枣庄经徐州至蚌埠的路轨上进行线路试验。100 多公里的路轨按照时速 500 公里以上超高速列车运行需求建设成功，铁道部为此有明确的试验方案。

2011 年，“7·23”甬温线特别重大铁路交通事故后，“速度”变成一个高度敏感词汇，从那时起不再被提起，而是转为对质量的追求，包括安全性、可靠性、舒适性。事实上，该事故并不是缘于机车的质量问题。而在此前后，**原铁道部部长刘志军等官员因经济问题落马，对中国高铁发展造成更大的阴影：两年来，没有新的线路开通，生产企业没有获得新的国内订单。因为这意想不到的外部冲击，超高速列车的线上试验计划从那时起被搁置了整整两年。**

超高速试验列车从它离开试验平台后，面临着不可能再有线路试验的尴尬：随着上线试验计划被搁置以及京沪线的开通，路轨重新按照适合 380 公里/小时的速度做了调整。一列超高速试验列车没有地方可以上线做试验了。新车试验需要一条新的线路，而在新线建成之后、开通之前必须进行联合试验，包括线路状态检测、信号系统检测、车辆系统入网匹配。空车在线上进行达通试验，要持续数月。

围绕四方厂区，有一条 3.7 公里的闭合环形试验铁路。这辆有可能创造世界最高时速的列车，在这条线上以每小时不超过 30 公里的速度不停地跑，它跑了一个月，总里程约 1 000 公里。之后，超高速列车就在那条铁轨上静卧等待，难免使人有“蛟龙无水困沙滩”“只盼伯乐识良马”的感慨。工程师告诉记者：“我们只能做诸如部件可靠性的验证。”

多项创新技术等待上线验证

速度代表技术发展的综合实力。如同中国“两弹一星”的研制，超高速列车的研制也可谓举全国之力，有 2 万名科研人员、5 万名工程技术人员参与超高速列车的研制。**“我们当然希望最高速度能够出现在中国，由我们国家的车辆突破法国 570 多公里的时速值，让全世界认可中国的高铁技术。”**梁建英说。“一旦给我们机会上线路试，不一定非要高速，哪怕就跑到 350 公里/小时，我们也可以验证新技术的应用情况，包括大功率牵引系统、网络系统以及控制系统。观察状态，获得参数，这对我们很重要。”李兵说。

高铁是中国战略性新兴产业之一，而超高速列车则是中国体现原创能力的标志性作品。工程师与科学家们渴望上线试验验证试验台的试验结果，更加深入地探索中国超高速列车三大核心技术，即轮轨技术、空气动力学性能与弓网关系。

对工程师而言，多项设计的验证是无法在台架试验中完成的，超高速列车的三项核心技术有两项无法验证，即空气动力学性能与弓网关系。比如，台架试验在室内完成，缺少了风，则无法完成与空气动力相关的试验。“超高速列车需要验证的首先是车的阻力特性，这牵涉到能耗；其次是升力特性，这涉及脱轨系数；再次是脉动力的大小，这涉及列车的安全性；最后是交汇瞬时风的阻力，以及安全的避让距离。从理论上讲，目前已有的公式对时速 400 公里与 500 公里的车应该是适用的，但就研究和印证来说，这些仍然需要通过线上试验进一步验证。”杨国伟说。另外，即便是双向滚动试验台，也无法完成受电弓与接触网的受流试验。

对做基础理论研究的科学家而言，他们希望验证共性关键技术的基础理论和机理。以脱轨系数为例，车辆运行时，在线路状况、运用条件、车辆结构参数和装载等因素最不利的组合条件下可能导致车轮脱轨，评定防止车轮脱轨稳定性的指标叫脱轨系数，这个系数越大越容易脱轨。根据国际标准，脱轨安全性的标准是 0.8。“但是我们对高速列车做试验时发现，列车在线上每小时 480 公里的速度，脱轨系数只有 0.1～0.2，远远小于

0.8。如果每小时550公里的速度，实际运行时的脱轨系数是多少？为什么速度越快脱轨系数越小？它涉及高速基础力学的研究。全球范围的科学家们一直希望破解脱轨系数之谜。”转向架高级工程师马利军说。

抢占技术制高点，带动行业发展

本世纪是高铁的世纪。美国前总统奥巴马在2011年国情咨文中表示：“没有理由让欧洲和中国拥有最快的铁路。”奥巴马强烈意识到，高铁将是重塑美国全球竞争力的技术制高点。“技术上一定要抢占制高点，谁有抢占技术制高点的能力，谁就有带动行业发展的能力。以技术的先进性驱动市场的需求，这是全球市场经济竞争的规律。”梁建英说。

2007年法国TGV创造“全球第一速”，以应对德国磁悬浮列车抢占市场的挑战。“法国TGV的列车在线路上跑出了570多公里/小时，正是这一点给世界各国发出明确的信号——‘我的技术是可行的’。从此之后，世界高铁市场中法国高铁卖得最好。”杨国伟说。中国高铁驶向世界的车轮正在提速，说明高速仍旧是趋势。探索时速500公里以上超高速列车的技术，既是一项前瞻性的研究，也是拓展国际市场的技术储备。

技术的成熟需要积淀，而市场的拓展则是瞬间的延伸。中国高铁2004年引进日本川崎E2-1000原车，经过9年的时间，从引进、消化、吸收到如今技术全面领先，超高速试验列车的研制是技术纵向发展的制高点。只有掌握技术的制高点，才能够实现技术纵向与横向相互传递，不断拓宽市场覆盖面。“实际上500公里以上超高速列车的研发，是在CRH380A的技术基础上向上的拓展，而城际列车则是向下的拓展。高铁行业这么多年积累的技术创新，已经传递给地铁制造。”梁建英说。

高铁人对技术的追求并未停止。为了更好地理解空气动力学的作用关系，四方机车正在计划筹建一个小规模的风洞实验室。“虽然我们是一个工程单位，但是我们需要自己去突破、掌握和积淀一些新技术，我们想为后人留下点什么。”梁建英对记者说。

高速是我们追求的梦想*

——专访南车青岛四方①副总经理、总工程师梁建英

梁建英

梁建英，1995年毕业于上海铁道学院（现为上海铁道大学），专业是动力传动与控制系统；33岁时成为研制高速列车CRH380A创新团队的骨干之一，先后担任南车青岛四方（现中车青岛四方机车车辆股份有限公司）技术中心设计主审、高级工程师，300～350公里高速列车和新一代超高速列车的主任设计师，南车青岛四方公司副总经理。

赵忆宁：最近，“高铁外交”带动了新一轮有关高铁的话题。我不是赶热闹，而是对南车四方关注了很久，特别是对新一代高速列车的研制更为关注。

梁建英：2013年10月份，中国高铁展在泰国举办。我们的CRH380A新一代高速列车在展会上亮相，并引起广泛的关注。近几年这个车型也参加过许多展会，比如2012年美国费城的高铁大会，以及德国、巴西的展会，都曾引起大家很大的兴趣。作为这个车型的设计研发人员，我们感到非常自豪。

CRH380A高速列车，是我们企业高速列车技术创新的结晶，也是国

---

* 本文原载2014年1月17日的《21世纪经济报道》。

① 现中车青岛四方机车车辆股份有限公司。

家高速列车技术进步的标志。这个型号的车2010年批量出厂，到2014年1月已经在京沪、京广等高铁线上运行了3年多的时间，成为中国高速铁路上的主要运营车型。为了这个车型的研制乃至高速列车的技术创新，我们经历了艰苦的过程，在取得很多突破的同时，也积累了很多技术成果，比如近几年我们在这个行业已获得了169项国家专利。

赵忆宁：南车四方走了一条引进、消化、吸收到再创新的道路。时至今日，人们对高铁的引进仍然议论纷纷。

梁建英：2004年我们引进日本川崎E2-1000原型车。这个车型不是引进来就可以用的，而是要针对我国线路条件进行适应性设计改进。那一年，国务院明确提出“引进先进技术、联合设计生产、打造中国品牌”的总体要求，因而“打造中国品牌”是我们的最终目的。时速200公里高速列车项目总量为60列车，其中3列车是原装进口，6列车是散件组装，剩下的51列车都是国产列车，也就是在国内实现生产制造。从2004年项目启动，到2006年7月产品交付时完成国产化，引进、消化用了两年多的时间。我们公司从引进原车技术开始历经8年时间完成了高速动车组的研发平台、制造平台及产品平台的搭建，实现了自主知识产权产品的研发与制造，并已经为用户提供了批量的产品，且产品整体的运行性能稳定。

赵忆宁：从中学习到了什么？

梁建英：引进的是200～250公里/小时速度等级动车组技术，四方公司近百名专业人员参加了培训。双方的合作是比较愉快的。当然，我们引进的是这型列车制造技术，主要的转让和培训内容也是围绕着如何帮四方在国内完成这型列车的国产化展开的。高速列车的设计原理、设计方法并不在引进范围内。也就是说，对方主要告诉你“其然”，“所以然”是不在引进范围内的。因此我们进行了一系列的线路试验，比如，京津线、武广线、郑西线等线路上的试验，从试验中寻找答案。我们进行了历时两年多的大规模的线路试验，包括空气动力学、动力学、弓网关系、动应力、振动噪声、牵引制动等试验，对大量的数据进行分析，摸索其中的规律，采用不同的方案对列车设计加以完善与改进。

赵忆宁：有些人质疑中国高速列车知识产权的问题，您怎么看？

梁建英：高速列车的知识产权界限是十分清晰的，自主设计、制造的产品就有知识产权。我们说CRH380A具有自主知识产权，是因为我们在列车总体集成以及转向架、头型、车体等关键系统上进行了自主设计。我们可以看到，CRH380A列车与引进的时速200公里动车组在技术参数、具体结构及性能上有很大差异，所以我们拥有独立的知识产权是毫无疑问的。在国际市场上，没有知识产权就无法实现“走出去”。2010年，我们为了进入美国高铁市场，曾委托美国的一家律师事务所，对CRH380A技术的知识产权作了900多项评估。经过美国专利商标局（United States Patent and Trademark Office）专利检索，没发现任何一项存在侵权。2011年底，我们以CRH380A车型参加了港铁公司的时速350公里动车组项目的国际招标并中标。这些都说明了CRH380A动车组列车的知识产权是经得住考验的。

CRH380A 高速动车组（香港高铁）

赵忆宁：我更感兴趣的是超高速试验列车的研制，它是全面创新阶段的代表作吗？

梁建英：超高速试验列车的规范名字是更高速度试验列车，它的研制成功与否，并不完全取决于设计、研发技术，它要求相关产业的配套包括基础材料能跟得上，你设计出来，但如果没有能力制造出来的话，仍是纸上谈兵。

赵忆宁：研制这个列车的初衷是什么？

梁建英：高速一直是我们追求的梦想。我们的设想是做成一列研究用的试验列车，并没有进行大批量载客商业运营的规划。我们的研制主要有三个目的：一是探索更高速度下高速列车的力学行为，获得更高速度下的试验数据，深入掌握高速列车规律；二是建立一个移动的试验平台，测试对关键部件所做的技术创新，为后续高速列车技术再发展打基础；三是为新材料、新工艺、新技术的应用提供一个研究平台。

赵忆宁：如此大的工程实践，你们是如何管理的呢？

梁建英：以什么途径实现既定的目标非常重要。对于高速列车这种大型工业产品的研制而言，技术的复杂考验着研发主管对技术收放能力的掌控。你必须明确技术路线与技术方向，知道将以什么方式实现目标，确保在技术和进度上把握得住。当然，我们有完善的工业体系，也可以做到在全球配置资源，但是，当想法提出后，能不能实现，多长时间实现，这个很重要。因为一个想法出来了，要多少年后把它实现，这个问题就变成科学了。这涉及大型工程的组织管理。

赵忆宁：这是一次大型工程制造的集合性创新。有几万名工程技术人员与众多科学家参与高铁项目的研制，这是一个协同创新的案例。两者各扮演什么角色？是科学的胜利，还是工程的胜利，或者是二者共同的胜利？

梁建英：应该是二者共同的胜利。20 多所大学和十几个科研院所的科研人员与我们合作，贡献了他们的专业知识，我们感受到他们的精神与力量。但我认为，企业是高铁创新整体技术架构、整体技术策略与技术统筹的组织者。或者说，这一成功是在这个总体框架下集合、激发多种智力资源的结果。

赵忆宁：您的意思是工程实践与理论相结合，还是工程实践走在理论的前面？

梁建英：两者都有。我们在研发中发现，工程经验非常重要。工程技术人员经过大量的工程实践，积累大量经验后，对问题的判别与处理，方向会把握得非常准，这是工程积累的经验。总体来讲，是工程推动了理论的发展，或者说是理论指导了实践，实践升华了理论，进而推动了理论的发展，这两个过程是相辅相成的。

赵忆宁：公司每年用于科研的投入是多少？

梁建英：我们公司每年的科研投入是销售收入的 5%～6%。近三年的科研项目配套投入，每年在 10 亿～15 亿元。具体到 CRH380A，企业自投入约 4 亿～5 亿元。您可能觉得投入不是很多，因为是要根据产业的规模最终确定它的成本。比如航天研发投入巨大，因为航天工程的很多东西都是非批量化的，甚至一次性的。高铁产业介于航天工业与汽车工业之间，汽车的生产批量与市场规模更大，其研发成本的分摊会更小。

赵忆宁：您是高速列车项目的学术带头人，也是组织者、管理者。您的梦想是什么？

梁建英：我的梦想是让全世界认可中国的高铁技术，让我们国家的高速列车技术领先世界。同时更希望我们自己制造的列车能够安全可靠地服务于国家和社会，我觉得这个更重要。

赵忆宁：两者矛盾吗？

梁建英：不矛盾。速度代表技术的先进性，安全代表技术的成熟性。我们研制一系列高速列车，就是要让世界看到中国高速列车自主研制的能力。

赵忆宁：我更加看重同行的评价。高铁领域的国际同行是如何评价中国高铁的呢？

梁建英：2012 年，在美国费城举办的高铁大会上，国际同行对中国的高铁技术都给予了非常高的评价；同年年底，我们在加利福尼亚州参加高铁论坛，会议日程的小册子上面就有我们的 CRH380A 的相关内容。我们既没有推荐，更没有花钱，是论坛主办方自己的选择。

赵忆宁：看见一系列高速列车在中国大地上跑，是您最大的愿望吗？

梁建英：列车的安全可靠运营是最关键的，所有的技术人员都要以这个为根本，在此基础上对技术进行再提升。我最高兴的是看到我们国家有了这么多高铁。我们的愿望是能够为国家高铁事业的发展做更多的事情。

中国强势进入高铁国际市场*

——专访南车青岛四方①副总经理倪胜义

倪胜义

“从价格来讲，确实没有高额利润，但是由于批量大，而且车体材料采用了成本更低的碳钢，所以我们还是要全力争取。”针对市场此前对南车青岛四方（现中车青岛四方机车车辆股份有限公司）低价竞标的质疑，南车青岛四方副总经理倪胜义在接受记者专访时如此回应。

2013 年 8 月 20 日，阿根廷政府发布公报，正式批准从南车青岛四方采购铁路设备。这不仅是阿根廷政府最大的一次性投资政府采购项目（总计约 10 亿美元），也是中国企业在南美获得的最大的轨道交通装备订单。

近年来，由于国内市场突然放缓，轨道交通装备制造企业急需海外订单来缓解经营压力，南车青岛四方也成立了专门团队负责开拓海外市场。

倪胜义从 2010 年起受命领衔该团队开拓海外市场，他告诉记者：“我们（南车青岛四方）把全球市场划分为三大区域。第一个是东南亚与澳大利亚区域，包括新加坡、泰国和澳大利亚等，随着李克强总理的积极推动，这个区域有可能是下一个最有希望的市场。第二个区域是欧美。第三个区域包括中东、中亚与非洲大陆。”

作为列车转向架和制动设计领域的专家，倪胜义早在上世纪就有开拓

---

* 本文原载 2013 年 10 月 25 日的《21 世纪经济报道》，收入本书时标题有改动。

① 现中车青岛四方机车车辆股份有限公司。

海外市场的工作经验，1997 年主管设计向尼日利亚出口的 150 辆客车，并被派往尼日利亚负责交车与售后，历时一年半。2002 年他前往澳大利亚埃迪斯科文大学（Edith Cowan University）攻读 MBA 学位；从 2003 年年末开始，中国全力推进高速铁路项目，倪胜义任时速 200 公里动车组项目副总经理，参加高铁的技术引进和转让；2010 年他受命开拓海外市场；现担任南北车合并而来的中车的北美公司总经理。

拿下阿根廷大单

赵忆宁：请介绍一下向阿根廷出口城铁订单的确切数字以及合同额。

倪胜义：我们获得了两个订单。其一是萨缅托线（Sarmiento）和米特雷线（Mitre）的 409 辆，其二是罗卡线（Roca）的 300 辆，加起来一共 709 辆。合同金额约为 10 亿美元。

赵忆宁：什么时候开始在阿根廷参与竞标？

倪胜义：对阿根廷项目，2009 年我们就投过标并签约，但由于业主方的融资等原因而停滞。2010 年，有关各方都在跟踪南美订单，我们也不间断地跟踪米特雷线、萨缅托线和罗卡线更新城铁车辆项目。阿根廷地铁私有化后，2012 年 2 月 22 日，布宜诺斯艾利斯发生列车脱轨事故，造成人员伤亡。为尽快改善交通状况，阿根廷政府主导城铁更新换代工程，开始了近 60 年来规模最大的城铁投资项目。2013 年年初我们又到访阿根廷，拜会了阿根廷政府主管部门的部长。

赵忆宁：能够见到内政交通部部长，说明工作到位。

倪胜义：是他们邀请我们访问的。部长是一个非常爽快的人，先问 2009 年签约的车是什么样的，什么时候能交车。我们准备得很充分，回答说最短需要 12 个月，条件是我们不能等待融资，因为融资审批过程很长。部长说，不用担心，我们使用外汇采购。然后问到价格。他说，我们在量上增加一些（米特雷线），可不可以优惠？之后，他希望我们留下进行细节交流。我分析，部长果断决策是由于有强烈的需求。回来以后我们马上向使领馆报告了，他们甚至不相信阿根廷愿意使用外汇购买。

中国为阿根廷生产的列车

赵忆宁：127万美元一辆是个好的出价吗？

倪胜义：从价格来讲，确实没有高额利润，但是由于批量大，而且车体材料采用了成本更低的碳钢，所以我们还是要全力争取。2012 年初，我们参加过阿根廷地铁 H 线的投标，法国的阿尔斯通（Alstom）、韩国的现代汽车集团铁路车辆制造公司（Rotem）都参与了竞标，当时阿尔斯通报价 130 万美元一辆。这次我们的价格比阿尔斯通低一些，但因为批量大，所以这个价格在国际上还是合理的。

赵忆宁：请告诉我你们以这个价格出售的理由。

倪胜义：当前国际市场竞争非常激烈，技术和价格成为影响竞争的重要因素，国际上一些知名的制造企业也常常采取低价竞争的策略。另一方面，这几年这个行业的国内市场进入了明显的调整期，老订单结束了，新订单未启动，公司订单不足，企业经营压力非常大。另外，从常识来讲，卖东西总不能干赔本的买卖。当然，如果是私营企业，那它自己愿意谁也管不着，但我们是国有企业，是有经营指标要求的，国资委是有考核的呀！

“国际化经营”的战略布局

赵忆宁：看样子市场传言已经影响到了你们获得大订单的喜悦心情。但是，我们还是为中国城铁“走出去”而感到骄傲。请介绍一下企业以往的海外销售的历史。

记者在南车青岛四方虚拟现实中心体验沉浸式系统

倪胜义：南车青岛四方在中国轨道交通装备制造企业中是做海外市场的“鼻祖”。我们做的第一个国家援外出口项目是20世纪70年代的坦赞铁路。136台机车、132辆客车，都是我们制造的，1993—1994年我们又交付了第二批150辆车。后续出口的国家包括缅甸、尼日利亚、委内瑞拉、纳米比亚、斯里兰卡等。从2004年开始，我们进入高铁升级转型时代，这个时期，我们集中全部精力搞高铁列车，海外的销售稍有放缓。到2010年下半年，我们开始重点思考如何携新技术、新产品开拓海外市场。实际状况是国内市场突然放缓，企业急需海外订单；从国内企业来看，其他的企业也在“走出去”，竞争非常激烈。我们再回头来做海外市场，困难不小，这逼迫我们思考如何设立目标，以及采取什么策略拓展海外市场。

赵忆宁：你们的目标与策略是什么呢？

倪胜义：从2010年我分管海外市场工作以来，一直在思考这个问题。一是从项目的跟踪入手，优先解决订单不足的问题。你知道，海外市场开拓如果没有这样两年一个周期的持续不断投入，想开花结果很难。从收集项目信息到投标，再到投标批准后的实施，这其实是个系统管理工程。二是思考如何立足长远。传统的简单贸易方式就是，投个标，签个合同，生产完送出去，搞个质保售后，货款回来以后保函释放，人撤回来，这样项目就完成了。我认为，根据国家提出的国际化经营要求，这种简单的贸易方式不是长远之计。我们在尝试实现当地化生产。因为世界各国也确实看到了中国在高铁技术引进过程中的效应，它们也都想学习中国，希望利用铁路基础设施的投资拉动当地经济的发展。

赵忆宁：本地化生产不是给自己培养竞争对手吗？

倪胜义：从表面上来看可能是培养竞争对手，实际上从长远来看，将形成合作共赢的局面。我们所讲的本地化生产，目前也做不到全部在当地生产，有些东西还是组装生产。另一方面将我们所积累的研发技术转化成为一定规模的附加值，这既能与当地业主的需求相适应，又能与我们企业乃至国家要求的国际化经营战略相一致。这个工作说起来简单，做起来可是很复杂的。

赵忆宁：这些是目标的设定。请问你们开拓海外市场的战术布局是什么？

倪胜义：我们（南车青岛四方）把全球市场划分为三大区域。第一个是东南亚与澳大利亚区域，包括新加坡、泰国和澳大利亚等，随着李克强总理的积极推动，这个区域有可能是下一个最有希望的市场。第二个区域是欧美，这是个重点区域，虽然在欧洲近期形成订单很难，但是南美是一个不可忽视的市场。第三个区域包括中东、中亚与非洲大陆。在每一个区域里，由这个区域的团队负责收集项目信息，同时在全球性的平台上展开竞争。目前有70多人做海外市场。

赵忆宁：做海外市场非常不易，存在着严重的信息不对称，对吧？

倪胜义：是的。从2010年开始，我们花了一年半多的时间与大量精力，除了跑市场，就是谈合作，其中有成功，也有失败。我们与美国GE谈合作，它对我们的高铁技术很感兴趣，希望实现美国高铁的当地生产，包括轻轨地铁。双方谈了一年半的合作，甚至签了合作框架协议，但后来由于 GE 面临金融危机的压力，在对美国国内市场做了一个分析后，提出来不能合作了。又比如我们去南非投标，成立合资企业。我们一直不断地在探索。我们所希望实现的国际化经营就是以项目为带动，考虑实现本土化生产。另外，我们也在考虑维保业务，利用我们的技术优势在当地建立维保基地，对传统制造业务进行延伸。

让中国高铁走向全世界

赵忆宁：能给出一个海外市场推进的总体态势评价吗？

倪胜义：总体上来讲态势非常好。对我们这个行业来说，投十个标能中两个就算中标率比较高了，尤其是海外市场。原来我们是传统机车车辆制造商，2004 年以前我们产品的主要出口对象是发展中国家，那时的产品与西方的产品是有差距的。这几年得益于我们的高铁发展，我们的技术实力、制造水平和产品质量有了大幅提升，达到了世界一流水平，产品开始出口发达国家和地区。比如，我们在新加坡市场取得了突破性进展，连续获得三个 A 型铝合金地铁车辆订单，出口车辆总数超过 300 辆。另外，我们获得了香港高铁订单。这是一个国际招标项目，包括川崎、庞巴迪等公司都来竞标，2012 年年初我们赢得这一订单。

赵忆宁：你们去年(2012年)的海外销售额占年度销售额的比重是多少？

倪胜义：去年南车青岛四方的销售额是 240 亿元人民币。我们今年（2013 年）签订的海外订单约 60 亿元人民币，到明年（2014 年）基本上就可以形成销售收入。换句话说，如果明年（2014 年）公司总的收入还是 240 亿元人民币的话，海外销售额可能占到四分之一。

赵忆宁：你们明年(2014年)还会有这么大的单子吗？阿根廷项目是否是个例外？

倪胜义：应该说是偶然当中带有必然。

赵忆宁：国家有关方面正在做跨境高铁的研究，其中包括欧亚线、中亚线和东南亚线，规划非常宏大。你们有什么打算？

倪胜义：我说过，我们的高铁已开始“走出去”。面对国际化的市场竞争，我们要采取新的营销模式，要立足每个项目的实施，打造精品工程，实现和客户的双赢，树立中国南车（现中国中车）品牌形象，提升中国制造业在世界上的影响力。当然，这需要一代代人的不懈努力。

赵忆宁：李克强总理在泰国强势推介中国高铁，当你听到“以大米换高铁”的时候，有什么感想？

倪胜义：我认为，只要政府推介，是否用大米换不太重要。我由衷地为我们国家感到自豪，以前我们用初级产品换国外的高技术产品，如今，变成人家用初级产品换我们的高铁。其实，这是中国近些年来高新技术发展的缩影。我们非常有信心让中国高铁走向全世界。

第三章　特高压输电：中国挑战美国创新领导地位的重大工程

引言

2013年12月26日，《21世纪经济报道》刊登了我撰写的《特高压项目评估受阻　“十二五”电网规划何时出台》一文。这篇文章直面国家第十二个五年规划纲要所明确的“发展特高压等大容量、高效率、远距离先进输电技术”电网建设的要求，指出多条特高压输电线路的建设，缘于意见分歧审批被搁置，相关部门也迟迟未能出台“十二五”电网专项规划。此文发表后引起业内人士的广泛关注。

2013年冬季，有史以来最严重、时间最长的雾霾“攻陷”整个中国。值得关注的是，2013年9月，中国官方在整治空气污染上迈出了重要一步，政府宣布了一项重要的“减霾计划”（即《大气污染防治行动计划》），力求降低煤炭的使用量和汽车尾气的排放量，争取到2017年，全国地级及以上城市可吸入颗粒物浓度比2012年下降10%以上，优良天数逐年提高。

正是伴随着严重的雾霾，争论不休的特高压输电项目建设被推向前台：一方面雾霾深锁中国百余城市，而另一方面，“十一五”以来在东北、西北地区兴建的风电基地，正面临前所未有的“弃风”，这些地区由于电网接纳能力不足，外送通道建设滞后，风电场暂停运转。焦点集中在电网输送能力欠缺以及走什么样的技术路线建设输电网，当时面临的情况是关于特高压输电线路旷日持久的争议久拖不决，各方无休止地争论而无人拍板。长此下去，有可能错过发展机遇，国家的损失和代价将是历史性的。

文章发表后，国家发改委能源局出奇地平静。2014 年 4 月 18 日，在新一届国家能源委员会首次会议上，国务院总理李克强明确要求，发展远距离大容量输电技术，当年要按规划开工建设一批采用特高压和常规技术的“西电东送”输电通道，优化资源配置，促进降耗增效。应该说这给有关特高压输电项目建设的争论画上了一个阶段性的句号。

原本事情到这里可以结束了，但是没有。在采访调查的过程中，我接触了一些特高压输电技术，深深为特高压输电技术之美所吸引。我有一种冲动，要把冲击内心的感受分享给读者，让更多的人了解什么是特高压输电，特别是特高压输电技术在国际上得到的是什么样的评价。所以才有于 2014 年 5 月 15 日发表在《21 世纪经济报道》的专题报道“特高压：中国挑战美国创新领导地位的重大工程”，这组专题共有五篇，都收入本书中。

全方位、多视角报道特高压在媒体中是第一次。从新闻报道专业的角度讲，也是把特高压输电技术“翻译”成读者能够理解的一个专项技术的写作尝试。

中国特高压输电线路

特高压输电：引领中国从技术追赶到技术领先的转变*

2014 年 4 月 18 日，在新一届国家能源委员会首次会议上，国务院总理李克强明确要求，发展远距离大容量输电技术，今年要按规划开工建设一批采用特高压和常规技术的“西电东送”输电通道，优化资源配置，促进降耗增效。

记者从国家电网公司等处获悉，《大气污染防治行动计划》重点输电通道论证报告已经通过了评估，即将获得国家能源局的批复，这意味着，包括特高压“四交四直”的 12 条重点输电通道工程即将全面启动（淮南—南京—上海特高压交流工程已于 2014 年 4 月 21 日获得核准）。特高压输电将步入全面加快发展的关键阶段。

尽管中国古代对人类科技发展做出了很多重要贡献，但为什么科学和工业革命没有在近代的中国发生？这是著名的李约瑟难题。为什么从公元 6 世纪到 17 世纪初，在世界重大科技成果中，中国所占的比例一直在 54％以上，而到了 19 世纪，骤降至 0.4％？中国与西方为什么在科学技术领域拉开如此之大的距离？这是李约瑟在 20 世纪 30 年代研究中国科技史时提出的问题。李约瑟难题犹如一个复杂的“高次方程”摆在我们面前。

中国人正在用行动破解李约瑟难题。中国于 1995 年宣布，决定实施“科教兴国”战略，到现在实行“创新驱动发展”即“科技强国”战略，中国出现了近代以来最大规模的科学革命与技术创新，正在形成科学技术全面追赶的态势，一场科学与技术的革命已经开始。

在世界高新技术前沿领域的名单中，特高压输电技术的自主创新具有代表性——特高压输电不是“拿来”的技术，也不是买来的技术。事实

---

* 本文原载 2014 年 5 月 15 日的《21 世纪经济报道》，收入本书时标题有改动。

上，即便有钱也无法引进或者购买特高压输电技术，我们走了多年的“引进消化吸收再创新”的追赶途径遇到空前的挑战。

国家电网公司党组受国家责任——保障与支撑中国经济发展对能源需求的供给，提供安全、高效、清洁能源——的驱动，早在2004年，就前瞻性地做出决策，要自主研发、设计建造中国特高压输电网。为研制特高压输电网，国家电网从2005年到2012年，拿出总计400亿元人民币投入研发，占营业收入的3%。上万名科技人员浩浩荡荡集结在特高压输电网的旗帜下，踏上艰难的研制特高压输电网之路。

以2009年建成的第一个特高压试验工程投运为标志，中国仅用四年时间就建成了目前世界上运行电压最高、技术水平最先进、拥有自主知识产权的交流输电工程。它具有非凡的标志性意义：在新中国成立以来持续的科技追赶过程中，一步步超越了“并驾齐驱”阶段，坚实地向科技领先的转折点迈进。事实证明，中国正在迎来破解李约瑟难题的时代。中国的科技创新正处在从追赶发达国家到领先的转折过程中。

特高压输电网的建成，在世界能源、电力输送以及电工制造多个领域，引发极大的震动。2010年11月29日，诺贝尔物理学奖获得者、美国时任能源部部长朱棣文（Steven Chu），在华盛顿对媒体发表题为《能源领域竞争正在成为美国新的卫星时刻》演讲时说道：“中国挑战美国创新领导地位并快速发展的一个重要领域，就是最高电压、最高输送容量、最低损耗的特高压交流、直流输电。”国际大电网委员会（CIGRE）秘书长让·科瓦尔（J. kowal）认为试验示范工程的投运“是电力工业发展史上的一个重要里程碑。”这是到记者采访时为止国际权威人士给予特高压输电网的最高评价。

美国能源部前部长（克林顿时期）比尔·理查森（Bill Richardson），2014年1月7日在美国Politics网站撰文，标题是《美国的第三世界电网》（America's Third World Energy Grid）。他认为美国的能源传输系统就像一团乱麻，处在“第三世界”的水平，“各地诸侯各自为政”，互不连接，丝毫不理会真正的需求是建立一个完整的、协调一致的国家电网系统，据此他认为“中国是美国学习的榜样”。

理查森说，中国的国家电网公司投入高达1 000亿美元的巨资开发特高压输电技术，令人惊叹。该技术有望解决困扰中国以及其他发达国家几十年的输电难题。中国面临的最大挑战与美国类似，即连接本国最新的可再生能源电站与高度城市化的地区。这些电站往往离高度城市化的东部地区很远，没有特高压输电，这一愿景将难以实现。通过提高发电和输电效率，特高压输电还能优化煤炭的利用、减少温室气体排放。

特高压输电技术的突破与应用，首先根植于中国大地。特高压输电的输送距离是 3 000～5 000 公里，把新疆的煤电输送到 5 000 公里之外的广东，把四川的水电输向 2 000 公里之外的上海，把内蒙古的风电、光电输向北京。未来几年，国家电网以中国能源基地为圆心，在中国 5 000 公里范围的半径上，将会出现更多的点。根据规划，到 2020 年，国家电网将建成“五纵五横”特高压交流网架和 27 回特高压直流输电工程，将具备 4.5 亿千瓦电力大范围配置能力。

特高压技术已经走向世界。国家电网公司获得承建巴西美丽山 800 千伏特高压直流 2 092 公里的输电线路项目。工程计划总投资约合 18 亿美元。中国特高压技术成功竞标告诉我们，只有确立高技术的核心竞争力，即形成不可替代性，才能把握机遇，拓展走向世界舞台的更大空间。

特高压输电技术在国内外的成功实践给我们带来新的梦想。如果把特高压输电项目建设的圆心移向世界五大洲，每个圆心 5 000 公里半径辐射的范围将包含哪些地区？可能是从北非撒哈拉沙漠延伸到欧洲腹地的德国，也可能是从中亚延伸到欧洲大陆，或者是从俄罗斯延伸到北极！

特高压输电技术的创新告诉我们，科学技术已经不仅仅是生产力，也是一种重要的政治资源；科学技术不仅体现综合国力的基础与核心，更是国际政治实力较量的重要“武器”。特别是在 21 世纪，谁掌握了高技术谁就掌握了世界的话语权。特高压输电已经跨出技术创新的“小棋局”，当有一天真的实现跨国、跨州特高压电力传输时，难道不是在布一盘改变全球能源经济地理乃至地缘政治的新棋局吗？

特高压输电的曲折之路：追寻特高压技术创新之美*

特高压输电之瞬，含有突破认知极限的至美。追寻特高压输电技术创新的过程，犹如穿过贴满永不可见、永不能窥视其色彩的图画的电学长廊。正是这些既真实又不可见的内容，弥合了常人对物理学中电学知识与真实的电的认知罅隙。科学家在特高压输电领域的每一项创新，都在描绘着怎样依据抽象的理论在泥泞的物质世界里蹒跚前行。这些创新在突破技术极限的同时，让我们欣赏到电学的优雅之美。

电，是工业社会中人类依赖的消费品。虽然人们离不开电，却少有人关心电是怎样从发电源被送到千家万户的。输电不是很简单吗？不就是把电从一个地方传送到另一个地方吗？不，输电技术很复杂，尤其是特高压输电技术非常复杂，它涉及无数个环节和许多电学知识。

1880 年 12 月，美国纽约提供了真正意义上的公用照明电力服务，这是一条由 Brush 电力公司建设的输电线路，在曼哈顿的几条街道之间供电，只有 3.2 公里；1889 年，俄勒冈州波特兰通用电气建造了 14 公里的输电线路，额定输送功率 4 千瓦，创造了当时世界范围内电力传输的“高压”奇迹。

一百多年后，在中国，河南已经通过一条 800 千伏特高压直流输电通道与新疆相连，每年可以从新疆获得 370 亿千瓦时的电量，其线路总长 2 192公里，途经新疆、甘肃、宁夏、陕西、山西、河南六省（自治区）。自 2009 年以来，国家电网已经先后建成投运两条交流与三条直流特高压输电线路。

---

* 本文的删减版原载 2014 年 5 月 15 日的《21 世纪经济报道》，收入本书时标题有改动。

电力科学家们怎样将输电距离从 3.2 公里增加到 2 000 公里以上，甚至未来的 5 000 公里？技术秘诀是提升输电电压。为此，科学家们为提高既看不见也摸不着的输电电压等级不懈努力。电网建设历史记录显示，百年来输送电压从 10 千伏、35 千伏、110 千伏、220 千伏、330 千伏、500 千伏、750 千伏，直到 1 000 千伏。

但是，每一次提高电压都面临电力传输技术的障碍。交流输电电压一般分为高压、超高压和特高压。每提高一个输电压等级，都面临技术极限的挑战。

锦屏—苏南±800 千伏特高压直流输电工程航拍

难题之一：提高电压与控制电压

陈维江是特高压输电研究领域的专家，是国家电网公司交流建设部副主任，在特高压输电重大关键技术的研究中发挥了重要作用。当记者在国家电网办公大楼的一间会议室问及突破特高压输电技术的最大难点是什么时，他回答："首要攻克的是电压控制难题。"

特高压，顾名思义就是特别高等级的电压。科学家们千方百计提高电压传输等级，为何首先要考虑的却是如何控制电压？"电压控制"是输电技术领域的重要概念，是指电源电压超过其额定值时的电压控制，包括三个方面：第一是系统运行电压控制，第二是内过电压控制（包括暂时过电压、操作过电压以及特快速瞬态过电压），第三是雷电过电压控制（又称外过电压）。

当电网正常运行时，线路 50 赫兹正弦波的电压是运行电压。比如 1 000千伏特高压线路，系统运行电压是 1 000 千伏；500 千伏超高压线路，系统运行电压就是 500 千伏，系统运行电压也被称为稳态电压。而过电压则是一种瞬态电压，只在某个瞬间突然出现，而不像正弦波那样周期循环。过电压要比运行电压高很多，如果以音响设备作比喻，播放正常声音时可视为系统运行电压，而当插拔信号线发出砰砰巨响的瞬间可以视为过电压。电网线路中变压器、并联电抗器日常的投切、分合闸，乃至线路故障等都会引起线路的过电压，统称为内过电压。而线路、杆塔、地线、避雷线遭到自然雷击引起的过电压称为雷电过电压。

冲击电压发生器输出电压创世界纪录

从超高压 500 千伏到特高压 1 000 千伏，电压翻了一番，控制电压的允许值是简单的倍数关系吗？陈维江说“不是的”。他介绍道，实际上，特高压允许系统运行电压升高的过电压裕度（系统运行电压与过载电压之间留有余地的程度）反而变小了。以系统运行电压做基准，即为1倍，在110千伏、220千伏时过载电压有3倍的裕度，当电压为500千伏时是2倍，750千伏时是1.8倍，到1 000千伏特高压时只有1.6倍的裕度。

“需求是要提高电压的传输等级，因为特高压线路输送的能量大、距离长，但是从技术的要求上看，越是高电压等级，操作过电压允许的倍数越小，意味着电压控制更加困难。”陈维江说。

使用什么手段控制特高输电的内过电压与雷电过电压呢？从2004年开始，中国电力科学研究院先后有几十位科研人员从事1 000千伏特高压交流输电系统过电压的研究，研究课题包括标准电压选择，过电压与绝缘配合，防雷防护，同塔双回路系统断路器瞬态、稳态过电压与电磁暂态优化等十多项。这些特高压输电工程急需的科技成果，特别是相关参数经过仿真计算以及试验验证后，有力支撑了特高压输电设备的研发与选型。

以控制暂时过电压为例，最主要的设备就是电抗器，它也是特高压最重要的设备之一。因为线路在故障或无故障情况下甩负荷而引起电压突然升高，其幅值是按秒计算的，只能通过大容量的特高压电抗器有效限制工频过电压的幅值。在中国西电集团公司副总工程师宓传龙的办公室，他向记者介绍了研制生产电抗器的过程。宓传龙获得2012年度国家科学技术进步奖特等奖，排名第三。

制造电抗器是西电的强项。宓传龙毫不掩饰西电的技术优势，20世纪西电曾为三峡工程研制了±500千伏直流输电换流变压器和平波电抗器，结束了中国该类电工大型装备依赖进口的局面。2008年，西电承接了为中国首个特高压交流试验示范工程研制1 000千伏级320Mvar（Mvar：兆乏，是无功补偿装置的补偿容量单位）、240 Mvar特高压并联电抗器的任务。

“电抗器也叫电感器，主要起保证线路输送的最大功率、限制电网电压突变和缓冲操作过电压引起的电流冲击的作用。因为电抗器的额定电压是1 100千伏，与变压器额定电压1 000千伏比较，特高压电抗器的绝缘水平比特高压变压器高出5%左右。”他介绍说。

西电研制国内首台特高压电抗器的过程非常顺利：首先制订了设计主要方案并确定了相关参数，之后是制订电气方案、结构方案。在制订方案的过程中，如何验证参数，比如重绝缘参数，成为一大挑战。他们按比例制作了小模型，通过波峰测量试验模拟产品冲击波，测量每个线圈的纵绝缘电场是怎样分布的。之后整理数据，与计算值进行比较，看其相似度是多少、哪个地方电压差异比较大。之后再做试验，再验证。当反复比较后没有出现太大的梯度（陡度）时，基本证明设计没有问题了。对“这个过程大概多长时间?”这一问题，宓传龙回答：“主要是做模型的时间比较长，真正做试验半个月就完成了。”

2008 年 6 月 30 日，一列火车载着单台重量近 170 吨的庞然大物，经过 31 个小时的行程，最终到达国家电网 1 000 千伏特高压输电线路南阳开关站。这是中国西电集团为中国首个特高压工程（晋东南—南阳—荆门特高压交流试验示范工程）运送的特高压大件设备——特高压电抗器。之后，重达 200 吨的西电 1 000 千伏、320Mvar 特高压电抗器又运抵晋东南变电站。

难题之二：污秽环境下外绝缘子的配置

环境的恶化，对哪个行业影响最大？如果说是电网，我想这并不夸张。我国大气污染日益严重，工业生产排出的含盐废气，时刻都在对输电线路绝缘子进行“攻击”。

如果注意观察，会发现在高压输电塔上悬挂着一串串多伞盘式绝缘子，它的下端就拴着高压线。飘落在绝缘子上的污秽灰尘日积月累，当遇到水分，包括雾、积雪和雨时，灰尘中的盐溶解在水中的瞬间就使溶液变成了导电体，在电场作用下发生强烈的放电现象，此时电网容易出现短路事故。绝缘子短路导致电网断电的重要原因，不是绝缘子本身被“击穿”，而是绝缘子表面的空气被“击穿”，电学上称之为“闪络”，俗称“污闪”。20 世纪 90 年代北京举办亚运会前，华北 500 千伏电网就曾发生过大面积污闪事故。

为了确保线路的安全运行，以往国际上通常采用停电清扫、不停电清扫和带电水冲洗方法。以 200 千伏以上高压输电线路为例，据美国能源信息署（EIA）统计，2012 年美国 200 千伏以上高压输电线路只有 30.7 万公里，而中国的这一数字达到 51.4 万公里，是美国的 1.67 倍。以高压输电两塔之间档距50米估算，约有1 000万座输电塔需要人工经常清扫。20世纪80年代伴随空气污染的加重，电力科学家寻找到一种叫硅油的憎水性涂料，把它涂到陶瓷绝缘子表面，以增加绝缘子的憎水性。

随着各国的输电网向特高压、大容量、远距离输送方向的发展，传统绝缘子面临着巨大的挑战，使用复合材料绝缘子，不仅抗污闪性能好，还可减小塔头尺寸，同时减少线路运行维护的工作量和停电次数，从而为电网带来巨大的经济效益。

在武汉特高压交流试验基地户外试验场，记者看到地上摆放了陶瓷、玻璃与复合材料三种不同材质的绝缘子。陈维江对记者说："在低电压等级的时候，陶瓷、玻璃、复合材料的绝缘子都可以用，我们叫'三分天下'。但是到了特高压这种工程就不能再大量使用陶瓷绝缘子，一方面是由于输电线路经过的绝大部分地区面临难以解决污秽的问题，另一方面是由于沿用陶瓷绝缘子在增加片数时会大大增加塔的承重。"

将复合绝缘子使用在超高压、特高压输电线路上，国外积累了一些经验，比如加拿大、美国、苏联均在高电压等级输电线路部分采用了复合绝缘子。中国建设特高压电网时，工程技术人员也瞄准了具有高抗张强度和高抗冲击性且重量轻的硅胶复合绝缘材料。但是，在特高压电网中使用复合材料绝缘子，最大的约束条件是环境污染对绝缘子的影响，这是上述国家没有遇到的，却是中国的国情。

武汉特高压交流试验基地邬雄主任向记者介绍，根据实际取样调查，中国不同地区的污染程度分为四个等级，一级相对比较干净，级别越高、污染程度越高。我国首个特高压工程——晋东南—南阳—荆门特高压交流试验示范工程，始于山西境内的长治变电站，全线环境评估最低等级为二级，最严重的区域达四级，已达到重度污染水平。

"我们的环境条件与日本和俄罗斯有很大的差别，它们的参数不能套用。"邬雄说。对我国1 000千伏交流输变电工程来说，绝缘子在整个工程造价中约占7%，在设计和设备选型阶段，绝缘子外污秽绝缘配置问题是输电线路设计的重大问题之一。

时间回到2008年，在武汉特高压试验基地巨大的环境气候实验室里，工程技术人员按照室外真实环境布置，按一定比例配成污秽物并刷在绝缘子上，经过干燥后的绝缘子串被高高挂起。之后，颗粒大小不同的冷雾、

特高压交流试验示范工程试验基地

热雾轮番吹拂绝缘子表面，对其进行雨、雾、污秽特性试验，获得了包括绝缘子串长与人工污秽耐压的关系、不同串型下的人工污秽耐压特性以及附灰密度、上下表面不均匀积污对耐压影响等重要的试验数据；或者说，获得了在确保线路安全运行的同时，实现线路绝缘子的不清扫或者少清扫的重要参数。

武汉特高压交流输电试验基地是目前世界领先的实验室，拥有包括1 000米单回特高压试验线段、1 000 米同塔双回特高压试验线段、电磁环境实验室、环境气候实验室等特高压交流试验的试验装置。截至记者采访时，试验基地共进行了 31 万多组试验，获得有效数据约 7 万组，完成特高压输电研究专项课题 5 项，为特高压交流试验示范工程的建设和运行提供了急需的科学数据。

我国新建输电线路中，复合绝缘子的使用比例达到了 43.7%，在特高压输电线路中，这一比例高达 2/3。复合绝缘子为我国大电网的建设和运行提供了可靠保障，该技术处于世界领先水平。

难题之三：控制电磁环境与控制电场

设想一下，如果一条上千公里的特高压输电线全线发出频闪的蓝色晕光，并伴随“嘶嘶”的声音，这会是个什么情形？

这种蓝色晕光被人们称为电晕，英文词是 corona，corona 的另一个意思是“日冕”。与日冕产生高温和辐射同理，伴随电晕出现的还有放电现象，它产生的高频脉冲电流以及高次谐波，会对无线电通信造成干扰，使输电线路所经之地无线电信号接收质量下降，尤其在雨、雪、雾天气状况下会产生巨大电晕损耗，造成电能的极大浪费。所以，控制输电线表面的电场，防止产生电晕，成为建设高电压等级输电网的第三个难题。

苏联是世界上最早开展特高压输电技术研究的国家之一，也是此前世界上唯一一个有特高压输电工程运行经验的国家。1985 年 8 月，世界上第一条 1 150 千伏线路（埃基巴斯图兹—科克切塔夫—库斯塔奈）在额定工作电压下带负荷运行，但是，放电声和电晕一直困扰着科学家。这条特高压输电线路自建设开始，可听噪声与电晕指标就稍高于规定值，但由于线路大部分处于地广人稀地段，比如输送端埃基巴斯图兹人口密度很低，加之后来降压到 500 千伏运行，这一问题就被忽视了。实际上特高压输电线路的电磁环境控制，是个尚未被攻克的难题。

中国与苏联的经济和资源的地理分布状态不同，中国特高压线路的输送终端是沿海工业发达与人口稠密地区，如果不能有效控制在高电压与大电流作用下产生的强电磁环境，不仅仅是电磁波会对无线电信号造成干扰，所产生的臭氧和氮氧化物也将严重污染环境，而最大的问题则是工频磁场会对人体、动物乃至植物造成损害。在特高压输电线路上如何减少电晕引起的能量损耗和电磁波对无线电信号的干扰，成为中国建设特高压输电网的另一个技术创新难题。

国际非电离辐射防护委员会（ICNIRP）与电气和电子工程师协会（IEEE）规定了工频电场和磁场的限制值：线下最大电场强度为 10～15

千伏/米，公众活动区或邻近民房区域电场强度小于 5 千伏/米；工频磁场不得超过 100 微特斯拉（磁场磁感应强度单位）。当中国建设特高压输电试验工程的时候，上述两个指标仍是空白，此前，只有 500 千伏以下输电网的相应限制值标准。在中国特高压输电网参数指标设计阶段，中国选择了国际通用的限制值标准。

陈维江对记者介绍说："高压架空线路在其周边产生的工频电场强度主要取决于线路电压等级，随电压等级的提高，周边电场强度呈增加趋势。在特高压输电线路的设计阶段，对于有效地控制电磁环境、抑制电晕现象，导线结构、对地高度和金具优化设计是十分重要的。"

科学家们花了两年的时间，通过大量的仿真计算得出结论：在其他参数不变的情况下，随导线截面的增大，输电线路的表面场强减小，电晕损失也相应减少，无线电干扰与噪声污染也大大降低。科学家们通过分析 1 000千伏交流输电线路不同分裂型式和不同子导线直径的导线表面电位梯度、导线起晕电压、导线电晕损耗、无线电干扰和可听噪声，比较了各种导线方案的优劣，最终结合工程实际提出了满足电气性能和机械特性要求、适合于我国特高压输电的导线截面及分裂型式，900 平方毫米大截面钢芯铝绞线和扩径导线最终研制成功。

如果细心观察特高压输电塔上的导线，会发现这种超大截面的导线被固定在有八个孔的间隔棒中，在特高等级电压条件下，正是通过八分裂的导线传输电能。我国规划到 2020 年将建设 2 万多公里特高压输电线路。出于对今后特高压输电线路更大输送容量的考虑，国家电网正在进行更大截面如 1 000、1 050、1 120 平方毫米的架空导线选型方案的研究。新型导线产品的研制已经成为特高压输电工程建设中迫切需要解决的问题。

难题之四：特高压设备的研制

在武汉，记者参观了两个变电站：其一是建于 1982 年的凤凰山变电站，这是我国第一座 500 千伏变电站；其二是荆门变电站，它是我国首个 1 000 千伏特高压交流输电试验示范工程中的三个变电站之一。仅就数字上来看，两个变电站输电电压相差一倍，但在荆门特高压变电站设备场地，只能听到微弱的电磁声，测到的噪声值是 36 分贝，而在凤凰山变电站测到的场地噪声是 60 分贝。荆门特高压变电站所有的设备都为中国制造，而凤凰山变电站主要设备都是从日本进口的。

国际上对特高压输电线路可听噪声的限值是 50～60 分贝，如美国、意大利等国均采用国际标准限值，日本对环境要求严格，限值为 50 分贝。

毫无疑问，变电站噪声来自变电站的各种设备，包括特高压变压器、并联电抗器、封闭开关以及特高压避雷器、电压互感器、高压绝缘子等。为什么 1 000 千伏变电站环境噪声低于 500 千伏变电站？解释只有一个：中国电工制造技术已经达到世界领先水平。

宓传龙带领记者在西电集团生产车间观看了电抗器的生产现场：电抗器是一个外围套有线圈、中间用钢片做成饼状串起来的柱子，一块块大理石把钢片隔开，专业术语叫“气隙”。“由于铁芯是断开的，增加了磁路的磁阻，根据磁路规律，这会产生很强的漏磁现象，而漏磁会引起电抗器过热，进一步带来的问题就是振动和噪声，甚至会烧坏设备。”

如何解决漏磁与振动噪声问题呢？他们改变了 750 千伏和 500 千伏电抗器的结构，把单柱变成两柱。与单柱比较，两柱的每个柱容量小了，有效地控制了漏磁。为了控制噪声，他们特别研制了压缩弹簧，通过强有力的螺杆压紧铁芯。但毕竟是 50 赫兹的交流电，铁芯之间压得再紧还是有振动和噪声，于是，他们采取了进一步的减振措施，比如加减振垫、减振弹簧等。宓传龙自豪地说：“电抗器结构上磁分路、磁屏蔽、电场屏蔽、两个柱子串联和绝缘以及减振降噪，都是我们的创新。”

2008 年 2 月 13 日，西电研制成功我国首台自主设计、自主制造的 1 000千伏、240Mvar 高压并联电抗器。这个电抗器一次性通过试验，局放值为 30PC（扣除背景噪声后为零局放），最大振动幅度 32 微米。俄罗斯 32 千伏安的电抗器，噪声超过 80 分贝，而西电同等的电抗器噪声只有 40 分贝。应该说，中国生产的特高压电抗器达到了世界最高水平。

在西电巨大的实验室里，记者看到了特高压输电最关键的设备——变压器。当被告知这是一台 1 700 千伏特高压电力变压器时，记者非常震惊。人所共知，当下中国特高压输电网使用的只是 1 000 千伏变压器！在我们没有回过神来的时候，巨浪再一次涌来，西电已经研制成功一台

2 000千伏的变压器！

宓传龙说，1 700 千伏和 2 000 千伏的变压器是为电抗器试验而研制的。因为变压器可以通过其他的工频变压器进行试验，而电抗器的试验需要高电压以及大负荷，所以试验变压器的电压必须高于电抗器并且有较大容量，以便通过超高压变压器对电抗器进行电流补偿。我们要做好电抗器，首先是要做好试验变压器。

超高压变压器的研制时间更令人吃惊：1 700 千伏试验变压器的首次试验是 2007 年春节假期的大年初二。做试验时气氛非常紧张，以至宓传龙不敢到现场，他担心会“放炮”。试验电压升到 1 100 千伏后延续了两个小时，当试验电压在 10 秒钟内上升到 1 340 千伏并稳定后开始计时，后一试验过程延续了一分钟。

宓传龙强调说，这两台试验变压器是按照工程要求制作的，一般来讲，试验变压器比工程变压器的要求更高。记者问道，为什么还要做 2 000千伏变压器？他回答道：“我们正在研制±1 100 千伏的特高压直流输电，未来的电压有可能升高到 1 500～1 600 千伏，到那个时候依靠什么对设备进行试验呢？所以我们必须要先行一步。”

1 700 千伏变压器为 1 000KV、240Mvar 特高压并联电抗器做试验

此前，中国 500 千伏输电网建设需要进口大容量变压器、电抗器等，而现在中国企业已建成世界同行中产能最大、水平先进、主辅配相对完整的交直流输变电成套设备制造体系。这是输变电设备制造业近十年来的巨变，特高压设备制造已处于世界领先的地位。

相关数据显示，目前，国内企业已占据我国输变电设备市场主导地位，并进军国际市场，实现了高端产品出口零的突破。国内企业在输变电高端产品市场（500 千伏及以上）的份额，已从 2005—2008 年的约 42%上升至 2009—2010 年的约 63%。2009 年以来，在国际金融危机的不利影响下，特高压输变电设备制造企业出口额不降反升，500 千伏以上产品的出口总额达 100 亿元，年增长率超过 50%。特高压输电项目建设不仅提升了我国高端装备制造产业——电工制造产业的水平，也提高了国内企业在全国乃至全球市场的竞争力。

中国从超高压到特高压的历史性飞跃*

——专访国家电网公司副总工程师陈维江

陈维江

2013年，“特高压交流输电关键技术、成套设备及工程应用”项目荣获2012年度国家科学技术进步奖特等奖。这是由国家电网公司牵头，国内百余家电力和机械行业的科研、设计、制造单位和高校协同攻关的成果。

在该项目50名主要完成人名单中，陈维江排名第二，他的专业背景是高电压与绝缘技术。从事该技术领域研究的人大多知晓，陈维江在任国网武汉高压研究院院长期间，主持建设了中国第一个特高压交流输电试验基地，主持过多项特高压交流输电关键技术研究项目，为中国特高压电网的建设做出了重要的知识贡献，也由此奠定了他在中国高电压研究领域的权威地位。陈维江于2015年12月当选中国科学院技术科学部院士。

中国输电网曾落后西方20年

赵忆宁：在输电技术领域，20世纪中国与发达国家的差距有多大？

陈维江： 从世界电网的发展历程看，输电网已经有100多年应用历史了。就输电技术从低电压到高电压等级提升的过程看，西方国家一直领

* 本文原载2014年5月15日的《21世纪经济报道》，收入本书时标题有改动。

先，中国比世界发达国家首次出现更高电压等级输电网（超高压输电网）的时间也晚了大约20年。1972年6月16日，我国自行设计、自行制造设备、自行施工安装的第一条330千伏超高压输变电线路——刘（刘家峡）—天（天水）—关（关中）线路——投入运行，而瑞典早在1952年就已经建成380千伏的输电工程了。不仅如此，在750千伏输电技术上，我们更是晚了40年。1965年加拿大最早建成麦尼夸根—魁北克市—蒙特利尔735千伏的输电工程，而我国首次全面掌握750千伏电网建设及运行技术，是在2005年建成了青海官亭—甘肃兰州东输变电工程（见表3-1）。

表3-1　中外各等级输电线路建设历程对照

输电线路等级（kV）	世界			中国		中国与世界前沿差距（年）
	投运时间	国家	线路	投运时间	线路	
11	不详	不详	不详	不详	不详	不详
22	不详	不详	不详	1908	云南石龙坝水电站—昆明钟街变电所	不详
110	1908	不详	不详	1955	北京东北郊—官厅	47
220	1923	美国	不详	1954	丰满水电站—抚顺李石寨变电所	31
330	1952	瑞典	不详（380kV）	1972	刘家峡水电站—关中汤峪变电所（刘天关工程）	20
500	1959	瑞典	不详	1981	平顶山—武汉	22
750	1965	加拿大	麦尼夸根—魁北克市—蒙特利尔(735kV)	2005	青海官亭—甘肃兰州东	40
1 000	1985	苏联	埃基巴斯图兹—科克切塔夫—库斯坦奈	2009	晋东南—南阳—荆门	24

资料来源：1）中国电网建设史．（2005-01-29）．http：//info.epjob88.com/html/2005-1-29/2005129130540.htm；2）“高电压工程”课程资料。

赵忆宁：从中外输电线路建设历程(见表3-1)上看，输电网电压等级提升的周期一般是多长时间？

陈维江：在用电负荷持续增长的前提下，输电网从低电压等级向高电压等级提升的周期一般是10～20年。低电压等级输电网提升的周期相对短一些，而高电压等级输电网从研发到运营的时间跨度一般要在20年左右，从超高压到特高压的提升就经历了接近 20 年的时间。

赵忆宁：为什么中国亮起第一盏电灯只比世界第一盏电灯的诞生晚三年，而电网的建设会有20～40年的差距呢？

陈维江：是的，1882 年 7 月上海首次点亮 15 盏电灯，距 1879 年 10 月世界第一盏电灯的诞生时间不算长。但是，输电技术发展及电网建设与一个国家的经济发展水平密切相关。改革开放以来，我国电力工业发展迅速，到 2013 年年底，全国电力总装机容量高达 12.3 亿千瓦，超过美国成为世界上电力总装机容量最大的国家。不仅电力生产与经济增长呈正相关的关系，电力技术的发展也与经济发展的轨迹吻合。长时间以来西方国家经济较发达，对电力生产传输技术的升级换代需求较大，技术发展自然也比较快。直到 2009 年中国建成特高压输电工程，才开始改变这个格局。

特高压输电在世界各国的探索与命运

赵忆宁：世界首条特高压输电线路于1985年在苏联建成，为什么后来没有长期运行？

陈维江：你说得对。苏联于 1985 年建成埃基巴斯图兹—科克切塔夫—库斯塔奈 1 150 千伏特高压输电线路，线路全长 900 公里，但是仅断断续续运行了 5 年的时间，1991 年苏联解体以后，特高压输电工程就下马了，由原来的 1 150 千伏降到 500 千伏。这有三个原因：其一是政治原因，苏联的解体导致这条线路已经不在俄罗斯本土，而是在哈萨克斯坦境内；其二是经济原因，苏联解体后，15 个加盟国经济快速下滑，对电力的需求大大下降；其三是技术原因，不仅是设备，包括输电线路方面的技术，比如像电磁环境的控制等，不是很好。上述几个因素的综合作用使其降到 500 千伏运行。

赵忆宁：世界各国从什么时间开始研究与建设特高压输电网？

陈维江：是在 20 世纪的 60—90 年代。美国、日本、苏联、意大利等国家当时经济快速增长，电力需求旺盛，对建设特高压电网有很大的动力。但是只有苏联建成工程，尽管后来降低了运行电压，其他国家都没有建成完整的工程。

比如美国，1967 年开始对 1 000 千伏特高压输电的特性展开研究，当时主导这项技术研究的有美国电力公司（American Electric Power，AEP）和美国邦纳维尔电力局（Bonneville Power Administration，BPA），它们建了一些试验设施，甚至规划了工程，但是规划没有付诸实施，主要原因是遇到了 20 世纪 70 年代的石油危机。另外，美国能源供求的不平衡性不是很突出，对特高压远距离、大容量的电力传输需求随着经济增长的放缓和产业结构调整变得不再迫切，原来所规划的特高压电网的建设和技术的应用就都被搁置了。客观地说，20 世纪美国在世界上研究特高压输电技术的国家中算是比较领先的，但是美国没有实现工程应用。

赵忆宁：日本的情况呢？

陈维江：日本是一个多岛小国，国土面积不足 38 万平方公里，对特高压远距离、大容量电力输送的需求客观上来说没有大国的需求旺盛。但是 20 世纪 60—70 年代日本经济高速发展，而资源短缺，便规划千万千瓦的核电项目，负荷中心在东京湾沿岸区域，如果用 500 千伏输送，输电线路将比较密，占用的走廊面积大；如果提升输电压等级，可提高输电效率、节约土地资源。日本基于这样的需求也开始研究特高压输电技术。

日本研发出了特高压输电的相关设备，还建了两条同塔双回路的特高压交流输电线路，其中一条就是从福岛到东京的线路。两条输电线路约 430 公里，分别于 1992 年和 1999 年建成。虽然建成了两条线路，设备也有了，但并不是完整的工程，因为变电站用的还是 500 千伏设备。日本 1 000千伏特高压输电线路降压至 500 千伏等级运行。其原因仍然是经济危机导致需求下降，原来所规划的大规模核电项目未付诸实施。在福岛核电站没有出事之前，我们曾经询问日本东京电力的同行究竟是否上马特高压输电项目，当时他们还说他们的项目会尽快上马。但是福岛核电事故以后，日本投运特高压输电项目的可能性就更小了。

赵忆宁：意大利是不是也开展过特高压输电工程实践？

陈维江：意大利在欧洲算得上工业基础强国。通常来说，欧洲国家输电网的最高电压等级为 380 千伏，最高运行电压是 400 千伏。意大利当时工业比较发达，想把南部的煤电送到北部，为此研究特高压输电技术。意大利当时选的标称电压是 1 050 千伏，并建立了试验站，对绝缘子与电磁环境特性做了一些研究，也建成了几十公里的试验线路，但是，还是因为经济方面的原因，原来规划的工程没有上马。美国、日本加上意大利都曾经研究开发过特高压输电技术，但最终由于经济方面原因项目停滞或者暂缓，或者是降低输电压等级。

1988 年国际大电网委员会成立了一个工作组，对世界范围内特高压输电技术的开发做过一个调研和总结，其结论是：特高压交流输电技术没有不可逾越的障碍，已经基本上达到可以应用的程度。正是鉴于上述国家的实践，特高压输电在技术方面已经没有障碍。

赵忆宁：这些国家在20世纪70年代开展的特高压输电的研究，前提是预测未来电力需求急骤增长，如果不上马新电压等级输电网，电网可能满足不了需求。但是实际上20世纪70年代末，这些国家经济发展变缓，电力需求量年增长只有1%～2%，因此特高压输电研究被搁置，特高压输电计划被取消，这倒是印证了经济学中的生产可能性边界理论。

陈维江：是的。发达国家虽然研究开发了特高压输电技术，但是由于经济下滑导致了技术的闲置，未能完成经济资源和生产技术最大限度的结合。而中国恰恰是存在经济增长的潜力，即存在生产可能性和市场的需求。另外，20 世纪的特高压输电技术和设备均不成熟，也没有相关的技术标准和规范。

中国特高压输电为何是自主创新

赵忆宁：谈到特高压输电，听到最多的是“自主创新”。我的问题是，在我们之前已经有欧美国家的实践，何来“自主”与“创新”？

陈维江：长期以来，中国电力技术的发展，从高压到超高压输电技术的发展，实际上是走了“引进吸收消化再创新”的道路，或者叫跟踪式的技术发展路线。关于特高压输电，中国到底有哪些创新？如果按照过去的发展模式，我们是不是仍旧可以走“引进吸收消化再创新”的道路呢？回答是不可以。

赵忆宁：为什么？

陈维江：发达国家虽然开展过特高压输电试验研究，苏联还建设了特高压输电工程，但是并没有形成成熟的技术和设备，更没有完整的技术标准体系以供参考。虽然国际大电网委员会认为已经没有障碍了，但是如果我们依旧走老路，马上就会遇到一个问题：当中国建设 500 千伏电网时，我们还能够买到“八国联军”的设备，但是建设 1 000 千伏电网，技术与设备从哪里引进？我们即便是有钱，在国际市场也买不到！另外，虽然国外研究过特高压输电技术，但是别人研究过并不等于你就掌握了；加之 20 世纪的技术水平，已经同目前科学技术的水平无法相比，众多新材料相继出现，电子信息技术飞速发展，特别是输电线路对变化的环境更加敏感，这都导致已经不可能照搬原来的技术。问题的关键是国外的技术还存在一定的缺陷，即使苏联建成了完整的工程，但当时变电站采用的是敞开式布置，这样的技术显然落后了。在这样的情况下，我们面临的技术难题，采用“引进消化吸收再创新”的技术路线去攻克，走不通了，必须要走自主创新之路。

赵忆宁：这个技术路线非常独特，不同于我国的高铁和大飞机研发路线，有点类似于我国原子弹以及航天技术的研发路线。

陈维江：无论是西门子、ABB 还是日本三大电气设备制造公司，即便它们拥有特高压输电设备制造技术，也不会无偿给我们。当然，科学技术发展规律是无国界的，特高压输电技术研发的思路、方法及部分结论是可以参考的。遗憾与庆幸同在：当今世界上没有特高压输电的成熟技术和设备，关键参数与技术特性的获取，也只能立足于自主创新。所以说特高压输电给了中国一次实现跨越式发展与自主创新的历史性机会。

赵忆宁：但是其难度也是显而易见的。

陈维江：是的。历史上中国电网技术发展都是跟踪式的发展，缩小差距，赶上世界先进水平已经很难了，而现在要超越发达国家，提升一个电压等级，这意味着要突破现有的工业基础限制，突破已有的技术与人才储备限制，全面掌握特高压输电技术，自主研发的难度确实很大。

赵忆宁：2004年年底，国家电网公司正式提出发展特高压输电技术，为何在短短5年后就能够建成一个特高压输电示范工程？

陈维江：实际上，中国在特高压输电技术领域的研究一直跟踪着国外的技术发展。电力部门下属的科研单位，从 1986 年起，就做过一些跟踪性的可行性与试验性研究，但是研究在深度和广度上都还没有达到技术适用的程度。2004 年国家电网公司提出在中国研发和应用特高压输电技术后，我们组建了一支超大规模的创新团队，形成了名副其实的产学研协同创新模式，专门成立了特高压输电建设部，组织几万人参与技术研发与工程建设。

赵忆宁：除了技术跟踪之外，中国的体制具有什么样的助推作用？

陈维江：为什么我们能花较短的时间取得成功，当然得益于中国的体制优势。我们的体制优越性突出体现在能集中力量办大事，特别是体现在配置资源的能力、组织协调的力度上，能够真正实现产学研协同创新。在这个方面俄罗斯、美国、日本、意大利的同行们是无法与我们相比的。

赵忆宁：中国特高压输电工程的建设带来哪些外部效应？

陈维江：最重要的是推动中国电力技术实现重大进步，大幅提升了中国在国际电工领域的影响力和话语权。中国特高压输电自建成第一个示范工程以来，共完成 180 项关键技术研究课题，形成 429 项专利，建立了包含 7 大类 79 项标准的特高压交流输电标准体系，涵盖系统研究、设备制造、调试试验和运行维护等环节。目前我国的特高压交流输电标准电压已被推荐为国际标准电压，国际大电网委员会与电气和电子工程师学会先后成立了由我国主导的 9 个特高压输电工作组，国际电工委员会（IEC）成立了特高压交流输电系统技术委员会（TC122）。我国成为继美、德、英、法、日之后第六个国际电工委员会常任理事国，在国际标准制定方面的话语权和影响力显著提升。标准化水平不仅是衡量一个企业核心竞争力的重要指标，也是衡量一个行业乃至国家核心竞争力的重要指标。通过制定标准抢占技术制高点，已成为世界知名企业参与全球竞争、提高核心竞争力的重要途径。

特高压项目评估受阻　“十二五”电网规划何时出台*

当下，“中国两高”——高铁与特高压电网受全世界瞩目。中国高速铁路营业里程突破一万公里，稳居世界高铁营业里程榜首；而中国特高压电网被国人所忽视，我国不仅掌握着世界唯一的特高压输电成熟技术，也是世界唯一进行特高压输电商业化运营的国家。目前已经建成的“两交两直”特高压输电工程，实现累计送电量 1 380 亿千瓦时，中国特高压输电亦正在走向世界。

国家“十二五”规划纲要明确“发展特高压等大容量、高效率、远距离先进输电技术”，并将其提升到国家发展战略的高度。但是，自从特高压输电发展以来，其外部环境并不好：上项目要拿到“路条”，但工程评审议而不决，国家电网针对“十二五”规划的相关项目被搁置。记者从国家电网获消息证实，“十二五”期间，多条特高压输电线路的项目迁延，缘于意见分歧及审批被搁置。

特高压输电项目评估纸上谈兵一年

以华东环网特高压交流项目北半环（淮南—南京—上海）工程为例，2012 年 12 月 5 日，国家发改委正式委托中国国际工程咨询公司（以下简称中咨公司）开展北半环特高压交流工程评估。项目评审委托函中明确写到，评估时限为 30 天。而一年已经过去，仍无评估结果。

参加此项评估的中国电力科学研究院总工程师印永华告诉记者：“要求 30 天完成的评估，中咨公司三个月以后才启动，整整一年过去了，到

---

* 本文原载 2013 年 12 月 26 日的《21 世纪经济报道》。

现在为止仍没有给出评估意见，为此我们非常着急。”在此前，国家电网公司委托中国电力工程顾问集团有限公司组织六家设计单位已完成此项目的可行性研究，取得了所有的支持性文件，并正式上报国家发改委申请核准。

中咨公司评估专家组做了几次调研后，于 2013 年 10 月 24 日在北京正式召开工程评估会议。在参加评估会议的 19 位专家中，有 14 位专家明确表态支持核准该项工程建设，有五位专家持不同意见，评估结论是支持该工程建设。但是在 11 月 28 日中咨公司内部审议时，还是因个别专家坚持不同意见，使已得出明确结论的评估报告被搁置。到记者采访时为止，评估报告一直没有上报国家发改委。

为何在投票表决 14∶5——赞成者占压倒性多数的情况下，中咨公司的评估报告迟迟不能上报国家发改委？这缘于特高压交流输电支持者和反对者的争论，而这个争论从特高压输电建设提出后一直没有停止。

从特高压输电论证、上马之初到现如今，极少数人始终反对发展特高压输电，反对的理由也随着工程建设不断变化。起先，反对者提出中国发展特高压输电技术不可行，苏联、日本等都已放弃，中国也搞不成。2009 年 1 月 16 日，我国第一个特高压交流试验示范工程（晋东南—南阳—荆门特高压工程）正式投运，我国完全掌握了基础研究、系统集成、成套设计、工程建设运行、技术标准制定等特高压输电核心技术，拥有自主知识产权和专利。国家科技部进行专项验收后认为，工程建设方全面掌握了 1 000千伏特高压交流输变电工程关键技术和设备制造核心技术，工程整体处于国际领先水平。2010 年 9 月，国家发改委组织完成了整体验收。工程先后被授予“中国工业大奖”“国家优质工程奖”。2013 年 1 月 18 日，“特高压交流输电关键技术、成套设备及工程应用”荣获国家科学技术进步奖特等奖。

特高压交流输电试验示范工程成功投运后，极少数人不再说技术不可行，转而提出工程安全性的问题。而到 2013 年，工程已连续安全运行 4 年多，经受了雷雨、大风和高温、严寒等恶劣条件及各种运行操作的考验，实现了双向、全电压、大容量输电，国产化设备指标稳定、状态正常。

此后，反对者又提出了特高压电网造价高、不经济的问题。众所周知，在电网发展过程中，500 千伏电网的造价比 220 千伏电网高，但从单位输送容量看，500 千伏电网的造价更便宜、更经济。特高压电网也是这个道理。特高压电网造价是 500 千伏电网的 2.8 倍，输电能力则是 500 千伏电网的 4～5 倍，单位容量造价只有 500 千伏电网的 70%，变电部分造价为 500 千伏电网的 74%。同时特高压交流输电网单位容量的走廊宽度、输电损耗都仅有 500 千伏电网的三分之一。

在技术问题、安全问题、经济问题的争论尘埃落定后，还是有极少数人把矛头又指向了特高压交流环网。以北半环特高压交流电网建设项目为例，支持者从战略角度论证了华东环网建设的必要性，认为未来华东地区会接受大量的外来电，现有的 500 千伏主网架无法承接。国家电网能源研究院院长张运洲表示："华东 500 千伏电网不能承受多回直流同时闭锁的冲击，而 1 000 千伏特高压电网可以承受更大规模的潮流转移和冲击，出于安全性考虑，必须升级主网架。"

2013 年夏季，连续 48 天的高温造成电力供应紧张，这使得区外送电成为华东一些地区迎峰度夏的主要手段。江苏省发改委能源局煤电处处长戚玉松说："8 100 多万千瓦的负荷压上来，江苏本省所有的发电能力全部用完，还有 720 多万千瓦的缺口。"分管调度运行的华东电网副总张怀宇称，华东地区 2013 年夏季用电峰值达到了 2.09 亿千瓦，超过国网年初的预计。

国务院 2013 年 9 月下发的《大气污染防治行动计划》，明确规定长三角到 2017 年细颗粒物浓度必须下降 20%左右，这使得该区域的各省市均倾向于更多依靠区外送电，从而减少本区域内燃煤电厂的数量。据国家电力调度通信中心副主任李明节估算，到 2020 年，华东电网的区外来电至少要满足 1.3 亿千瓦的需求，目前的区外来电是 2 000 多万千瓦，未来几年至少要有 1 亿千瓦以上区外来电输入华东电网。

而反对者清华大学电机系研究员王仲鸿指出，安徽未来无电可送，环网的功能只能是将省外来电再转送出去，"这完全可以通过优化目前的电网来解决"。关于大量区外来电带来的电网容量问题，他认为，华东电网容量到 2020 年可能发展到 3 亿千瓦以上，而世界上最大的 500 千伏电网容量已达 7 亿～8 亿千瓦，但后者并未采取升压到特高压电网的办法去解决发展中遇到的技术问题。

国网经济技术研究院院长刘开俊对此指出，已建成的南半环工程配套装机容量 596 万千瓦，是有电可送的。对我国国情所致的西部、北部向中东部地区大规模输送电力所形成的强大电力流，华东地区 500 千伏电网无法承载。应对这种系统性问题，“头痛医头、脚痛医脚”就不行了，必须要用技术升级的手段系统解决，这也是经过充分论证形成的共识。反观北美及欧洲电网之所以能够在较低一级电压等级下承载较大的电力容量，主要原因是其就地平衡为主的模式。事实上，北美及欧洲的电网同样有远距离、大规模输送海上、陆上风电的迫切需求，但由于国别不同、市场的层层壁垒，面对成熟先进的特高压输电技术，也只能望“特”兴叹。

面对专家们关于华东是否上马特高压受端电网，或者特高压电网是否是唯一方案的争论，不能置身事外的是那些电力缺口大且急需调整能源结构的地区。2013 年 6 月 28 日，评审专家组在上海召开调查会，听取华东四省一市政府代表以及电网公司代表汇报经济发展和电力发展情况与规划，江苏省地方官员非常着急。2012 年，江苏经济总量排名全国第二，这个地区不仅长期存在电力缺口，而且面临落实国务院发布的《大气污染防治行动计划》的巨大压力。江苏能源局煤电处处长戚玉松说：如果不能建，江苏省以后的电力需求该怎么满足？

最紧迫的问题还在于，特高压输电重点工程迟迟不被核准，内蒙古、东北等地区火电窝电、风电弃风以及西南水电弃水形势严峻，东部却能源短缺、雾霾加剧。特别是特高压交流输电工程建设滞后，长三角地区已形成多直流接入的“强直弱交”电网结构，500 千伏电网不能满足电网安全运行需要，存在大面积停电风险。

规划缺失，是造成项目评估一事一议的根源

对于国家电网来讲，类似华东环网特高压交流项目北半环工程这样等待评估的项目还有一长串，其中包括雅安—武汉特高压交流输电工程，这是一条将四川清洁能源水电外送至湖北等省市的电力输送工程。“这个工程的评估，国家发改委也是委托中咨公司来做，评估时限是 45 天。到目前为止，时限已过，中咨公司仍旧没有启动评估程序。”国家电网发展策划部副主任吕健在接受采访时说。另外，“锡盟—南京输电项目，我们也

拿到了‘路条’，我们上报核准后，到现在也没有下文。”印永华说。所谓“路条”是指项目核准的前置条件。长期以来企业和地方政府饱受困扰。

党的十八届三中全会通过的《中共中央关于全面深化改革若干重大问题的决定》指出：“深化投资体制改革，确立企业投资主体地位。企业投资项目，除关系国家安全和生态安全、涉及全国重大生产力布局、战略性资源开发和重大公共利益等项目外，一律由企业依法依规自主决策，政府不再审批。”针对评估环节时间拖延的问题，国家电网上报国家发改委，明确提出希望改进现有评估机制，并在一份《情况汇报》中提出：落实党的十八届三中全会关于转变政府职能、简政放权的要求，根据电网的系统性、网络性特征，重点加强对电网规划的整体评估，不再具体评估单个项目。电网规划批复后，规划明确的项目原则上直接进入核准程序。

按照《企业投资项目核准暂行办法》（国发〔2004〕19 号）的规定，项目核准机关在受理核准申请后，如有必要，应在四个工作日内委托有资格的咨询机构进行评估。显然，国家电网方面认为中咨公司的评估不是必经程序。国家电网发展策划部副主任张正陵表示，特高压交流输电项目都经过了可行性研究，各级政府也均出具了支持性文件。国家电网还委托电力规划设计总院进行了评审，而且晋东南试验示范项目运行多年非常稳定，已经证明了特高压交流输电的可行性。之前，国家电网在特高压交流输电项目建设上受到多位中央领导同志的肯定，比如，名扬世界的“晋东南—南阳—荆门”试验示范工程，已经建成的华东环网南半环“淮南—浙北—上海”工程，以及 2013 年 4 月开工的“浙北—福州”工程。上述三个特高压交流输电工程，都是直接被核准，未进行评估。

中国电力企业联合会副秘书长欧阳昌裕认为，中咨公司是 20 世纪 80 年代国家投资体制改革的产物，是借鉴国外经验的一个成功做法，即当政府决策时，让一个第三方机构进行全面系统的评估。“即便到了现在，我觉得这个制度设计还是对的。但是，在市场经济逐步完善与健全的今天，我们的评估机制应适当改进，对那些有分歧而拿不定主意的工程，特别是连决策者也拿不定主意的工程，我认为应该委托多家机构进行评估。应该多听取不同的意见，才能有利于决策者做最后的决定。如果仅委托一家机构，一是有仅是一家之言之嫌，二是如果这家机构本身带有倾向性，则很难做到公正评估。”他强调说。

事实上，与中咨公司资质相同的评估机构有 50 多家。与目前电网项目参与评估的机构实际仅中咨公司一家相比，在铁路、石油、石化等行业的项目评估中，均有多家评估机构参与。为此，国家电网呼吁增加评估机构，引进市场机制，以保证评估客观、公正、透明、高效。

电力系统自动化与稳定性理论专家、中国工程院院士薛禹胜是党外人士，他在学习十八届三中全会公报后感到，中央已经明确市场在资源配置中起决定性作用。他表示，政府主管部门应该在宏观上调控，比如如何建立可靠的电网、如何使电网提高能源传输的效率，以及如何提高电网的投资效率等，这些需要一个规划。如果丢了西瓜捡芝麻，花很多时间讨论一个个工程项目，怎么贯彻十八届三中全会的精神呢？“在这点上我确实很同情国家电网公司，有关政府部门现在管得越来越具体了。国家电网公司有上特高压输电项目的积极性，这是属于市场配置资源的范畴，假设投资亏钱了，那就要追究决策责任。实际上这是最懒的方法，但也是最聪明的方法，也是效果最好的办法。干涉它们做什么呢？”

他同时讲到，过去在三峡工程、高铁建设、大型核电站的评估论证中，都曾存在不同的意见和声音，而且反对者的数量也占相当大的比例，关键是要按照既定的决策程序科学地论证和实施。在他看来，像特高压输电项目这样长期因为个别人的反对而影响和阻碍工程决策，不能不说是一个奇怪的现象。评估机制的变革，不仅需要科学的论证程序，更需要各个方面共同担当、勇于负责。

市场起决定作用，就意味着政府要从越位领域退出，改变逐项审批的做法，真正确立企业投资主体地位；政府发挥更好的作用，就意味着“政府之手”转型，政府要在缺位的领域补位，制定具有准法律效力的专项规划，为企业的自主活动提供指导、约束，设定标准和红线。这个例子也告诉我们，加快转变政府职能是一场深刻的自我革命，正是缺位才造成了越位，发挥指导作用的“政府之手”与起决定作用的“市场之手”，二者缺一不可，相互补充。

“十二五”过半，国家电网专项规划在哪里？

欧阳昌裕告知记者，2013 年上半年中国电力企业联合会向国家能源局提交了《加强电力统一规划机制的研究》的报告，其核心建议就是改革当前的审批制度。该项报告提出，政府部门应该侧重规划的制定与框架的设计，而不是对具体项目的审批。十分遗憾，“十二五”已经过去近三年，截至本文发表时国家能源局仍旧没有拿出“十二五”国家电网专项规划。

专项规划是以国民经济和社会发展特定领域为对象编制的规划，是总体规划在特定领域的细化，也是政府指导该领域发展以及审批、核准重大项目，确定政府投资和财政支出预算，制定特定领域相关政策的依据。2013 年 1 月 1 日国务院批准《能源发展“十二五”规划》，2012 年公布了《可再生能源发展“十二五”规划》《天然气发展“十二五”规划》和《煤炭工业发展“十二五”规划》。但是，涉及国民经济发展重点领域的电力与电网的专项规划却迟迟未能出台。特高压电网的发展一再贻误。

实际上，在“十一五”期间也没有出台电网的专项规划。国家能源局为何没有制定电网专项规划？记者希望向国家能源局求证，国家能源局有关司局在接到电话后拒绝接受采访。而据业内人士称，一直支持特高压电网发展的江西省原省长、电监会原主席吴新雄，在担任国家能源局局长期间，也多次召开会议，希望尽快出台“十二五”特高压电网规划，以推动项目建设进程，但是面对旷日持久的特高压输电项目争论，似乎颇为无奈。

据长期做规划制订的欧阳昌裕介绍，编制电网专项规划的前提是要有全行业的电力规划，因为全行业的规划包括电力需求、能源基地的布局以及电力供需差额，这些数据都具体到每个省。从电网的角度来看，就是如何解决输电通道的问题——是建特高压交流、直流输电线路还是建 500 千伏直流输电线路。归根结底，电力规划提出的问题，更多是要通过电网专项规划来解决的。

实际上，前几年国务院已经明确提出做国家电网专项规划。按照国务院对两家电网公司（国家电网公司和中国南方电网公司）的职能定位，受政府委托企业可以提出电力行业发展规划的建议。在国家能源局的要求下，国家电网集中100多人，采用了仿真模拟电网计算的方式，用了五年时间做出了《国家电网公司“十二五”电网发展规划》。其仿真模拟的规模是多大呢？据中国电力科学研究院系统所规划室主任周勤勇介绍：“仿真建模数据覆盖了国网公司五大区域（西北、东北、华北、华中、华东）电网，有1.1万多个结点，仿真线路3.5万多条。”可以说，这是有科学依据、经过大量试验后编制的专项规划。

国家电网公司先后编制完成了《国家电网公司“十二五”电网发展规划》《国家电网发展规划（2013—2020年）》，分别于2010年9月、2013年5月上报国家能源局，之后却没有下文。显然，前述规划的定位是国家电网公司的规划，而不是国家电网的专项规划。国家能源局编制电网“十二五”专项规划有两个选择，一是完全另搞一套，二是根据两个电网公司提出的规划进行评估整合，形成一个政府的规划。到2013年，“十二五”还有两年结束，已经到了中期评估阶段，国家能源局没有按照国务院的要求制定出《国家“十二五”电网专项规划》，而是采取了变通的办法，在时间上滞后与拉长，于9月份批准公布了《南方电网发展规划（2013—2020年）》。

当记者问到为什么南方电网公司的规划顺利发布时，欧阳昌裕介绍说：“第一，南方电网是一个区域网，仅覆盖广东、广西、云南、贵州、海南，与国家电网相比较，范围很小；第二，南方电网没有提出建设特高压输电项目，规避了分歧，可能更符合他们的口味。”

事实上，当编制内容相对宏观的专项规划时，比如教育、减灾防灾等专项规划，决策过程通过民主集中实现集思广益，相对比较顺畅；而当编制有利益冲突的专项规划的时候，则会遇到比较大的阻力，很难形成共识。比如《全国主体功能区规划》，就是经过反复权衡中央地方之间利益，反复协调与协商的结果。电网的专项规划之所以难以出台，实质是相关人员在是否建设特高压电网上存在严重分歧。对此，欧阳昌裕认为：“国家能源局应该如实地向国务院报告，也可拿出两个方案，列出两个方案的优缺点，请国务院做出决策，而不是搁置或者不作为。决策不仅取决于敢不敢承担风险，更取决于政治意愿。”

“发展特高压等大容量、高效率、远距离先进输电技术”，已经明确写入《中华人民共和国国民经济和社会发展第十二个五年规划纲要》中。从专项规划与国家五年总体规划的关系上讲，五年规划是中国社会最大的发展共识和发展纲领，并由全国人大审议通过，具有准法律效力；专项规划必须服从大局、服从国家的五年规划，并与总体规划相衔接；总体规划是纲，专项规划是目，专项规划的编制必须在总体规划的框架下进行。在国家能源局的十二项职责中，首要的是“负责起草能源发展和有关监督管理的法律法规送审稿和规章，拟定并组织实施能源发展战略、规划和政策，推进能源体制改革，拟定有关改革方案，协调能源和发展中的重大问题”。正是政府没有制定电网发展的专项规划，才直接导致电网建设缺失全局的专项规划指导，也是单个项目就工程论工程、一事一议的根本原因所在。

当下，中国经济的发展面临着前所未有的机遇，本世纪第二个十年将是实现工业化、城镇化、国际化、市场化最为关键的时期，同时也面临两个很大的挑战。一是我国用电的需求继续保持7%左右的中高速增长，未来的电力需求将非常大。到2020年，全社会用电量将在2010年4.2万亿千瓦时的基础上翻一番，达到8.4万亿千瓦时左右，最终饱和需求可能达到13万亿～14万亿千瓦时。二是绿色能源、绿色发电成为新的发展方向，绿色电网已经提上日程。如果不建立国家的输电动脉的话，如何应对上述挑战？

当下，一方面雾霾笼罩中国百余城市，而另一方面，“十一五”以来在东北、西北地区兴建的风电基地，正面临前所未有的“弃风”问题。这些地区由于电网接纳能力不足，外送通道建设滞后，风电场暂停运转。根据中国风能协会的初步统计，2012年全国约有100亿千瓦时风电电能由于被限发而损失，折合标准煤超过330万吨，仅售电经济损失就超过50亿元。100亿千瓦时是什么概念？相当于北京年用电量的1/10。

“弃风”的根源是风电厂项目纷纷上马，而电网没有相应的输送能力。面对如此大的投资与机会成本的损失，人们却还在为以何种方式送电——是特高压还是500千伏——争论不休。我们还要在争论中“弃风”多久，3年还是5年？谁又能够为“弃风”承担责任与损失？

国家能源局原局长张国宝指出，一方面雾霾肆虐，空气质量饱受诟病；另一方面主要分布于东北、西北的清洁能源又被大量弃用，有电却送不出来，这实在不应该。究其原因，主要是特高压输电线路争议旷日持久，久拖不决。他认为，争论无休无止而无人拍板，反映出的是决策者担当精神的缺失，这需要认真反思。错过发展机遇，国家的损失和付出的代价将是历史性的。

中国之所以在短时期内跃升为世界经济总量第二名，除了中国有社会主义制度优势之外，国家发展中长期规划的体制优势也是重要原因，后者同样得到世界各国的称赞。议而不决、决而不行乃至否决体制，削弱了社会主义集中力量办大事的制度优势，既不是中国的特色，也不是中国应有的政治生态。在政府职能转变的改革大潮中，如何准确理解政府职能定位，如何更好发挥政府之手作用，也是特高压电网困境带给我们的思考。

国家电网要实现跨国跨洲电力配置*

——专访国家电网公司国际部负责人程梦蓉

程梦蓉

国家电网在境外市场的定位是长期战略投资者

赵忆宁：目前国家电网境外投资的分布情况如何？

程梦蓉： 目前我们的境外资产主要分布在巴西、葡萄牙、澳大利亚、菲律宾。2009年初，国网国际发展有限公司参股菲律宾国家电网公司（NGCP），拥有40%股权，成功接管菲律宾国家输电网，并开始了25年的特许经营。2010年底，国网国际发展有限公司成功

---

* 本文原载2014年5月15日的《21世纪经济报道》。

收购了西班牙股东出售的巴西 7 家拥有输电特许权的公司，获得了 16 条总长度 3 173 公里的 500 千伏输电线路等资产，特许经营期为 30 年。另外，我们在俄罗斯、欧洲其他一些国家、美国、委内瑞拉以及非洲一些国家设了办事处，以了解当地市场并作前期分析。

赵忆宁：那2013年在境外有什么最新的资本运作？或者说工程包括哪些项目？

程梦蓉：2013 年成绩不错。我们在埃塞俄比亚拿到了建造该国 500 千伏主干线路的工程总承包项目，输电距离 1 136 公里，总承包合同为 14.6 亿美元。另外，国网下属企业河南平高电气股份有限公司在波兰中标另外一个输电线路项目，合同总金额约合人民币 1.5 亿元。

赵忆宁：你们目前境外投资总额以及总资产规模分别是多少？境外资产量占国家电网总资产的百分比是多少？

程梦蓉：到目前为止，境外投资总额是 110 亿美元，境外总资产规模是 221 亿美元。境外资产量占到国家电网总资产的 5%，占比还是很小的。因为境内的盘子太大了，国家电网总资产超过 4 200 亿美元。

赵忆宁：国网境外投资的方向主要有哪些？

程梦蓉：投资的方向主要是输电网资产。因为国外的能源公司通常是输气、配电捆在一起的，比如在葡萄牙叫能源网公司，除了输电线路之外，还有输气管道，所以投资除了输电网之外，还有少量的配气、输气项目。

赵忆宁：你们也做输气管道吗？

程梦蓉：我们不直接做技术支持，但是不影响我们投资。输气、输电、配气均属于国家监管资产行业，监管资产行业的资产回报是政府核定且有法律保障的，回报随着通胀指数调整，虽然挣不了大钱，但是很稳定。自从金融危机以来，很多风险投资纷纷进入到这个行业，就是因为这个行业的收益非常稳定。

赵忆宁：国外政府监管资产项目的收益率是多少？

程梦蓉：以我们所投资的这几个国家来讲，投资回报率在 10%以上，但是不会高到 20%、30%，平均在百分之十几。其中，在发展中国家，比如像菲律宾和巴西投资回报率会稍微高一点，在欧洲则相对低一点，但是欧洲投资环境稳定。无论如何，都比国内的收益率要高，国外的投资回报率是国内的三到五倍。

赵忆宁：我们国家现在外汇储备这么多，一直都是用来买美国的国债，为什么不能用来投资这些政府监管资产的项目呢？

程梦蓉：我觉得这个问题非常好。我们在做这些项目时，包括在我国政府的审批过程当中，也有过一些不同的声音，其观点是“国内的电网还没有建好，为什么要去建国外的电网”。我们认为，其一，从公司角度讲，我们是到国外投资，投资是要有收益的，而不是做公益事业。其二，从国家角度来讲，直接拿资源容易引起当地人的反感，而我们是给当地提供高质量的公共服务，得到受监管的合法、合理的收益，这对中国在当地的社会形象而言，也起到正面提升的作用。国家电网在境外市场上的定位，是一个长期战略投资者，而不是财务投资者。我们的追求是长期稳定运营及收益。

赵忆宁：国外公司的利润是拿回到国内还是留在当地的公司？

程梦蓉：分不同的情况，一般来讲看公司需要。但是目前公司没有说一定非得把这点利润拿回国内。

巴西项目预期回报率18%

赵忆宁：国网在巴西中标的特高压输电项目具体情况是怎样的？

程梦蓉：我们为巴西美丽山水电特高压输电项目准备了三年的时间，这个项目输电线路总长度为2 000多公里。事实上，巴西很早就使用了±600千伏直流输电技术，曾经拥有世界运行最高电压等级的交直流并联电网（±600千伏直流输电网和750千伏交流输电网）。我们在筹建三峡输电线路的时候，曾派了很多技术考察团前往学习。

巴西在修建美丽山项目时，最早也想用±600千伏直流输电技术，我们考虑到其输电线路的总长度，认为±800千伏直流输电比±600千伏直流输电有技术优势——输送容量大、效率高和线损低。

于是从2010年的7月开始，我们做过四轮技术论证。这期间，巴西两任能源部部长和巴西电力的总经理多次到中国考察特高压工程。在他们考察完回国之后，巴西建了特高压试验基地。2012年年底，巴西方确定美丽山的输电工程使用±800千伏技术，并将其作为唯一的方案提交给政府。之后，我们与巴西电力公司结成联营体，共同投标美丽山输电工程项目。2014年2月7日，联营体中标。罗塞夫（Dilma Rousseff）总统在第一时间打电话向我们表示祝贺。

赵忆宁：当时有多少公司参加投标？

程梦蓉：总共有三家，其中一家是当地的电力公司，另外一家是西班牙的一家工程公司。应该说，按照工程本身要求，这两家公司都可以做。但是从全球来看，国家电网公司是唯一在特高压交直流输电方面有设计、施工、建造、运行维护经验的公司。尤其是运行维护方面，国家电网公司是独一无二的。再加上我们找了当地的合作伙伴——巴西电力公司，该公司也是国家级的电力公司，从技术实力与管理能力上来讲都没有问题，所以我们非常有把握。

赵忆宁：联营体是成立的一家新公司吗？

程梦蓉：是的。这家新公司的CEO（首席执行官）和CFO（财务总监）都是我们的人，这将有利于整个项目的执行。

赵忆宁：公司股权的设置结构是怎样的？整个项目需要投资多少？

程梦蓉：我们占股51%，巴西电力占股49%。如果折算为美元股票市值大约是18亿美元，按照51∶49的比例，我们持有近10亿美元的股票。因为使用投资杠杆，所以我们真正出的本金并不多。一部分使用当地发展银行的贷款，更多的则是在市场上进行低成本的融资。

赵忆宁：是在国际市场进行的融资吗？巴西本地的发展银行也会贷款吗？

程梦蓉：我们出一部分股本金，另外一部分从国际市场上融资，巴西国家社会经济发展银行（BNDES）也提供贷款。我们去年在资本市场进行融资的效果很好，因为这家新公司的债券信用评级和企业信用评级都是根据巴西主权信用评级得来的，投资者认购的倍数很高，所以五年期、十年期和三十年期的资金利率都非常有竞争性。

赵忆宁：一般的输电网投资回报率是多少？

程梦蓉：各个国家情况不完全一样。以巴西为例，输电网投资回报是固定监管回报，更准确一点说，收益是在合理回报基础上再加上物价指数。就美丽山项目而言，巴西电监局给的最高线不能超过50亿雷亚尔，约合 22 亿美元。我们以 18 亿美元中标，这个价码保证了合理回报。巴西的储蓄利率在 10%以上，投资项目回报率肯定要比储蓄利率高才行，否则没必要再去投资项目。我们预期的回报率在 18%左右。

赵忆宁：在整个项目中，是否有中国企业特别是电工制造企业中标？

程梦蓉：有的。山东电力建设第一工程公司在八个标段里面中标两个标段。电工制造设备方面我们会尽最大的努力去推动中国企业的发展。由于这个项目是绿地项目，使用巴西国家社会经济发展银行的贷款，附带条件是要求有 60%的国产化率。可惜的是，目前还没有一家中国的制造企业在巴西建有合资厂，所以只能出口一部分巴西本土生产不了的高端设备。当然，所谓国产化，就是即便生产流水线的最后一道工序是在巴西做成的，也算国产化。这跟咱们 20 世纪 80 年代的做法是一样的，希望以开放带动制造产业的发展。

抓住“走出去”的机遇

赵忆宁：除了巴西特高压项目外，大家还在关注你们于2007年中标菲律宾国家输电网25年经营权的项目。从一般意义上来理解，凡是电力网络运行都涉及国家安全，你们怎么获得成功的呢？

程梦蓉：其实也很好理解，如果一个国家的政府财政不是到山穷水尽的时候，是不会把国有资产进行私有化的。当年撒切尔任期内的英国政府把铁路、电力、供水、煤矿等领域的国有企业私有化，就是因为政府没钱了。但市场开放并不意味着政府没有监管手段，比如价格机制、法律法规等。我们就是抓住了其私有化过程中的机会进行投标。当时菲律宾项目的竞标也很激烈，因为大家都知道这个项目的收益会很不错。

赵忆宁：竞标过程有波折吗？你们是如何通过菲律宾国会的审议的呢？

程梦蓉：当时举行过四次听证会。能够成功中标得益于当时大的政治背景，那时中菲关系还不错，当然也少不了程序性的尽职调查。菲律宾国有资产局以及其国家电网公司对中国国家电网公司的业绩以及管理和技术能力非常认可，在听证阶段没有遇到很明显的阻力，总体是比较顺利的。

赵忆宁：上个五年菲律宾国家输电网的固定监管项目投资回报率是多少？

程梦蓉：大概16%～18%，高风险就意味着高收益。在菲律宾投资政治风险很高。

赵忆宁：葡萄牙相对稳定？

程梦蓉：对。我们投的是葡萄牙国家能源网公司（REN），包括输气和输电两块业务。根据协议，中国国家电网公司以3.87亿欧元（约5.1亿美元）收购葡萄牙国家能源网公司25%的股份。这是中国企业首次在欧洲收购国家级电网公司。

赵忆宁：获得25%的股权，在股东中排位第几？

程梦蓉：我们是最大股东，阿曼石油公司获得15%股权。这也是国有资产私有化所致。欧债危机导致实体经济危机，葡萄牙政府陷入债务危机，没钱还债，只能将国有资产私有化，第一批私有化清单中就包括发电公司。我们参股的是能源网公司，国家电网抓住了一个"走出去"的良机。作为战略投资者，我们不仅派技术人员做技术支持，还派了首席技术官，财务部门和项目开发部门我们也都有派员参与。

没有国际化，何谈世界一流

赵忆宁：国网"走出去"做国际项目的驱动力究竟是什么？仅仅是响应中央政府的号召吗？

程梦蓉：响应号召是肯定的，这是大前提。如果政府不支持，我们是做不成的。在过去几年中，我们与很多跨国企业有比较深入的交流。我们深深体会到，做成国际一流企业的前提，就是要进行国际化发展，走不出国门的眼界永远是"地主"的眼界，而不是一个资本全球化的眼界。没有国际化的发展，何谈建设世界一流企业。2006年以后，国家电网就提出要建设国际一流企业的目标。

赵忆宁：国网公司已经是世界500强公司，在你们的眼中，国际一流企业的标准是什么？

程梦蓉：国家电网现在是世界 500 强的第 7 位，但是距离世界一流企业还有差距。我们觉得国际化的发展是世界一流企业的前提，如果在国外都没有资产，怎么能够称自己是国际一流企业呢？

赵忆宁：国际上的电网公司，从资产总量到业务规模有哪家能跟你们相提并论？

程梦蓉：两方面都没有公司可以跟我们比。但是我们认为，公司不仅要大，也得强。

国家电网有几个重要的指标：第一是公司资产达 25 602 亿元人民币（约合 4 200 亿美元）。第二是安全运行。从 1997 年起，国家电网没有发生过大面积的停电事故，这是世界任何其他大国的电网公司所没有的纪录，像美国 2002 年有大停电，欧洲、印度、巴西、日本也都发生过大面积停电。第三是创新能力和先进技术。创新能力不仅仅体现在特高压电网，我们在智能电网的发展方面也是领跑的。比如意大利国家电力公司（ENEL），装了几百万块智能电表就觉得“很骄傲”，而我们一年就要装几千万块，到 2015 年之前就将有 3 亿块智能电表。

赵忆宁：在世界500强公司中，你们的同行是个什么排序？

程梦蓉：意大利国家电力公司（ENEL）排在第 52 位，法国电力集团（EDF）排在第 77 位，德国莱茵集团（RWE）排在 139 位，西班牙伊贝德拉电力公司（Iberdrola）排在 234 位。而像美国电力公司（AEP）、俄罗斯水电集团公司（RusHydro）等都没有进入 500 强。

但是有一点很重要，无论是法国电力集团还是意大利国家电力公司，它们的国外资产所占比重都很大。比如意大利国家电力公司的国外资产占总资产的比重将近 50%，法国电力集团国外资产所占比重达到 40%左右。我们实际上就缺了国外资产这条腿。

赵忆宁：世界500强公司中有许多家美国公司，为什么它的电力公司榜上无名？

程梦蓉：美国电力公司以前在国外投资也比较多，也曾在中国投过项目。新的 CEO 上任后，调整投资战略，向国内收缩。再有就是，曾是世界上最大的电力、天然气以及电讯公司之一的美国安然公司（Enron Corporation），之前在国外投资上很激进，但是安然在 2001 年破产了。事实上美国电力公司在国外投资项目不多，大型的更没有，正是因为美国电力公司区域性以及破碎化的电网体制，所以它既做不大也做不强。

赵忆宁：你们的同行，比如国际大电网委员会的成员，如何评价中国国家电网？

程梦蓉：一般来讲世界各国电力公司都挺厉害的，特别是那些发输配一体化的公司，但是它们都对国家电网这几年取得的业绩非常认可。去年6月，《华尔街日报》刊登报道，核心观点是我们的投资在市场上具有侵略性。当时我正在华盛顿开会，碰见美国电力公司的首席执行官埃金斯（Nick Akins），他和我们理解这篇文章的视角不同。埃金斯说，这篇文章把我们这几年做的事情一一罗列出来了，这些事情是他们美国公司做多少年都实现不了的。

2020年境外资产占比10%

赵忆宁：在未来一段时期内，效仿意大利同行，实现50%的境外资产规模不太可能吧？

程梦蓉：不可能。因为境内资产规模太大了，并且目前还处在金融危机阶段，全球多个基金对于监管资产项目兴趣高涨，竞争越来越激烈。

赵忆宁：你们的中长期规划中提到，到2020年境外资产达到占总资产规模的10%。但如果考虑到境内的发展，有可能实现吗？

程梦蓉：现在境外资产量占到国家电网总资产量的5%，问题在于，境内投资增长很快。2014年境内的总资产是25 602亿人民币，境外总资产才1 370亿人民币（约合221亿美元）。而“十二五”期间，国家电网每年还将投资3 000亿元左右，我们感到大幅提高境外资产比重的压力不小。①

赵忆宁：你们的同行对特高压输电网有什么评价？

程梦蓉：普遍认为是一个很好的技术方案。刘振亚同志到美国能源

---

① 截至2017年底，国家电网公司已投资运营菲律宾、巴西、葡萄牙、澳大利亚、意大利、希腊等7个国家和地区的骨干能源网，境外投资196亿美元，境外资产655亿美元，所有项目运营稳健，全部盈利。国家电网公司资产总额38 088.3亿人民币（约合6 026亿美元），境外资产已经超过总资产规模的10%。

部参加会谈，当他介绍中国特高压输电网后，美国能源部前部长朱棣文使用了“jealousy”这个词，可以理解为“羡慕”也可以翻译成“嫉妒”。第二年，朱棣文跟当时的美国商务部部长骆家辉两个人一起到公司来考察访问，两个美国内阁成员同时访问一家公司，这在美国历史上是罕见的。

赵忆宁：巴西特高压输电项目今后是否对南美洲有辐射作用？

程梦蓉：有可能。这要看经济发展需求，近期经济处在下行阶段。我们一直在做智利经济的跟踪，其发展水平要超过巴西，虽然短期之内智利尚没有建设远距离输电线路的需求，但是不影响我们追踪其他的500千伏项目。另外一种发展方向可能是做国与国之间的联网，这可能是下一步特高压交直流输电能够发挥作用的地方。

另外是欧洲，这几年大家一直在谈论开发北非沙漠太阳能，将电力通过特高压直流电网送到欧洲腹地，输电线路总长2 000多公里。我们一直在关注北非沙漠太阳能发电项目并参与了前期研究。

赵忆宁：是谁主导呢？欧盟？

程梦蓉：是德国的一些公司自发在做，包括基金、制造企业、电力公司等。这是缘于德国默克尔政府列出的“弃核时间表”，德国17座核电站最晚将在2022年底关闭。寻找替代方案成为它们的当务之急。目前，德国要求所有的火电厂都零排放，成本太高了。另一种替代方案是从德国北部的北海引入风电，成本同样巨大。目前正处于几种技术可行性研究阶段。我们也做了初步的研究，除了北非之外，从中亚地区，包括新疆的西部，通过远距离输电线路将电能送到德国，技术上是可行的，但这没有考虑地缘政治因素。

赵忆宁：新疆主要输出什么能源？

程梦蓉：新疆是输出煤电，以后可能有风电和太阳能。中亚等地区的一些清洁能源也都有可能送到欧洲。在这类方案有成为可能的时候，就要依靠特高压输电技术。欧洲一些国家的能源资产也非常好，因为基金都愿意投入到有稳定收入的领域，所以我们面临的竞争非常激烈。

赵忆宁：为实现10%的目标，今年还会有什么新的项目有望取得突破？

程梦蓉：已经在做的项目没问题，但未来还有很多不确定性。未来工作的重点在欧洲，我们关注政治与经济环境和投资回报较稳定的国家与地区，看好市场机制比较成熟的国家与地区。当然不排除在巴西进一步开发新项目的可能，只是要考虑到虽然巴西经济高速增长，但还是有一定的风险。

中国特高压输电技术国际评价*

“中国挑战美国创新领导地位并快速发展的一个重要领域，就是最高电压、最高输送容量、最低损耗的特高压交流、直流输电。”

——诺贝尔物理学奖获得者、美国能源部前部长朱棣文

“中国的特高压输电工程是电力工业发展史上的一个重要里程碑。”

——国际电工委员会（IEC）

“特高压交流试验示范工程的成功建设是特高压交流输电关键技术和关键设备重要的突破性成果，对保证中国的电力可靠供应、推动特高压输电技术在世界范围内的研究和应用具有重大意义。”

——国际大电网委员会（CIGRE）

“中国成功地实现了特高压输电，全世界都对此给予了积极评价，有了这个标准，世界上其他国家就可以在此基础上继续发展，将特高压输电技术投入到应用中。”

“中国的特高压输电技术在世界上处于领先水平，作为国际标准电压，中国的特高压交流电压标准将向世界推广……能源分布不均的问题在其他国家同样存在，这就需要特高压输电技术，这种能够减少长距离输电电能损耗的技术在世界其他地区也将有广泛的应用前景。”

——国际电工委员会（IEC）主席克劳斯·乌赫勒（Klaus Wucherer）

“试验示范工程的投运是一个伟大的技术成就，无疑也是电力工业发展史上的一个重要里程碑。”

“当我们讲到未来，意味着更高的电力消耗和更多的可再生能源，风能、水电、太阳能通常都是不太稳定的，或是间断式的，只有通过强大的

* 本文原载 2014 年 5 月 15 日的《21 世纪经济报道》，收入本书时标题有改动。

互联系统和一些储能技术才能让我们更好地发挥可再生能源的潜力。采用更高的输电电压，如特高压或在较小系统中的超高压，可提高输电容量，减少损耗和基础建设投资。”

——国际大电网委员会（CIGRE）秘书长让·科瓦尔（Jean Kowal）

“谈到特高压，IEC 坚信，这种输电技术能够极好地解决未来的能源危机。之所以这么说，关键在于它拥有大容量、高效率、长距离输电优势，这是解决问题的关键。”

“祝贺中国在发展特高压输电技术方面取得的成就。这些工作非常有助于推动 IEC 框架内的新技术工作，确保中国领先世界的新兴技术能用于国际标准制定，进而服务全球市场。”

——国际电工委员会（IEC）副主席恩诺·里斯（Enno Liess）

“特高压输电技术代表了当今电网最重要的发展趋势之一，在大容量、长距离电力输送和大电网互联方面起着至关重要的作用。”

“中国发展特高压输电技术是负荷中心远离能源中心的客观条件决定的，也是满足经济快速发展的必然选择。特高压交、直流系统不仅对中国，而且对全球其他国家，包括工业化国家同样具有重要意义。”

——世界能源理事会（WEC）联网工作组主任克勒里奇

“很明显，建成了 1 000 千伏的特高压输电线路，中国在这个领域成为毫无争议的领导者。”

——意大利电技术试验中心（CESI）高级顾问亚历山大·克莱里西

第四章　港珠澳大桥：中国成为桥梁建设强国

引言

港珠澳大桥的建设规划方案始于2004年。该大桥建设的关键工程是岛隧工程，因为海底深埋沉管隧道建设对中国来说是第一次，所以我把采访的重点放在了岛隧工程。2010年底中国交通建设股份有限公司（简称“中国交建”）中标岛隧工程，2018年港珠澳大桥将全线贯通。

在港珠澳大桥建设过程中，我曾三次对港珠澳大桥建设情况进行采访，第一次是在2014年，第二次是在2016年，第三次是在

港珠澳大桥

2017 年。2014 年和 2016 年的采访，我撰写了两组专题报道，第一组专题报道的题目是“绵延 56 公里的难题”，第二组专题报道的题目是“绵延 56 公里的创新”。2017 年 5 月初，我到珠海，见证了岛隧工程最终接头的沉放。

事有凑巧。2017 年 7 月 1 日中国交建召开林鸣（港珠澳大桥岛隧工程项目总经理）同志先进事迹报告会，我被邀请作为发言人之一。我把这次会议的发言稿作为本章的序篇部分呈现给读者，从报道之外的另一个侧面，使读者了解这项工程的伟大意义，并向所有参与的建设者表达敬意。

港珠澳大桥的工程领袖与精神领袖

——在林鸣同志先进事迹报告会①上的发言

关于心理承受能力，我曾经向两个医生朋友请教过。一位是心脏专家，我问他：人的心理承受能力是否与心脏的大小有关？因为我第一次在林鸣办公室见到他的时候，报事板上贴着三四十张报事贴，每一张纸条都是需要他考虑或者需要做出决策的事件。后来我一直在想：一个投资1 000多亿人民币的工程，要在给定的时间内按照“世纪工程”的质量完成，一旦出现问题该项目负责人还有可能坐牢，什么样的人才能或者愿意担此重任？我想来想去还是找不到答案，便怀疑可能林总的心脏比常人的大？但是心脏专家告诉我：心脏的大小与心脏功能有关系，与心理承受能力无关，心脏大还意味着心脏功能差。联想到林总每天跑步，我断定他的心脏功能一定不差。

后来我向心理医生朋友提出另外两个相关问题：人的心理承受力或者人承受的压力有极限吗？医学上如何测算承受的压力？朋友说，医学研究的是生理和病理，承受力是精神范畴，所以无法用数值表示。自然科学对压力有多项描述，如气体与液体对固体单位面积的压力可用“公斤”或“兆帕”来表示，而外部事物对人的精神压力以及人所承受压力的数值，却没有计量单位意义上的表达。

林总是超巨型工程的最高决策者，他会在半夜一两点钟想到“半刚性”的创意；也会在半夜一两点为最终接头漏水问题跑到桂山岛沉管预制厂，第二天就要在几十家新闻媒体见证下安装最终接头。七年间他们遇到的挑战无以计数，作为总指挥，林总的神经元所感受到的外界压力是多少呢？之前我曾给林总寄过一些咖啡，他可能会感到些莫名其妙，因为我们之间没有私交。借此机会说明一下，其实是为了减轻他的压力。

---

① 本次报告会由中国交建于2017年7月1日召开。

港珠澳大桥是中国土木工程的“世纪工程”。在历史上中国并不缺少“世纪工程”，中国曾拥有与民生和军事相关的多项伟大工程，包括被誉为“世界水利文化的鼻祖”的都江堰水利工程、京杭大运河、万里长城以及驰道。但是，最近 1 000 年以来，除了帝王将相的宫殿之外，中华民族少有在土木工程建设领域给人类以新的技术贡献，而是一直处于跟随与追赶的过程中。

2003 年和 2005 年我分别体验过英吉利海峡隧道与厄勒海峡大桥，这两项工程是 20 世纪的“世纪工程”。从伦敦到巴黎乘坐 TGV（高速列车）用了两个半小时，从瑞典到丹麦驾驶汽车通过厄勒海峡大桥，全程不到半个小时。这两项工程带给人的是心灵的巨大震撼。这种震撼不亚于 20 世纪 90 年代初访问美国看到四通八达的高速公路时的震撼。当时我也在想：什么时候中国也能拥有像美国一样的全国高速公路网？事实上，做到这一点，中国仅仅用了不到 30 年的时间，2016 年年末全国高速公路总里程突破 13 万公里，位居世界第一位。

我虽然是行外人，仍然会感到海底隧道与公路建设不在一个技术层次上。中国什么时候也能有类似于英吉利海峡隧道与厄勒海峡大桥的工程呢？特别是由于看到 2010 年 12 月竣工的韩国巨加跨海大桥的海底沉管隧道部分完全由荷兰工程师完成，所以当我 2014 年第一次到港珠澳大桥工地采访的时候，场景令人意外，整个项目团队几乎都是中国人，当然除了花田幸生（Hanada Yukio）先生之外。那时有一种非常复杂的感觉：行吗？

今天，当即将成功完成港珠澳大桥这个“世纪工程”之时，中国交建仅仅用了七年的时间，这给中国、给世界一个巨大的惊喜：我们自己建成了有世界领先技术的港珠澳大桥。相信人们都会有同感，中国总是能带来一个又一个惊喜。港珠澳大桥是最新的一个惊喜。

我看到过一张林鸣总指挥在 2012 年港珠澳大桥沉管预制厂建成时的照片，那时的他，有圆月般的脸庞以及乌润的头发，而今却是满脸憔悴、两鬓染霜。33 节管节安装，无论他生病与否都一律坚守在指挥台前，几十个小时全神贯注，不吃饭，不上卫生间。我问过林鸣：遇到这样多的挑战与压力而一直在坚持，到底是为了什么？他多次表示：中国人一定要在世界上做出一个标志性的超级工程。

纵观千年历史，中国人从来没有像现在一样在世界上留下如此多的标志性建筑，如同我们在 1 000 多年前做到的那样，港珠澳大桥是这幅壮丽的画卷中最亮的一笔。1956 年毛泽东主席在《纪念孙中山先生》一文中说："再过四十五年，就是二千零一年，也就是进到二十一世纪的时候，中国的面目更要大变。"毛主席的预言已经变成现实，中国已经成为一个强大的社会主义工业国。他还特别讲到，那时"中国应当对于人类有较大的贡献。而这种贡献，在过去一个长时期内，则是太少了。这使我们感到惭愧"。如今，我们迎来中国对人类做出较大贡献的时代，中国不仅仅对全世界有发展的贡献，最重要的是知识创新的贡献。

远眺港珠澳大桥

林总领军的项目团队做到了。我采访过 5 家参与岛隧项目国际合作的伙伴，他们对港珠澳大桥岛隧工程给出了高度的评价。其中国际隧道协会（ITA）专家、荷兰隧道工程咨询公司（TEC）执行总裁汉斯·德维特（Hans de Wit MSc）评价道："港珠澳大桥是全球最具挑战的跨海项目，岛隧工程可能也是迄今为止最为复杂的一项工程。""现在回看已经实现的成果，项目做得非常成功，达到最高的国际质量标准。"国际同行给出这样的评价，说明国际工程界对港珠澳大桥岛隧工程的认同，也是给港珠澳大桥岛隧项目部 3 000 多名施工建设者的最高褒奖。

港珠澳大桥岛隧工程的许多创新，为世界桥梁（海底隧道）建设工具箱增加了新的工具和选择，比如最终接头等。林鸣总指挥一直是港珠澳大桥的工程领袖与精神领袖。领袖之所以会成为领袖，就是因为他在困难的情况下总是能够向人们传达正确的信息。林总通过自己的远见激励团队，将技术空白变为前行的动力，将困难与挫折变为创新的机遇，将无数挑战变为一次次的胜利，最终让所有的人充满激情并取得成功。

将无数挑战变为一次次的成功非常不易。所以我认为，港珠澳大桥岛隧工程，除了在土木工程技术领域的创新贡献之外，还有一个重要的贡献是对工程哲学的贡献。过去我们一直在讲“知行合一”，这是中国古代哲学家王阳明所提倡的思想，知是认知，行是实践，或者认识世界是知，改造世界是行。中国改革开放以来，我们一直在“摸着石头过河”中探索，各项公共政策在“试错”中不断调整。自然科学与社会科学有所不同，特别是土木工程，比如港珠澳大桥，只能是“知成一体”，“以成证知”，才能得到最终的认可。假设花了七年时间，港珠澳大桥成为一件失败的作品，这个结果则是所有人都不能接受的。

港珠澳大桥岛隧工程的工程师们，七年间没有一刻停下“知”与“行”的脚步，他们“因行得知”，“用知践行”，没有经验就想尽办法获取全球的知识资源，或者去“西天取经”，但是他们并没有“言必称希腊”，很多重要的工程理论都是在“念自己的经”，所有的认知都是来自于理论指导与实践的观察，结果是33节沉管“滴水不漏”。如果是照本宣科或者按照原设计方案施工，后果将不堪设想，所谓“世纪工程”将是另外一种解释。港珠澳大桥的所有创新证明“知行合一”是远远不够的，必须“以成证知”，唯成才是真知。他们所有的创新均被验证是正确的，而关键是实现了“知成一体”。他们交出一个将经得起120年检验的“世纪工程”。

我们这代媒体人非常幸运，能在中华民族伟大复兴时代做记者更是幸运。而我们的前辈所经历的中国近代新闻报道，笔下描写的都是伤心、肠断，充满了血泪与屈辱，我们再也不会撰写类似巴黎和会遭到背弃举国失落的报道，而是一次次见证中国全面“超英赶美”的重大历史时刻。在工程技术领域，我曾跟踪采访过高铁、大飞机、特高压输电、港珠澳大桥等工程，它们都是中国人勇于尝试第一次的伟大作品。伟大的时代总是能够让一些人因时代而变得伟大，而完成港珠澳大桥岛隧工程这个伟大作品的总指挥林鸣，是当今中国最令人尊敬与钦佩的卓越工程师。感谢您的精神，感谢您的远见与执着，也感谢您展现的关于人的潜力和成功的故事。

当前，中国正在实现从世界科技革命的落伍者、学习者、追赶者向创新者、贡献者、引领者的重大转变。在中国实现“两个一百年”目标过程中，中国一定会为世界贡献更多的超级工程、世纪工程。所以我们需要有更多的像林鸣一样的总工程师、总指挥担当重任，肩负起这一历史责任与重担。

建设中的港珠澳大桥：一道绵延 56 公里的难题*

连接内地和香港的港珠澳跨海大桥正在建设之中，它被认为是中国最重要的基础设施工程项目，无论在技术上还是政治上都意义重大。这座大桥将是连接内地与香港的第二座跨海大桥，第一座跨海大桥深圳湾公路大桥建成于 2007 年香港回归 10 周年之际，而这座大桥始建于 2009 年 12 月，预计于 2018 年正式通车。

港珠澳大桥开通后，机动车将从香港西南部的香港口岸人工岛开始，通过 12 公里的连接线，穿越粤港分界线后，经东人工岛的过渡，进入一段目前世界最长、双向六车道的海底沉管隧道，水下穿行近 6.7 公里，随后经西人工岛进入 23 公里长的大桥，到达珠澳口岸人工岛，然后分流到澳门或珠海。

大桥总投资约 1 100 亿元人民币，是目前世界跨海大桥中投资最大的工程。在 2014 年《工程新闻记录》（*Engineering News Reports*，ENR）国际承包商 250 强名单中位列第 4 的中国交通建设股份有限公司，成为该项工程的主要承包商。

如今承载着中国近代史屈辱记忆的伶仃洋再没有恐慌与叹息①，中国工程建设者们正在这片海域建设一项连接珠江三角洲与港澳的世纪工程——港珠澳大桥，它美丽的弧线将使它成为最受瞩目和最上镜的亮丽地标。

全球瞩目中国沉管隧道跨海大桥

港珠澳大桥工程中最具有挑战性的是沉管隧道工程。此前，沉管隧道

---

* 本文的删改版原载 2014 年 11 月 9 日的《21 世纪经济报道》。

① 伶仃洋和伶仃岛曾被鸦片贩子用趸船和快艇强占，成为对我国进行鸦片走私的跳板。文天祥《过零丁洋》中有诗句："惶恐滩头说惶恐，零丁洋里叹零丁。"

已有近 100 年的历史，但是在本世纪之前，沉管隧道大多用于下水道、管线线路的铺设，或者是跨江跨河的短距离工程。直到本世纪初，沉管隧道掀开了用于跨海隧道建设的新篇章。根据国际隧道协会 1993 年提供的报告，沉管隧道被定义为：是由若干预制的管段，分别浮运到现场，一个接一个地沉放安装，在水下将其相互连接并正确定位在已经开挖的水下沟槽内，其后辅以相关工程施工，使这些管段组合体成为连接水体两端陆上交通的隧道型交通运输载体。

世界第一座跨海沉管隧道是建于 1958 年的古巴哈瓦那沉管隧道；之后有 2010 年竣工的韩国巨加大桥海底隧道；再之后有连接欧亚两大洲的马尔马雷海底隧道，隧道底部最大水深约 60 米，是目前世界上最深的海底沉管隧道。

迄今为止，中国工程师们建设了世界上最多的大桥。根据维基百科不完全统计，全球长度超过 3 000 米的大桥至少有 938 座，这些大桥中的 689 座建在中国，占到总数的 73.5%；不仅如此，世界 10 座最长跨海大桥中的 6 座在中国，包括全长 41.58 公里的青岛海湾大桥以及全长 36 公里的杭州湾跨海大桥等。

直到 2010 年之前，中国工程师们虽然做过跨江隧道，但是对海底沉管隧道非常陌生，工程师们甚至只是在电视或者专业期刊上见到过海底沉管隧道建造的视频与照片。港珠澳大桥岛隧工程项目副总经理尹海卿对我说："国外施工的详细资料根本拿不到，我们仅在一本叫《隧道》（*Tunnelling Journal*）的期刊上看到过一篇介绍沉管制作的文章和相关照片，这就是我们认识海底沉管隧道的最初的信息了。"显然，中国工程师们虽建造了世界最多的桥梁或者跨海大桥，但是他们没有在开放海域建造沉埋式隧道的机会。

如果赶巧能碰到穆勒（Casper Paludan-Müller）就再好不过了。穆勒是丹麦科威公司（COWI）资深项目经理，该公司为港珠澳大桥提供综合桥隧连线的初步设计，穆勒本人参与过丹麦与瑞典之间的厄勒海峡沉管隧道工程和韩国巨加大桥的沉管隧道工程。

在谈到港珠澳大桥隧道工程的非同寻常时穆勒说："在珠江三角洲建造长达 6.7 公里、海水深至 46 米的世界最长海底隧道是前所未有的，工程难度直逼技术极限，这是一项破世界纪录的工程。"

“工程难度直逼技术极限”何以见得？港珠澳大桥海底隧道有 33 个巨大管节，标准管节长 180 米、宽 37.95 米、高 11.4 米，它们要被一节节地准确沉入海平面约 50 米以下已经挖好的基槽中。每节标准管节重约 7.5 万吨。7.5 万吨意味着什么？美国“尼米兹”级核动力航母满载排水量为 9.1 万吨，中国“辽宁号”航母满载排水量 5 万～7 万吨，也就是说，港珠澳大桥的海底隧道相当于放入 33 个航母重量的管节。

穆勒说，5.664 公里的港珠澳大桥海底沉管隧道长度是丹麦和瑞典之间的厄勒海峡大桥海底沉管隧道长度的 1.6 倍，后者只有 3.51 公里，是此前海底沉管隧道长度的纪录保持者；而韩国巨加大桥海底沉管隧道的长度只有 3.24 公里。

花田幸生是世界顶级隧道施工专家，他有 35 年隧道工程经验，曾参与了厄勒海峡大桥、马尔马雷海底隧道以及巨加大桥海底隧道的施工。他目前的身份是港珠澳大桥岛隧工程的技术顾问。

当谈到港珠澳大桥海底隧道与上述隧道的不同及困难所在时，花田对我说：“第一，这个隧道距离非常长，说明管节数量多，如果时间允许，安装没有问题，但是这个工程必须要在短期内完成。第二，这是中国建设的第一个沉管隧道，施工海域是世界上最繁忙的航道之一，每天有 5 000 艘次船只过往，所以设计管顶距离海面达 29 米，施工水深达到将近 50 米，而韩国巨加大桥隧道的水深有 48 米，日本的沉管隧道水深最深的只有 28 米。水这么深，是非常困难的。”

港珠澳大桥岛隧工程项目副总经理罗冬对记者说，由于港珠澳大桥业主是港珠澳三地，所以工程要受到香港特别行政区政府、澳门特别行政区政府以及广东省珠海市政府的监管，而且这三个监管方提出的施工质量标准不相同。香港遵循的是英国标准，澳门用的是欧洲标准，我们用的是中国标准，所以在大桥设计时商定将遵循最高标准。“比如英国标准的建筑物使用寿命是 120 年以上，中国的标准是 100 年，所以我们按照 120 年使用寿命施工；关于高性能混凝土在海风条件下控制防腐防裂，欧洲的标准是最高的，我们就选择了欧洲标准；而关于大型海底隧道，英国标准只有双向四车道，而中国有双向六车道的标准，我们选择了中国标准。总之是‘就高不就低’。”

从港珠澳大桥被称为一项破纪录的“世纪工程”的那天开始，就已经表明这个工程实现链条的每个环节都将要迎接巨大的挑战。每个环节都可能面临突破技术极限的未知难题，它们在静静地等待着与中国工程师们的会面。

海底隧道专有技术的昂贵学费

几乎所有的设计都是某个以往技术的新版本，只有在必要的情况下，才需要全新的设计，港珠澳大桥也不例外。港珠澳大桥的设计团队清楚大桥设计刚性需求——保障伶仃洋航道未来超大吨位船舶（30 万吨以上）的通行后，确定采用海底沉管隧道施工方法，并且设定了管节的距离与预埋的深度等。所以，在大桥前期方案设计理念选择时，全球有沉管预埋工程经验的著名跨国公司几乎都被揽入视野，成为我们的指导“老师”，包括丹麦科威国际咨询公司（COWI）、荷兰隧道工程咨询公司（Tunnel Engineering Consultants）、艾奕康咨询有限公司（AECOM）、莫特麦克唐纳工程顾问公司（Mott MacDonald）、奥雅纳工程顾问公司（Arup）以及安诚工程顾问公司（Hyder Consulting）。

副总经理尹海卿回忆了一段往事。“最初时，我们对跨海隧道沉管技术知之甚少，更没有做过大型预制管节，后来偶然打听到一位荷兰海工专家来中国，他是厄勒海峡工程预制管节厂厂长。当得知他到上海后，我们的主要工程师飞到上海与他见面。我们当时虽然有了大的思路，但对预制管节的施工细节知之甚少，这位海工专家毫无保留地给我们讲了很多操作要点。为此，我们付了一万多元（人民币）的咨询费。”

这不难理解。大桥项目建设方案的确定是在可接受的原则下优选方法和设备的过程，也是对已有技术的继承、试制或者集成的过程。在港珠澳大桥之前，中国工程师没有做过外海沉管隧道。“大桥规划做沉管隧道之前，中国只做过十来个长不过几百米的江河沉管隧道。这个工程要做世界最大规模的外海沉管隧道，我们心里没底。当时确实希望有施工经验的国际沉管专家能够带着我们，这样心理压力和工程风险会小一些。”港珠澳大桥岛隧工程设计负责人刘晓东说。

但是事情进展出人意料。当进入施工方案审核阶段后，那些熟悉的面孔，那些在设计初期给中国工程师带来很重要的施工理念的咨询公司却集体消失了。特有技术的发展一直沿着从技术统治到技术垄断的轨迹前行，当一项不可替代技术只掌握在极少数公司的手中时，它们自然形成技术联盟进而获得市场垄断利润。这个联盟内部会形成协作关系，在本质上并不欢迎新成员的加入。甚至我们连参加相应国际专业会议也成为不受欢迎者。

工程师们给记者讲了几个故事。当预制沉管初步设计方案做好后，曾希望请某跨国咨询公司验算把关，但这家公司相关人员在看过方案后回复："我们不做了"。原因是如此多的管节已经打破了他们已有施工经验的纪录；同时，隧道位于挖掘的沟壑中，使用几十年之后会在沉管表面积聚达 20 米厚的软沙土，沙和水压自上而下将对隧道的中央部分造成巨大的压力。"深埋沉管隧道顶上将回填近 20 米沙土，国际上失败的案例很多，有风险，我们没有一定成功的把握。"这家公司相关人员说。为了规避风险，经过董事会讨论，他们放弃了这个项目。

港珠澳大桥岛隧工程的关键技术是海底隧道管节的水下安装，荷兰施泰克公司（Strukton）是欧洲知名轨道交通企业，拥有多项专利。港珠澳大桥岛隧工程项目最初与这家公司商谈合作，施泰克开出合作的条件：将派 26 个专家到港珠澳大桥工地，但不负责安装，也不提供设备，只做咨询，开价 1.5 亿欧元，按照当时汇率相当于 15 亿人民币。项目副总经理罗冬告诉记者："整个沉管隧道安装工程的预算只有五六亿人民币（包括所有的安装设备），做预算时没有考虑到外国公司会要这么多的钱，所以没有谈成。"

韩国巨加大桥海底隧道工程使用了荷兰施泰克公司的沉管安装技术。沉管管节与前一节对接时，管节在水中受到水流的影响会出现不稳定。当出现偏差时要通过一个系统调整，这套系统叫 EPS 系统。"后来我们才明白他们为什么要这么多钱，应该是有道理的——当时我们不懂。但是我们没用这个后期调整的方法，我们采用了缆吊控制精确对接的方法，在管节沉放的时候一步到位，为此经历了漫长的探索与创新。"罗冬说。

后来才知道，在港珠澳大桥 2010 年底投标之前，荷兰施泰克公司与韩国某公司（该公司是由大宇工程建设公司下属的 7 家韩国承包单位组成的联合公司，承建韩国巨加大桥）于 2009 年就已经在中国完成了 EPS 操作系统的专利注册。“他们早就准备好了，在等待港珠澳大桥购买这项技术。结果我们没用这项技术，可能他们会很失望。”罗冬说。

33 节海底隧道的管节将被一节节置入基槽底部。安装管节最大的风险之一来自基槽内外海水流速的未知与突变，因此监测海水流速和对海水流向的预报成为关键元素。这套精确到每米海流的预报系统技术为丹麦水利研究院（DHI）所拥有，它是一家全球规模最大、咨询业务最全面、技术水平最专业的水利信息咨询公司之一，曾为巨加大桥隧道工程提供了管节对接水流监测系统。由于丹麦水利研究院向港珠澳大桥岛隧工程项目开价 7 000 多万元人民币，最终双方因价格因素未能达成合作。

事已至此，丹麦水利研究院表示，衷心地祝福中国人能够自己研发这套系统，但同时说：“如果一旦不成功，再找我们时就不是这个价钱了。”记者向国家专利局查证，丹麦水利研究院于 2012 年 5 月申请了专利合作条约（PCT）专利，申请名称为“流量计系统”（A Flow Meter System），专利的指定国家包括中国。

也不能责怪这些技术领先公司。任何一项创新技术的形成都是建立在投入巨大的时间与人力资本的基础上，独有技术往往会得到较高的回报甚至会垄断市场。“我们也知道请外国人来帮我们最好，但是预算不允许，我们只能自力更生了。”罗冬对记者说。

无论是开发新技术的不确定性还是技术封锁，乃至昂贵的要价，对于一个小国或者科技弱国而言，最后的结果大多是无奈或者屈服。而“**现在的中国已经不是 1840 年鸦片战争时的中国了，我们已经具有强大的科学与技术的创新能力及体系，中国国力发展至今已可以提供大桥施工的技术保障，我们可以做到过去不能做到的事情，从不懂到懂，边干边学，学中干，干中学！**”港珠澳大桥岛隧工程项目总指挥林鸣对记者说。

有人在静观：一个从未做过外海沉管隧道工程的团队，是否能突破沉管隧道安装技术的世界极限？他们依照专业常识推演，极限技术的障碍会像一幕幕大剧连续上演。也有人在期盼。那么，中国工程师们是否能够捕捉到极限工程中浮现的新技术“基因”？沉管隧道工程技术的新版本能否在港珠澳大桥出现？

超级工程凸显中国强大综合国力

长距离海底隧道在大桥建设中是最难的，工程师们必须要对工程抛出的一个又一个问题做出响应，所以他们倾尽全力寻找每一种解决方案。他们为这些所有的活动奔忙：穿梭在专业的研究所或者实验室中深化对操作对象的理解；调查失败的原因、寻找修复的对策；通宵达旦地反复讨论与思考，对担忧的问题进行审慎的斟酌；聚合所能见到的方法和调集全球最好的施工设备，计划、试制、集成。这就是工程师的全部工作内容。当解决问题的知识边界超越了土木工程范畴时，他们必须求助更多学科的专家并且调动多种科学手段共同寻求答案。在某种程度上，说正在施工进程中的港珠澳大桥项目是一个涵盖多学科的实验基地并不过分。

2014 年 8 月 18 日傍晚，记者站在被前后两条拖轮紧紧卡住的管节上，这是港珠澳大桥 33 节管节中的第 12 节（E12）。长约 180 米、宽约 38 米、高约 10 米、重约 8 万吨的管节静静地浮在水面。管节的背后就是沉管预制厂所在的桂山岛。此时的管节与伶仃洋海面仿佛只有一门之隔。此前，在“津安 2 号”“津安 3 号”沉管安装船组的拖带下，E12 管节从深坞移出，然后依靠拖轮和锚缆被浮运到预先挖好的水底沟槽内的设定位置，与早前的 E11 管节对接。

港珠澳大桥桂山岛沉管预制厂深坞

管节浮运和安放是港珠澳大桥建设的核心环节。“浮运法”第一次被

世界最大的沉管预制工厂

使用是在中国人自己实施的钱塘江大桥建设工程中。在缺乏大型起重设备以及钱塘江涌潮汹涌澎湃的恶劣条件下，将重达260吨的钢梁这一庞然大物运输、架设到高出江面10多米的桥墩上是一大难题。最后著名桥梁专家茅以升提出巧妙利用潮涨潮落自然力，用船将钢梁运至两墩之间。截止到2014年，仍没有一个设备有能力将8万吨重的重物拉住或者吊起来。

管节浮运最大的限制因素是气象和海流，它对所在海域气象、海浪、海潮有极为苛刻的要求。据国家海洋环境预报中心总工程师王彰贵介绍，8万吨的管节本身会产生巨大的阻力，而0.1米/秒的流水将对管节产生很大的反作用力（根据工程师计算，流速0.5米/秒时，管节受力100吨），超出了拖船的推力和拉力的掌控范围。必须在合适的天气、海洋潮汐与海浪、海流的条件下才能施工，也就是要找到同时满足气象与水文条件的作业保障窗口期。而一个月只有两个窗口期。

国家海洋环境预报中心接受了港珠澳大桥项目指挥部的请求，承担起对接窗口保障系统的研制任务。他们要研发的这套系统与丹麦水利研究院报价高昂的预报系统的作用毫无二致。在王彰贵总工程师看来，价格不是关键问题所在，他怀疑的是丹麦水利研究院做港珠澳大桥海底隧道沉管对接窗口保障的能力。“首先，数值预报包括海流、气象和海浪三个系统，即便做了数值预报，实际上距离工程需要的精度还是有一段距离。另外，做工程保障一定要熟悉气象、水文条件，丹麦水利研究院缺少施工海域历史资料，而即便它出高价我们也不会卖给它，但之前做

世界最大沉管浮运拖航

过一些工程保障是它的优势。”他说。

国家海洋环境预报中心承担过“雪龙号”被困南极和“蛟龙号”下潜的保障任务。王彰贵总工程师说：为“雪龙号”和“蛟龙号”做保障比为港珠澳大桥项目做保障要容易得多。“蛟龙号”从3 000米到7 000米的三次下潜都在一天内完成，只要考虑表面的气压条件就行了。承担港珠澳大桥沉管隧道这么大工程的对接窗口保障任务，我们也是第一次。

2011年国家海洋环境预报中心承接下这一保障项目，只收了购置必要设备的费用。王彰贵总工程师介绍说，从“七五”计划到“十二五”规划，国家对海洋预报支持力度很大，每年有约3 000万元的科技项目经费，另外，每年还有4 000万元的重大行业专项项目经费。目前气象与海洋预报使用的计算机是千万亿次级的，中国精细化气象与海洋环境预报已经达到世界领先水平。“现在我们可以跟任何人竞争。我们是国家队，承担的是国家的任务，我们会尽全力做好。”他说。

1998年，日本投资马尔马雷海底隧道。日本大成建设株式会社的人数占了设计施工团队总人数的75%，他们花费了两年时间搭建了针对黑海、土耳其和博斯普鲁斯海峡气候系统的模型，并将此与隧道水流运动结合进行计算，实现对每个管节安装点水流活动的预测，准确率超过90%。而中国海洋环境预报中心对港珠澳大桥沉管隧道管节对接窗口保障系统的预报精准度目标是100％。

“对一般预报而言，准确率达到70％～80％就比较好了，有20％～30％的误差属于正常。但是对港珠澳大桥的工程保障而言，这个误差范围将是致命的。所以我们的预报精确率必须要做到百分之百。”王彰贵总工程师这样说。而对工程总指挥林鸣来讲，浪高比预计条件增加0.1米或者水流流速比预计条件每秒增加0.1～0.3厘米是关乎对接成败的临界值。

在采访总指挥林鸣时，当记者问道：担任总指挥感觉如何？他回答了四个字：孤独求败。我没有读过金庸的任何作品，便上网得到百度百科的以下指点：一个复姓独孤的人，剑法高超，世上无人能敌，首创的两大剑法分别为杨过与令狐冲所得。他希望找到一个能打败他的人，故名“求败”。但是我没有求证林鸣要表述的意思是“孤独求败”呢，还是“孤独求拜”。依照他目前的处境来看，有可能是人在巅峰孤独无人匹敌的境界，但似乎更像是“磨人”的“神愁”!

2013年5月6日，港珠澳大桥计划沉放海底隧道第一个管节。总指挥林鸣拿到海浪预报数据：浪高0.9米，超过0.8米的限值。他和他的团队面临着艰难的决策：管节是否出坞浮运安装？造价1亿元、重量8万吨的管节一旦出坞意味着没有退路——再不能回到坞中，而且一旦错过窗口期遇到大风浪产生的扭力转向，只能够承受压力与拉力的混凝土管节构件会受到扭力破坏，结果会是整根管节的报废。

这是一次在极限条件下的艰难决策。一个月两次的窗口期成为整个工程按时完工的硬约束。借鉴国外海底隧道管节沉放水流及浪高的指标，考虑海浪预报有0.5米误差允许值的范围，林鸣和他的指挥团队果断决定，按照原计划沉放。工程决策小组中的五个人，包括安全总监，都在《沉管出坞浮运安装确认书》上签下了自己的名字。第一节管节的沉放顺利完成。

之后，国家海洋环境预报中心为消除0.5米的预报误差值进行了攻关。他们专门成立了保障团队，请回已经退休的权威专家；收集风云卫星基础数据和现场观测的数据，使用60万亿次计算机运算；每次预报前进行会商，校验测量值与真实值，最终解决了0.5米误差的问题，创造了零误差预报的奇迹。

沉管出坞浮运途中

“直逼技术极限”的挑战

如图 4-1，在 6.7 公里长的隧道中，沉埋的管节长度达到 5 664 米，其余为斜坡部分，大部分沉埋的管节都是安装在事先挖好的基槽中。E9—E27 管节作业水深为 45～50 米，基槽深度为 35～40 米。2014 年 3 月 24 日，E10 管节沉放，它将与早前的 E9 管节连接。在 E9 管节之前的属于浅埋。E10 管节沉放水深 43.5 米，但世界范围内尚无深水深槽沉管施工经验可供参考与借鉴。

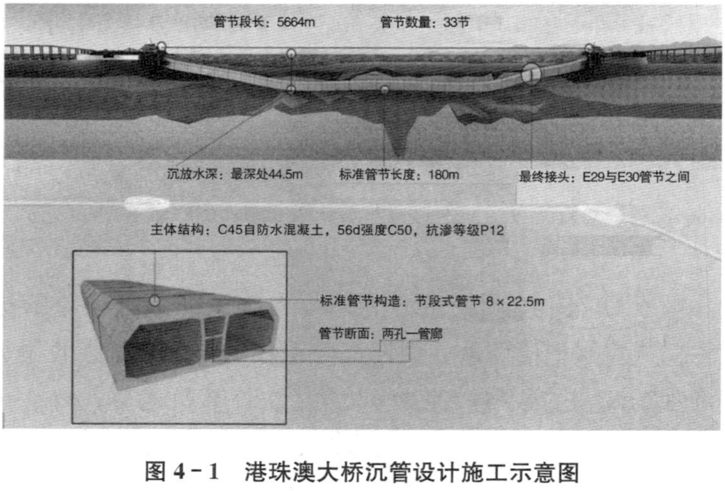

图 4-1　港珠澳大桥沉管设计施工示意图

当项目进入未知领域，“直逼技术极限”的挑战终于来了。沉管工程核心要求是密封不透水。在管节接头处有双重防水装置，这是只有 37 厘米厚、用橡胶制成的衬垫，与前一节管节对接时，衬垫会被挤压至 19 厘米。一个标准的管节宽约 38 米，对接的准确与否，直接关系到沉管的水密质量。当一个相当于航母重量的混凝土管节沉放到 50 米深的海底基槽中后，如何与前一个管节精确对接？挑战不言而喻。

沉管身姿

在第 10 节管节沉放施工时意外发生了：作业海底沟槽内洋流的变化带来相当于 1 000 吨重量的冲力，使巨大的管节发生了横向偏移，虽然对接误差并未超出 2.5 厘米的允许范围（已经建成的韩国巨加大桥海底隧道沉管对接误差为 2.5 厘米），但是，工程进度被延迟了。总指挥林鸣和他的团队要找到这相当于 1 000 吨重量的冲力来自哪里。

总设计师刘晓东对记者说：“E10 管节沉放之前没有遇到过这种现象，我们一直在寻找原因。按照基本理论，水流原本应该是上层流速大，越往下流速越小，特别是深槽内还会有衰减才对。后来经过对水流数据的分析和进一步的观测，我们发现了在某段时间槽底海水流速大。”

“海中的眼睛”化解危机

如果工程是解决问题的，那工程中的每一个异象都会显现出一系列问题，问题往往是以突变的方式到来。如何解决就是在创造一种解决方案，而工程中的任何一种新的解决方案产生后，如果也能适用于其他工程，那它就成了案例或者标准，也就成为一项技术。所谓新技术就是这样被创造出来的。

2014 年 7 月 2 日，总指挥林鸣来到北京。他拜访了国家海洋环境预报中心，希望海洋预报专家帮助分析产生问题的原因。林鸣很焦急，他担心 E11 管节沉放再出现同样的问题。

“这种现象叫海洋内波，也称为‘水下魔鬼’，其作为一个重要的海洋环境动力因子，是我们一直重点研究的领域。”王彰贵总工程师对记者说，“当海水上下两层的盐度不一致的时候，会形成上层密度高、下层密度低的分层现象。其一，上层密度高处浮力比较大，而下层密度小的区域浮力也会变小，当船行驶在浮力小的区域时浮力突然变小，船会向下沉，就像行驶到悬崖一样。其二，内波会形成两支流向正相反的内波流，这种内波产生的阵发性强流流速可高达 1.5 米/秒，犹如剪刀一般，破坏力极大。”

根据《解放军报》的报道，2014 年，海军 372 潜艇在某次执行巡逻任务时驶进深海密度跃层后，由于海水密度突然变小，压力骤然变化，潜艇快速坠向 3 000 多米深的海底“悬崖”。危急关头，该潜艇支队支队长王红理指挥若定，组织官兵精确完成一项项操作，3 小时后潜艇恢复潜航能力。为此，中央军委给王红理、海军给 372 潜艇记一等功。王彰贵总工程师介绍：“我国南海的这类负密度梯度跃变层在浅海主要出现在北部近海，即粤东、粤西近海和琼州海峡附近很小的海域。港珠澳大桥项目遇到的海水流速加快现象，和内波有点类似。”

国家海洋环境预报中心保障项目组迅速调整人力物力，在沉管施工区域做深槽观测研究，放置了多种海洋监测仪器，仅海流计一种最多时放置了 15 个，以监测海水的流速、流向以及盐度的变化，收集施工区域水文信息，提高管节沉放施工临近期预报的准确率。国家海洋环境预报中心项目保障组提供了精细化预报，海面到施工海底每一米的海水垂直流速，从原来每两个小时一次的预报，提升为每十分钟、五分钟、一分钟一次的预报。这个被称为“小窗口”的预报系统犹如一双“海中的眼睛”，成功地使施工避开了内波发生时段。

“在安装 E11 管节时我们第一次尝试这个系统，到了安装 E12 管节的时候，这个系统已经逐步在完善。可以说，这个系统目前已经成熟。”刘晓东说。国家海洋环境预报中心研制的“大窗口”与“小窗口”保障系统的工具软件，在总指挥林鸣眼中，市场价值是 5 000 万欧元。

成功实现深水管节沉放姿态监测

就在 7 月 2 日同一天，总指挥林鸣拜访了另一个机构——中国航天科工集团第三研究院第 304 研究所，他是来请求支援的，希望获得管节沉放“万无一失保障系统”的另一个重要支撑。“我们已经进入深海作业，深水深槽内水流条件复杂，缆绳长度增加、刚度减小，管节质量大、负浮力小，在水流作用下可能产生的运动会给管节安装带来风险。有必要在管节沉放过程中，对管节运动姿态进行监测。你们能帮助我们监测管节的姿态吗？只有能，才能保证我们每个月的安装进度。”林鸣恳求道。

“能吗?！没有什么不能!”304 所副所长周自力对记者说，“我们是一个用准确数据保障航空航天和国防科技发展的研究所，凡是中国重大科技与国防项目都有我们这个研究所的参与：从‘神舟八号’飞船与‘天宫一号’空间站的对接，到‘辽宁号’航空母舰，以及中国 C919 大飞机，等等。以‘神舟八号’飞船与‘天宫一号’空间站对接为例，对接的关键是通过传感器相互瞄准，设备与仪器对接的准确度非常重要，我们是提供了很多设备校准试验台的。我们所有的工作就是回答一个字‘准’!”

管节运动姿态监测任务的主要负责人是位叫邵新慧的年轻研究员。他向记者介绍说，其实中国交建第一航务工程局有限公司下属的中交天津港湾工程研究院于 5 月份就与 304 研究所接洽，希望 304 研究所能够提供“运动姿态跟踪监测系统”的技术支撑。他们仅仅用了一个月就完成了实验室验证试验、现场模拟运动的比对测量试验以及测试方案的设计与修改，初步验证了测试方案的可行性。在林鸣总指挥离开304所的第4天，“港珠澳大桥岛隧工程深槽区海流条件分析暨沉管对接作业窗口海流预报保障系统建设方案专家咨询会”在珠海召开，测试方案通过了与会13位专家的认可，并确定马上实施。

“由于E11管节的窗口期定为2014年7月21日，20日需开始浮运、17日沉管封门、14日要到现场安装调试，所以时间非常紧迫。304所领导大开绿灯，我们在5天时间内完成了仪器采购、支架的加工装配、测试系统搭建与联调工作。7月13日凌晨3点，调试好的仪器被打包装箱运往机场发货运，并于当天夜里12点运达位于珠海的项目总部营地。第二天一大早我们乘船赶往桂山岛的管节停泊地进行安装调试，从下午2点半一直忙到半夜。”邵新慧说。

他们运用了航天对接运动姿态监测技术：在E11管节首端布置3台加速度计，用于监测管节铅垂方向、水平轴线方向、横向的加速度；布置1台双轴倾角仪，用于监测管节沿水平轴线方向、横向的旋转角度；布置1台陀螺仪，用于监测管节“艏向”。同时在管节首端布置一套完全独立的冗余系统作为备用。在管节尾端布置3台加速度计，用于监测沉管铅垂方向、水平轴线方向、横向的加速度；布置1台双轴倾角仪，用于监测沉管沿水平轴线方向、横向的旋转角度。

7月20日晚上8点半，浮运船队按时起航；21日下午2点半开始沉放。邵新慧负责管节运动姿态情况的实时监测与汇报。在7个半小时的监测与预报的保障下，总指挥林鸣宣布沉放对接成功，304所成功地完成了首次任务。

“这项研究的本质是振动测量在极端环境下的探索与应用。将超低频、微小幅值的运动姿态测准很难，一是要依靠先进的计量手段，仔细筛选合适的传感器；二是信号幅值小，分析难度大，要对采样信号进行合理的处理分析，并分析测量误差。超低频、微小振幅、六自由度同步测量，该系统组成类似于惯性导航系统，但其侧重于加速度测量。”邵新慧对记者说。

目前项目已成功实现深水管节沉放姿态监测。他们正在开发深水姿态监测平台产品，以实现自动化监测与报警。目前国内外已有多条在规划中的海底隧道，所以他们的产品应用前景广阔。邵新慧承认，这项研究成果还可以用于其他水下和太空中结构或物体的超低频运动姿态测量。

直到记者采访时，304 所甚至都没有与港珠澳大桥项目谈及测试费用。周副所长说："我们是国家级的国防科研基地，我们代表的是本行业国家技术水平，我们追求的东西不是钱，我们是把它当科学问题在研究，这是我们的价值追求。"

"我们之所以没有花大价钱购买外国的软件系统，和国家整体科技实力的提升有很大的关系。如果我们没有强大的科研实力与平台，就必须得买人家的。就像我们林总说的，这是一个互相推动的过程。经济与科技优势推动中国工程建设迈上一个新的台阶，同时，工程的需求也推动了海洋技术以及测量技术的发展。"港珠澳大桥岛隧工程项目副总经理尹海卿说。

港珠澳大桥工程展现了经济与技术相互促进的图卷，让人们有机会观看到经济发展与技术进步相互表达的过程，以及经济发展与技术创新的蓬勃生机与活力，它们比一个工程作品要抽象。

中国海洋工程装备制造的支撑

工程保障由人才、技术和装备三块构成，这是陆地工程保障的概念；而在时任海军装备部部长胡毓浩的眼中，这个顺序将被颠倒：当建设深海工程时，则是装备先行，因为人进不去，没有设备做载体，技术也无用武之地。可见，装备在海洋工程中的重要地位。装备水平决定了完成施工难度的等级。"在某种意义上，海洋工程拼的就是装备能力。"中国交通建设股份有限公司副总裁、上海振华重工董事长宋海良对记者说。

上海振华重工是名声在外的重型设备制造商，主要生产岸边集装箱起重机、门座起重机、浮吊和工程船舶等，在许多国有企业为如何"走出去"而焦虑时，振华港机设备已多年占有相关产品 75%的全球市场份额。"德国制造"以高标准、高门槛著称，但德国的港机装备大多来自上海振华重工，这是德国制造业唯一退出的重型设备制造领域。振华重工并没有停下脚步，在过去几年中，开始从港口设备制造向海洋工程装备制造转型。

宋海良说："全球港机市场每年只有 40 亿美元，而海洋工程装备全球市场有500亿美元。汇率的变化，成本上升，再加上我们创新速度的减缓，逼得我们向海洋工程制造转型。我们锁定的追赶目标是海洋工程装备制造的欧美第一梯队与韩国、新加坡组成的第二梯队。”

在振华重工南通基地，可以见到正在建造的1.2万吨全回转式起重船，起吊吨位突破由上海振华重工所建造的“蓝鲸号”7 500吨全回转式起重船所创造的世界纪录。而韩国巨加大桥正是由于受到起重浮吊上限的制约，无法将23个9 573吨深水桥墩放置在水下31米的地方，只能把沉箱分成两个部分制作。除此之外，在振华重工南通基地还可看到正在建造的第二个海上石油平台。

振华重工海洋工程装备的精细制造与创新能力，在港珠澳大桥的建设中将接受实战的检验。港珠澳大桥岛隧工程属于深海施工，特别是海底隧道沉管预埋，无疑需要多种海洋工程专用设备。项目总指挥林鸣早就想好：中国建设港珠澳大桥如此伟大的工程，一定要使用中国的海洋工程装备，这将是发展中国海洋工程装备业的一次机遇。“当林总决定港珠澳大桥使用中国海洋工程装备时，我们甚至都没有见过他让我们做的设备长什么样!”上海振华重工海上重工设计研究院生产设计所副所长何可耕对记者说。

何可耕所在的振华重工负责建造港珠澳大桥项目建设最重要的设备——两艘管节沉放船的任务，为此，中国工程师们来到韩国。韩国巨加跨海大桥已经建成，曾经铺设18个管节构件的“功臣”已经退休。中国工程师们甚至都没有被允许登上这艘船，只围着船远远地绕了一圈，拍了几张照片就回来了。大宇集团在韩国巨加跨海大桥海底隧道尚没有完工时就曾表示：“有信心携此设备，跨出国门建设沉管隧道工程。”而何可耕则说：“从一开始，我们就没打算用他们的技术，去韩国只是抱着学习的态度。”

管节沉放船的工作是把管节运到施工工地。船上放置了一个至关重要的设备——管节调整装置（EPS），这项专利属于荷兰施泰克公司。我们要建造自己的船有两种选择：购买施泰克的专利，或者自己创新。前者要付专利费，但因之前没有合作，对方直言不转让专利。而对这套设备非常了解的日本专家花田幸生坦言：EPS并不好用。他建议中国工程师应该想别的办法。于是只剩一条路：技术创新，超越EPS。

何可耕正是创新者之一，他向记者介绍了两种技术路线的差异。EPS是一个门型框架，两套液压油缸与管节通过销子相连，施工时工作人员将这个外部定位系统（EPS）放到海床上，用一套800吨垂直千斤顶顶起管节，用一套200吨水平千斤顶控制左右摆动，以调整管节的位置。而振华重工生产的设备借用了微寸动原理，在船上配置了8台大型绞车收放钢绳，辅以寸动钮及数位计时器，利用管节上安装的GPS系统反馈管节与基准线的偏差，以2.5厘米的收放精度控制绞车钢绳的收放，而管节最小移动速度可以低于1厘米/秒。在水下施工，管节在水中一动就停不下来，要保证对接精度关键是“让管节慢下来”。

当初，为确保施工万无一失，振华重工再增加一套保险方案：在管节里安装一套纠偏装置，以调整对接精度。由于管节沉放船的出色表现，这套方案至今没有使用过。基于管节沉放船的精准度，日本隧道专家花田幸生认为，“这是一艘非常专业的管节沉放船”。

形象地总结，EPS用的是不断纠错的工作原理，振华重工选择的是一次到位的技术。而一次到位、精准“寸动”的创意，正是来自何可耕岸桥机械设备制造的经验。“每当台风来临时，港口的岸桥起重机要移到固定的位置，使用插销让起重机和地面合为一体。销子直径27.5厘米，每次对接销子孔时，按下一次按钮它自己就走5厘米，之后自动落下。为了完成这个动作，要有测量系统，控制马达的转速，安装编码器，还要有电控等。我们就把这个原理移植到管节沉放船上了。”何可耕介绍说。

在港珠澳大桥工地几乎人人皆知，总指挥林鸣有三个宝贝，它们是两艘管节沉放船“津安2号”和“津安3号”，另一个是“津平1号”——高精度深水自升式整平平台，而工程师们更愿意称它为抛石整平船。如果说“津安2号”和“津安3号”是对振华重工创新能力的检验，“津平1号”则是对振华海洋工程装备制造工艺水平的测试。

33节管节要被放置在事前挖好的深水基槽的碎石基床上。先由巨大耙吸船的抓斗，在水下挖出48米宽、最大48.5米水深的沟槽，之后铺上层厚2米的石料，使用振动车震平后，再用碎石填平。5 600多米沉管隧道基床需铺设约56万立方米碎石。

港珠澳大桥岛隧工程E1管节碎石基床，采用的是人工铺设作业，22名专业潜水员分成11组潜入14米水下，首先在海底放置导轨，高程误差

“津平 1 号”抛石整平船

控制在±5 毫米之间，再通过长度 9.5 米的刮刀进行精平。可以设想，如果另外 32 段等待对接的管节碎石基床以这种方式作业，最深处须潜入 48 米水下，将需要上百名潜水员潜入水底，铺设近 5 公里的基槽，安全、效率、精度将成为巨大的不确定因素。

此前，总承包商中国交建曾经考虑引进一台专业设备，取代人工作业并提高铺设效率，后经考察发现，全世界只有两艘能担此重任的船，一艘在丹麦，曾用于厄勒海峡大桥海底隧道施工；另外一艘在韩国，用于韩国巨加跨海大桥海底隧道工程。但是这两条船都不符合港珠澳大桥海底隧道施工的要求，它们的工作水深分别是 25 米、40 米。而港珠澳大桥海底隧道工程最大水深为 48.5 米。中国交建决定建造一艘新的抛石整平船。上海振华重工接受了这一任务。

完成任务的挑战首先是工程对抛石的精度要求。“韩国的那艘船采用飘浮作业方式，船体在水里受到的波浪干扰直接影响铺设精度，而我们引入了石油钻井平台抬升系统工艺，用四个桩柱把工作平台托出水面强化稳定性，保证了抛石精度的要求。”振华重工海上重工设计研究院项目经理尹刚说。

“津平 1 号”抛石整平船于 2012 年 3 月 16 日下水，它见证了 E1 与 E2 管节的对接。站在自重 9 000 吨、长 88.8 米、宽 64 米的平台上，一艘运送碎石的工程船泊在旁边，在俄罗斯格洛纳斯卫星导航系统（GLO-

NASS)[①] 定位下，一根几十米长的钢结构导管深入水下，将碎石喷射到目标基床，达到 96％的抛石精度，即在碎石基床上，随机选取 100 个检测点，96 个点的平整精度达到要求。尹刚说："这个是管节安装成功的一个先决条件，一旦碎石基床某处出现不平整，将直接影响整个隧道的质量，只有高精度的基床才能实现高精度的管节对接。"

确保精度的关键在于船上的抛石管及附着其上的声呐，它们让抛石作业变得智能。它们就像水下探头，基床上某一处有坑深，抛石管就会在那里多停一会，多倒些石料。其出色的表现让船上的日本专家冲山桢雄惊叹："这样高精度的装备在世界上也是首屈一指。"

"津平 1 号"以十天铺一段完整管节基床的节奏，每天完成一个船位的作业移动，移动频率远远高于石油平台。这就对抬升系统的动力与材料提出了更高要求。为了加快抬升的速度，工程师们研发了电动抬升系统，每抬升一次只需 20 多分钟，而在此之前使用的液压系统则需要 3～4 小时。为了制造具有高强度及优良低温冲击韧性的四根齿条，振华重工在挑战精细加工的极限：四根 90 米长的齿条，实现加工垂直直线度[②] 10 毫米，或者说只有 1 厘米的误差。尹刚对记者说，"当整个桩腿焊接、制造完成后，我们用浮吊把它吊起来往筒里面插入，四根 90 米长的齿条一次性顺畅地落下，这显示出振华重工制造的设备精度达到很高的水准。"

被命名为"津安 2 号"和"津安 3 号"的两艘管节沉放船，以及"津平 1 号"抛石整平船，目前正在使用期，已经受到业内的高度关注。采访时正在筹建中的费马恩海峡（丹麦—德国）沉埋式隧道正在进入设备采购阶段，该大桥横跨费马恩海峡，总长是港珠澳大桥的三倍。这条隧道位于德国费马恩岛的北端，用来联结丹麦的洛兰岛，其中包括 79 个标准管节，每个标准管节长 217 米、宽 42 米、高 9 米，重达 73 500 吨。来自比利时、丹麦、法国、德国、意大利、荷兰、韩国和西班牙的公司组成了 9 个联合体，就 4 个工程项目提交了 17 份技术标书。

丹麦一家国企负责这项造价高达 76 亿美元的工程。该公司技术总监

① 格洛纳斯卫星导航系统作用类似于美国的 GPS、欧洲的伽利略卫星导航系统和中国的北斗卫星导航系统。

② 直线水平方向的偏移量称为水平直线度，垂直方向则称为垂直直线度。

表示：招标旨在确保投标方了解我们的要求，而且我们借此也了解各家的实力。他补充说明，是否能够竞标成功，取决于投标方的设计是否能在各种限制下发挥创造性。

据何可耕介绍，他访问了德国、丹麦的两个总承包商（两个隧道的承包商会从相隔 18 公里的海岸两端动工），五个标段中三个标段的承包商就振华重工的管节安装船以及抛石整平船向振华重工表达过合作意向，下一步将进入施工方案及合同价格交流的阶段。

在港珠澳大桥的建设工地，到处可见上海振华重工的产品，起重浮吊船、抛石整平船、管节沉放船、大钢圆筒、管节制作模板……年幼的中国海洋工程装备制造业，正以全力支撑“世纪工程”的建造。

从交通工程建设大国到交通工程建设强国

总指挥林鸣曾经在哈大高速铁路建设项目工作过半年，高铁工程建设的技术以及装备水平给他留下了深刻印象：高铁桥梁工程做一套跨度 32 米的预制模板，要两三百万元，建一个预制厂花四五千万元，让他感到极为震撼。这种预制模板是当时他见到过的最好模板。4 年之后，林鸣成为港珠澳大桥岛隧工程的总指挥，在他的主持下建设了当时世界规模最大的沉管预制厂，这个预制厂投资将近 10 亿元人民币，一套管节预制模板投资数以亿计人民币。

林鸣对记者说：“这就是国力强大的体现。这个工程的使用寿命是 120 年，这在我们国家建设史上是第一次，可能工程造价高一些，但是港珠澳大桥可能服务 120～150 年！如果没有足够的经济基础，也就没有能力提高工程环保等级。岛隧工程的施工海域，是中华白海豚的核心保护区，为了减少对白海豚的栖息影响，我们在工程施工工艺的选择、降低工程设备的噪声等方面花了很多心思。打个比方，在你吃不饱的时候，你是没有能力考虑这么多问题的。但是，仅仅拥有经济实力是不够的，**如果提早十年，港珠澳大桥海底隧道施工技术以及技术支撑，对我们来说都可能是有心无力。在沉管隧道施工方面，包括测量与控制手段，我们已经处于世界领先水平，是中国改革开放 30 多年的经济实力提升与科技发展的成**

果给我们提供了机遇与平台。”

正是由于中国经济发展的需求以及国力的增强，中国交通建设的规模与水平得到极大的提升。在《工程新闻记录》（ENR）于2014年8月发布的国际承包商250强名单中，中国承包商包揽前10位中的5位，中国交通建设股份有限公司（港珠澳大桥的总承包商）位居第4，相比2013年的第6名提升了2个位次。这项排名是以各承包商在全球商务中的影响力进行测定，并按照国外项目产生的承包收入排名。

ENR评论道：“中国承包商从中国庞大的基础设施和铁路建设项目中获益。进一步说，虽然中国经济增速放缓，但其工业和建筑业仍充满活力。”

中国国力的增强是推动交通建设发展的原因之一，而中国制度以及体制的优势也极为重要。刘晓东对记者说：“其一，**中国独特的社会主义制度优势是集中力量办大事。当这个项目提升为国家战略的高度时，集中力量办大事的社会主义制度优势就显示出来了。**比如，由交通运输部牵头成立了港珠澳大桥工程技术专家组，这个专家组涵盖了水工码头、路桥等不同专业的人才，集思广益，集中了全中国的工程建设经验。其二，当要实现一项具有竞争力的创新时，特别是在岛隧工程这样高精尖的领域，如果没有行政资源的整合，或者没有政府的主导，就会很难。中国交建是基础设施建设领域中全产业链的企业，它具备工程的投资、管理、研究、设计、施工、监理以及制造能力。集团除了具有市场的力量，还具有行政的力量，这样才能实现集中全国的优势资源，并对全球资源进行整合。我们和外国公司面对同样的市场，但是我们所拥有的政府力量正是外国公司所不具备的。”

20世纪80年代末90年代初，中国首次部分使用世界银行贷款，按照国际项目管理模式修建了京津塘高速公路，其后，中国的交通建设并没有形成对外国的依赖，基本上自主建设；国外有名的工程设计公司基本上是做咨询工作，参与不了主流设计工作。反观建筑设计行业，中国最高、最大的楼都是国外咨询公司在做设计。刘晓东认为：中国目前的桥梁建设水平在国外之上，以悬索桥为例，目前世界大跨径斜拉桥和大跨径悬索桥前十名的排位中，中国的桥梁都榜上有名。

“如果要问为什么，那很重要的原因是，路桥建设属于公共服务领域的基础设施建设，各级政府在其中起着主导性作用，政府的决策就是立足国内而不是依赖外国。应该说路桥建设行业是很开放的，我们与国际交流频繁，但是我们并没有依赖国外技术，而是利用中国强大的市场需求锻炼自己，走了一条不同于很多行业技术"引进消化吸收再创新"的路，而是从一开始就立足于自身。正是这种战略，使得今天中国的建筑行业领先于国际同行，也为我们从桥梁建设大国到桥梁建设强国的转变奠定了基础。"刘晓东说。

工程建设的创造性与音乐、绘画的创造性相比没有本质的不同，遗憾的是，工程建设的创造性往往被人们低估。这是因为公众没有接受如何欣赏一个具体的、制作精良的工程作品的训练。采访时正在建设中的港珠澳大桥是一个创造性的"世纪工程"，它给了我们一次走近工程建设、走近工程技术的机会。

港珠澳大桥岛隧项目设计负责人刘晓东对记者说，在过去的四年里，他们每年解决一个难题："2011 年的难题是快速成岛，核心是寻找插入式大直径钢圆筒的解决方案；2012 年的难题是管节预制以及基床整平复合技术；2013 年的难题是管节预制以及半钢性结构；2014 年主要是研究深水深槽测量以及检测方法；2015 年，我们要突破的难题将是水下快速安装技术。"港珠澳大桥项目经过十多年的论证，以 2009 年 12 月开工为起始点，到 2014 年，工程建设已经将近五年，距离最后完工的日期不远了。

港珠澳大桥标志着我国由桥梁建设大国成为桥梁建设强国*

——专访港珠澳大桥主体工程设计负责人孟凡超

孟凡超

孟凡超，中国工程设计大师；毕业于重庆交通学院（现重庆交通大学）桥梁与隧道专业，从事公路、特大型桥梁勘察设计三十余年；现任中交公路规划设计院有限公司董事、副总经理，并担任港珠澳大桥主体工程设计负责人。

在港珠澳大桥主体工程设计负责人孟凡超看来，投资近 1 100 亿元的整个港珠澳大桥工程，不仅惠及港珠澳三地，还将对包括粤西在内的整个珠三角的社会经济发展起到推动作用。大桥岛隧工程将取得近 200 多项专利技术，也为未来可能建设的台湾海峡大桥、琼州海峡大桥和渤海湾通道提供技术支撑。

伶仃洋大桥搁置，港珠澳大桥续梦

赵忆宁：据我所知，之前曾考虑过建设伶仃洋大桥项目。该项目不用建设海底隧道及人工岛，当年预计总投资只有134亿元，与正在建设的港珠澳大桥1 100亿元的投资相比更为节省，是什么原因使伶仃洋大桥项目没有上马？

孟凡超： 1983 年香港企业家胡应湘先生最先提出兴建连接香港与珠

---

* 本文原载 2014 年 11 月 9 日的《21 世纪经济报道》。

海的跨海大桥。1987 年珠海市委、市政府开始酝酿开辟珠港跨海通道，1997 年 12 月伶仃洋大桥获国务院批准立项。伶仃洋大桥东起香港屯门，西部连接珠海金鼎镇，大桥全长 27 公里，桥面双向 6 车道。项目后来被搁置有两个原因：一是没有足够的资金，动态总投资约为 166 亿元，这在当时是一大笔钱。二是当时香港、澳门、珠海三方没有完全达成对大桥建设目标的共识。据我所知，当时澳门是积极的。2002 年，香港特别行政区政府向中央政府提出了修建港珠澳大桥的建议。

赵忆宁：您的意思是香港对伶仃洋大桥的建设不积极而致项目被放弃？为何香港热衷修建港珠澳大桥呢？

孟凡超：并没有放弃，伶仃洋大桥项目的批复立项仍然存在。我认为，这个项目重新启动是迟早的事。应该这样看港珠澳大桥，它是在伶仃洋海域建设多个海上通道的新选择，正是因为港珠澳大桥更能调动三方的积极性，所以它排在了前面。

赵忆宁：为什么更经济的方案反而没有上马呢？

孟凡超：港珠澳大桥的综合功能优于伶仃洋大桥，特别是从拉动粤港澳地区社会经济发展的功能上看，它比伶仃洋大桥作用更全面。首先站在香港角度上来看伶仃洋大桥起始点在香港屯门，其布局决定了大桥对整个香港的辐射作用相对微弱。港珠澳大桥的起始点大屿山是香港国际机场及物流枢纽所在地。在大屿山的西侧，香港特别行政区政府规划建设一个深水集装箱港。港珠澳大桥的经济布局更合理，能起到的辐射作用更强，所以香港对港珠澳大桥有更大的积极性。这是选择港珠澳大桥项目先上的原因。其次，对珠海而言，港珠澳大桥能够比较好地与澳门地区的路网、珠海地区的路网以及我们国家级的京港澳高速公路连接，而伶仃洋大桥只能连接广州到珠海的高速路，从珠海的远期规划看，发展空间不大了。最后，对澳门而言，港珠澳大桥西侧的登陆点离澳门比较近，兼顾了澳门和珠海发展的需求，所以澳门积极性很高。所有这些因素使港珠澳大桥项目较快地成为三方共识。

港珠澳大桥建设三方共同融资

赵忆宁：您是否可以介绍港珠澳大桥工程的融资情况？

孟凡超：根据港珠澳大桥工程可行性研究中的融资方案，海中桥隧主体工程总投资为 385.7 亿元。根据粤港澳三方达成的共识，桥隧主体工程采用政府全额出资本金，资本金以外部分由三方共同组建的项目管理机构通过贷款解决的融资方式。大桥建成后，实行收费还贷。三地政府分别负责口岸及连接线的投资。桥隧主体工程资本金以外的建设资金，由三方政府提供担保，全部采用银行贷款（包括建设期资金和运营期负现金流部分）的方式。

赵忆宁：在桥隧主体工程总投资中，香港、澳门、广东三方分担的费用所占比例分别是多少呢？

孟凡超：在桥隧主体工程总投资中，香港、澳门、广东三方分担的费用所占比例分别为 50.2%、14.7%、35.1%。该比例对于需要三方共同承担的海中桥隧主体工程中香港、澳门和内地的经济效益和费用是一个较为准确的反映。从香港、澳门和内地三方的经济效益分析结论看，三方经济效益均大于各自投资的当期社会折现率，且均具有较强的经济抗风险能力。

赵忆宁：我从项目部得知，大桥造价超出预算，岛隧工程段资金有缺口，目前共需要600亿元，如果再加上三地政府各自修建的连接桥的造价，整个工程投资近1 100亿元。是什么原因造成超预算？

孟凡超：岛隧工程段在可行性研究阶段估算需要的投资是 380 多亿元，最终建成后这一工程段的决算可能有变化。超预算的原因是建设条件变化、施工方案变化、工期变化、物价波动和金融政策变化等。港珠澳大桥是集桥岛隧于一体的跨海集群超级工程，它是世界公认的修建技术难度最大的大桥之一。大桥总长度为 55 公里，其中桥隧主体工程长度为 30 公里、海底隧道长5 664米。港珠澳大桥海底隧道是目前世界上规模最大的海底沉管隧道，有很多技术难关需要去突破，比如关键技术要做试验。工程结束后会有严格的造价审计认证，但审计的核心是本着实事求是的精神。其实西方国家建造的超级工程几乎没有一个项目的概预算是没有变化的，比如悉尼歌剧院，是一个不算大的项目，但造价是概算的若干倍；英法海底隧道造价也是概算的两倍以上。我认为，这些钱绝不会白花，建设港珠澳大桥所积累下来的技术，奠定了未来中国建造其他海底隧道的基础，增强了中国海洋工程“走出去”的实力。

赵忆宁：港珠澳大桥没有采用BOT（建设—经营—转让）模式。因为有粤港两地双重牌照的车不到4万辆，内地的两地双重牌照车很少，所以看起来这个桥是专门为香港而建。为什么要修一个只对港人有好处的大桥？

孟凡超：不能这样理解。虽然建设港珠澳大桥最早的提出者是香港，但是应该说三方都将受益。这是个政治项目，是为未来的长远战略作布局，是为香港持续繁荣和稳定发展创造条件以及维护“一国两制”的稳定。靠什么维持香港的稳定？香港经济已经失去原有的优势。香港原本依靠内地转口贸易以及支撑转口贸易的金融环境。随着上海浦东以及长三角和环渤海经济带的崛起，原有的优势基本没有了。“一国两制”正面临新的挑战。中央政府要维持香港的稳定，要继续给香港的商人创造到内地投资赚钱的机会，而深圳、东莞正处于产业升级阶段且环境容量已趋于饱和，怎么办呢？修建港珠澳大桥向西拓展和辐射，就是为香港经济持续繁荣创造条件。港珠澳大桥建成后，将使珠海成为桥头堡，辐射范围延伸到其背后的1 000多平方公里的土地，这不仅给港人创造再一次发展的机会，同时也带动了粤西落后地区的发展。这是国家战略布局的深层次考虑。

赵忆宁：港珠澳大桥对于内地将带来怎样的辐射效应？

孟凡超：要强调的是，这个项目绝不仅仅是为了香港社会经济发展而建设的，港珠澳大桥必将对整个珠三角的社会经济发展起到推动作用。目前粤西、粤东的经济发展有很大的差距，粤西处于尚待进一步开发和发展的状态，要缩小珠三角内部发展差距并实现一体化，必须要建设通道。从1997年虎门大桥建成以后，珠江上就再也没有什么像样的通道建设项目了。

由桥梁建设大国成为桥梁建设强国的里程碑

赵忆宁：世界桥梁业内人士之前在谈论韩国巨加跨海大桥、厄勒海峡大桥以及马尔马雷海底隧道等，而港珠澳大桥的综合工程难度超越了已经建成的这些跨海大桥。港珠澳大桥工程将在世界桥梁业内产生什么

效应？

孟凡超：港珠澳大桥一旦建成通车，其对中国和世界的工程技术领域将是具有里程碑意义的，它意味着中国由桥梁建设大国或者交通建设大国迈入强国之列，因为港珠澳大桥的建设规模、技术难度以及投资数额都是前所未有的。项目完成后，我国将培养出一大批掌握海底沉管隧道建设技术的工程人才，工程设计、施工、建设的水平将上一个新的台阶。另外，中国的工程技术团队将走向海外。目前中国的工程技术团队已经收到许多发展中国家的邀请，它们希望和中国进行合作，满足它们本国的交通需求。

赵忆宁：港珠澳大桥是一项超级工程，能谈谈大桥建设中的创新技术吗？

孟凡超：港珠澳大桥的建设采用了较多的创新技术并创造了多个第一：隧道为世界规模最大、技术难度最大的外海沉管隧道，采用了当今国际最先进的多项施工技术；人工岛为我国首个在外海修建的功能复杂的大型桥隧人工岛，采用了多项当今世界最先进的人工岛施工技术，人工岛具有旅游观光及大桥管养功能，是大桥的显著地标；跨海桥梁工程的创新技术包括直径钢管复合桩研究与应用，埋床法全预制墩台设计与施工技术，预制墩身连接技术，直径 75mm 预应力螺纹粗钢筋研发与应用，大悬臂钢箱梁耐疲劳结构设计技术，超大尺度钢箱梁的制作与安装，抗拉强度 1 860 MPa的斜拉索研发与应用，桥梁减隔震设计，钢箱梁涡激共振抑制技术，全自动、全覆盖的运营管养设计与装备等。此外，桥岛隧工程将取得近 200 项技术专利。

赵忆宁：这个工程完成之后，还有新的工程吗？

孟凡超：还会有更大的工程在等待我们，比如台湾海峡大桥、琼州海峡大桥和渤海湾通道。根据目前国家的经济实力、造桥技术水准以及工程材料水平，对建造台湾海峡跨海大桥我们是有信心的，特别是在建造了港珠澳大桥后，完成 50～60 米水深的施工是没有问题的。

赵忆宁：您觉得有实施的可能性吗？在台湾海峡上架设一座桥梁听起来像在梦里。

孟凡超：我觉得既遥远又不遥远。就在台湾海峡上建设跨海大桥这个主题，两岸已经开过 9 次研讨会，第 10 次研讨会定于 2014 年 11 月在福州召开，各方都会有很多工程技术人员参会。我觉得对台湾海峡跨海大桥的建设来说，经济、技术不是问题，问题在于两岸关系的走向和解决两岸关系问题的时机。

赵忆宁：渤海湾通道和琼州海峡大桥目前进展到什么程度？

孟凡超：目前相关人员正在对这三个项目做不同深度的前期研究。修建渤海湾通道（连接烟台和大连）是迟早的事，这是打造国家环渤海经济圈的支撑项目。大通道建成后可将中国东北地区、环渤海地区和俄罗斯东部地区更紧密地串联起来，促进区域经济一体化的发展。另外，目前相关人员正在编制《琼州海峡跨海工程规划研究报告》，琼州海峡大桥跨海部分长约26.3公里。我认为，渤海湾通道和台湾海峡跨海大桥一旦完成，将使中国桥梁建设水平再上一个新的台阶。

赵忆宁：您今年（2014年）55岁，假如您还能工作20年，您最希望看到什么和做什么？

孟凡超：我有两个期望：其一，作为中国交通的建设者来说，我希望尽早修建渤海湾通道、台湾海峡跨海大桥以及琼州海峡大桥，这些国家级的战略通道一旦建成，将为拉动国民经济的发展释放更大的能量。其二，目前国家的基础设施建设水平并没达到最高峰，我们虽然已处于技术的高级阶段，但是还没有达到最高的水平，还有很大的发展空间，我希望有朝一日中国成为世界交通建设强国阵容中的领先者。

港珠澳大桥：绵延56公里的创新*

港珠澳大桥俯瞰

国际隧道协会隧道专家汉斯·德维特（Hans de Wit）认为港珠澳大桥工程是"全球最具挑战的跨海项目，其中岛隧工程是迄今为止最为复杂的一项工程"。

他列举了岛隧工程面对的诸多挑战，比如："海底隧道长度——它是当今世界最长的公路隧道；沉管隧道管节的制作——每个标准管节大约重75 000吨，是当今世界之最；要在规定时间和最深水下50米的海况条件下完成管节的连续安装，并达到苛刻的安装精度要求；局部施工区域是极为松软而且类型多样的土质，深埋隧道管节要承受20米深的覆土荷载；隧道极大的管节单幅跨度；等等。这些都使得港珠澳大桥岛隧工程比其他工程要难得多。"

虽然上述诸多挑战前所未遇，但比设计施工更严峻的是中国工程师在

---

* 本文的删改版原载2016年7月13日的《21世纪经济报道》，收入本书时标题有改动。

此前没有外海深水隧道工程设计施工经验，甚至只有极个别人见过桥岛隧组合工程。对此，国际资深岛隧专家们心知肚明。而全球知名的沉管隧道设计公司荷兰的隧道工程咨询公司以及丹麦的科威公司，从事沉管隧道建设至少有25年的历史，并主导着世界主要的重大海底隧道工程建设。已经完成的连接丹麦和瑞典的厄勒海峡大桥工程和韩国的巨加跨海大桥工程是这两家公司的代表性作品。

中国交建是沉管隧道工程的后来者，后来者是如何实现“如积薪耳，后来者居上”的呢？本文将用典型事例介绍在港珠澳大桥项目中中国工程师是如何实现一次次创新的。

4.5公里海底隧道滴水不漏

2015年12月，港珠澳大桥岛隧工程工地上有位特殊客人来访——曾担任香港土木工程署署长的刘正光，他曾主持设计建造了香港青马大桥、汲水门大桥和汀九大桥，这三座桥梁都被誉为世界级大桥。鉴于此，他荣获我国桥梁工程界的最高奖——茅以升奖，并在国际桥梁界享有盛名。

业内资深专家告诉记者，内地桥梁与香港同时期竣工的桥梁相比，“我们的桥看起来已经步入中老年，而香港的几个桥到现在还像青壮年”。除了刘正光的名字和他的桥梁外，土木工程圈内也熟知他的“毒舌”。长期以来，这位获得英国桥梁专业硕士学位的第一位华人，一直对中国内地工程界颇有微词，特别是在一些大型国际会议上，直言批评内地工程的质量，并不掩饰自己的观点。

在记者采访刘正光的那段时间里，他还发给记者一篇香港《明报》的文章《“豆腐渣”泄洪闸桥，通车3月即现裂缝》。他说：“保证内地工程质量，不是能不能做到的问题，而是想不想去做的问题。”当刘正光提出参观正在施工的沉管隧道的要求时，项目工程师已经做好被他的“毒舌”批评的准备。果然，在参观的前一天他给岛隧工程项目总指挥林鸣打电话，询问参观隧道需不需要穿雨衣和水靴。林鸣回应说“并不需要”。显然他并没有全部相信，第二天虽然没有穿雨衣，但还是穿了一双水靴。

刘正光从西人工岛进入隧道，从E1管节入口处乘坐电动车到达E24

正在施工的海底隧道内景

管节（当时，港珠澳大桥的全部 33 节管节中已经完成了 25 节的沉放）。在已经完成的 4.5 公里隧道（已经是当时世界最长的沉管隧道）中，他作为“桥王”，以行内人的专业视角审视沉管隧道的每个细节。结果出乎他的意料，24 节管节的 192 个接头没有一点点渗漏的痕迹，整个隧道内既没有“雨”，更没有“河”，甚至没有水痕。

当他与林鸣见面时，第一句话是：“沉管隧道没有不漏水的，没有想到你们的隧道能够滴水不漏。”第二句话则是：“我们香港工程界要向你们学习。”林鸣对记者说：“之前，香港土木工程界专业人士从骨子里看不起我们，能从他的嘴里说出这个话比登天还难。”

刘正光对港珠澳大桥沉管隧道不漏水感到诧异是有根据的。“在全球范围内，设计隧道时都要确保水密性。但是，建造几公里长而且能保证 100％水密的隧道又是另外一回事。在许多国家，隧道所有者和设计师都明白建造 100％水密的隧道意味着什么样的挑战。”汉斯·德维特对记者说。这位资深沉管隧道专家是荷兰隧道工程咨询公司的运营总监，也是国际隧道协会国际沉管隧道工作小组（第 11 小组）成员，他曾参与过卡塔尔多哈沙尔克跨海大桥、巴西圣保罗跨河悬索大桥、阿姆斯特丹 IJ 河隧道和韩国巨加跨海大桥等工程。

“在全球范围内，无数的案例表明，在隧道中出现一些漏水是很常见的。”荷兰特瑞堡集团（The Trelleborg Group）工程产品商业开发部经理路德·波柯特（Ruud Bokhout）对记者说。特瑞堡集团是一家全球领先的隧道密封系统的供货商，它的产品被用于全球许多沉管隧道。“混凝土隧道最常见的漏水原因，是混凝土在养护期间出现收缩，以及建筑结构无法适应荷载作用而出现裂缝。虽然设计隧道时都要求确保水密性，但是在许多国家，有限的渗漏也是普遍被接受的，通常在招投标阶段会明确相应限度，但是目前还没有一个统一的标准。”

路德·波柯特告诉记者，目前全球有150多条沉管隧道，但是“大桥＋沉管隧道”的最具代表性的组合体只有厄勒海峡大桥、韩国巨加大桥和港珠澳大桥。“据我所知厄勒海峡大桥海底隧道存在一些漏水现象，但并非因为我们的水密系统问题，而是因为混凝土密实的工艺不够好，全球150多条沉管隧道中，漏水大多是混凝土问题造成的。”针对业内关于韩国巨加大桥沉管隧道漏水的传言，他强调说：“特瑞堡公司并非该工程的密封件供应商。”

打破沉管隧道漏水的“常规”，从工程启动开始就成为中国工程师的信念。“沉管隧道为什么漏水？无论是哪个环节导致漏水，都是因为基础出了问题。”岛隧工程总指挥林鸣说，“举个例子，港珠澳大桥的地基是厚软土地基，不同于厄勒海峡大桥海底隧道的岩石地基，所以沉管隧道的基础刚度协调及不均匀沉降控制非常困难。合同规定港珠澳大桥沉降限度是20厘米，而国外同类工程的沉降限度在30厘米以上。”

为了实现沉降达标，并且让隧道不漏水，中国工程师在如何使软土层变硬上做文章，进行了多项有价值的创新，用技术突破攻克隧道漏水的难关。他们在40多米深的水下为沉管隧道基床底部铺上2～3米的碎石并夯平，创造出一种新的复合地基，使沉管隧道的沉降值大大缩小，平均值在5厘米左右；他们的沉管预制水准被国际同行评价为“绝对是世界一流的”，无论是设计理念、操作过程还是用材用料都按照国际标准进行最优化的设计。

“港珠澳大桥岛隧工程项目部对项目的管理及现场的施工水准相当之高，可以用通俗的话来讲，工程建设者们打造了一个超级样板工程。这不仅为中国同类工程，也为全球同类的工程定出了一个全新的高标准。”德国PERI公司大中华地区业务主管郑宽志对记者说。

厄勒海峡大桥与韩国巨加大桥分别建成于2000年和2010年，而到

2016 年 6 月记者采访时港珠澳大桥尚在建设中。当记者质疑港珠澳大桥沉管隧道当下的滴水不漏，问是否尚需要时间验证时，港珠澳大桥岛隧工程设计总负责人刘晓东说："隧道是否漏水，在施工过程中就会发现。我们的沉管隧道要经受 40 米水深，相当于约 5 个大气压的压力，在这么大的压力之下，无论是密封件还是沉管混凝土或者其他环节出现问题，瞬间就会显现。一定是有缺陷才会漏水，从理论上讲，如果施工构件或者施工工艺没有缺陷，沉管隧道未来也不会漏水。"

他们是怎样做到了"国际一流"并打造了"超级样板工程"的呢？港珠澳大桥建设六年来，中国工程建设者为了实现沉管隧道的"滴水不漏"历尽艰辛。

艰难的抉择：E15 管节第一次返航

一位欧洲著名岛隧专家依据经验给出一个数值：全世界的节段式沉管隧道漏水率平均值为 10%左右，也就是说十个接头中就可能有一个漏水。他说目前尚没有沉管隧道 100%不漏水的记录。这样看来，香港土木工程署前署长刘正光参观港珠澳大桥隧道前询问是否准备雨衣和水靴确实在情理中。

港珠澳大桥隧道共要制造并安装 33 节管节，几百道工序不仅环环相扣，还要重复千百遍。只要一个环节出问题，漏水将不可避免。截至 2016 年 6 月 12 日，港珠澳大桥沉管隧道项目的施工人员已经完成 27 节管节的安装，建成隧道总长度为 4 702.5 米，占总长度的 80%以上。以每节管节有 8 个接头计算，27 节管节共有 216 个接头，如果按照 10%的漏水率平均值计算，一二十个接头漏水在正常范围内。

中国工程师们是如何做到港珠澳大桥沉管隧道零隐患且滴水不漏的呢？"说起来都是泪。"2015 年 12 月 22 日 E24 管节水下对接，记者跟随海底隧道管节浮运安装船队出海，岛隧工程设计负责人梁桁、副总工程师刘亚平和第五工区常务副经理宿发强，为记者讲述了 E15 管节沉放"三次浮运两次返航"的故事。

2014 年 11 月 15 日是 E15 管节沉放的"窗口期"。出发前的 13 日、

14 日，梁桁和刘亚平带领团队用多波探测器对沉管隧道基床进行了三维扫测，13 日垄沟轮廓清晰，而 14 日再次扫测时发现垄沟上出现了 3～4厘米浮泥。而此时，E15 管节已经被拖出桂山岛坞区，原定浮运计划是在 15 日晚上出发。箭在弦上，发还是不发？

此时，前方潜水员传来信息：浮泥密度正在减小。检测结果显示，泥的密度已经从之前的 1.3～1.4 克/立方厘米减小到 1.26 克/立方厘米。项目部集体作出决策：出发！

沉管浮运拖航

“在浮运过程中，人们还是忐忑不安。在 E15 管节运到了现场将要沉放前，林总要求潜水员再次潜水作业，这在之前是从来没有过的。潜水员带来了坏消息：经过短短的八九个小时，基槽泥沙又增多了。”梁桁说。

在监控室参与决策会的人都经历了漫长且痛苦的纠结过程。有一种意见认为不妨尝试安装，“几百人干了一个多月，花了如此大的成本，总要试一试”；也有人以国外同类工程举例证明，管节对接精度即使放宽到 8 厘米问题也不大，4 厘米的回淤，不会给隧道质量带来根本性的影响。

在场的工程师们都清楚，这条正在铺设的世界上最长的沉管隧道之所以没有一点点漏水，关键是整个工程精益求精。“就不均匀沉降来讲，目前国际上同类隧道的沉降量控制在 20 厘米左右，而港珠澳大桥海底隧道的沉降量控制在 5 厘米左右。正是基于良好的基底刚度，基底对整个沉管结构受力均匀，不仅基底没有额外的开裂风险，而且各个管节之间的 GINA 止水带和剪力键也没有额外受力，所以才会滴水不漏。假设有一个管节下面有超出标准的淤泥，意味着沉降量将额外增加 6～7 厘米，将会接近或超过 GINA 止水带的承受能力，滴水不漏则会成为泡影。最坏的结果，也可能是近 8 万吨的管节下放精度上出现巨大偏差。由于管节巨大负吸力的作用，重新抬起来校正的可能性很小。”梁桁说。

总指挥林鸣比任何人更清楚返航意味着什么：基床回淤后要挖掉淤泥重新铺设基床，直接产生的费用以千万元计，管节回拖一次也要花费几千万元，加上海事部门配合浮运的近 20 条护航船以及拖轮的使用费用，这将对工程产生巨大财务压力。但在他的内心，财务压力与工程的质量不能相提并论：如果对接出现问题，近 8 万吨的管节一旦沉到海底，当时世界上没有任何一台设备可以把管节提起来。隧道漏水是一定会发生的，更严重的问题是必将影响航道的航运。而珠江口是中国最繁忙的航运水域，每天船舶流量达 5 000 艘次。

“基础不牢，地动山摇！如果继续安装，沉管隧道基础存在着极大的不确定性。这是一条生命线，绝不能拿大桥质量和沉管安全作赌注。中止安装，管节回航！”林鸣和他的团队最后作出决策。

17 日 18 时，E15 管节正式回航。将已经出坞的巨型管节重新拖回坞中并不容易，回航编队在作业海区顶着五六级大风以及超过 1 米高的海浪返航。约 7 海里的航程，回航编队小心翼翼地走了 24 小时，E15 管节毫发无损地被拖回沉管预制厂深坞。这在世界桥梁工程建筑史上并没有先例。

沉管预制厂深坞

失败的“潜在收益”

管节被拖回坞后，中国工程师们并没有把失败归因于运气不好，而是立即组织对失败原因的探究，迅速展开对失败的认定和分析。对失败的分析比对成功的总结要难得多。

总指挥林鸣提出问题：为什么之前所装的 14 个管节的基床没有发生突然回淤？导致 E15 管节基床突然发生回淤的原因是什么？为了寻找问题原因所在，他们迅速集结国内对珠江口水情长期跟踪研究的知名泥沙专家到珠海，包括交通运输部天津水运工程科学研究院、南京水利科学研究院、中山大学和中交第四航务工程勘察设计院有限公司（简称“中交四航院”）等机构的专家。

中交四航院副总工程师梁桁是港珠澳大桥岛隧工程沉管基础监控的负责人，他对记者说：“我记得特别清楚，第一次开会时，我国著名的泥沙专家、78 岁的王汝凯大师说，我们不是来这里做科研的，而是要用大会战的方式解决工程遇到的问题。”之后，“隧道基槽泥沙回淤专题攻关组”成立。

他们采用卫星遥感测量、多波束扫描与水体含沙量测定等多种方法展开研究。实测数据有三个重要发现：第一，这片海区的水体含沙量异常，含沙量从原平均值每立方米 0.1 千克上升到每立方米 0.5～0.6 千克；第二，海床表面物质发生了粗化现象，原因不明；第三，项目所在的伶仃洋部分水域呈微淤态势。

卫星遥感信息进一步证实，隧道基槽以北 17～18 公里范围海域有大面积浑水。当工程师们到达这个区域时看到，有七八十条采砂船正在作业，伶仃洋海域往日清澈的海水变得与黄河水一样，含沙量为 1.58 千克/立方米，而之前只是 0.02～0.05 千克/立方米。

随着国家提高对工程质量的要求标准，减少水体含沙量成为首先要解决的问题。这些采砂船直接在现场边采边洗，事实上形成上游有一群人在不断地搅和海水，使泥沙翻卷向下游袭来。之前采砂船是在更北的 30～40 公里处采砂，正是采砂船向南移动了 15～16 公里，直接改变了珠江口局部水域丰水少砂的规律。

在这个区域作业的采砂船都持有政府批准的合法文件。面对港珠澳大桥这个国家工程，广东省政府全力协调各方利益关系，果断决定：一定要确保国家重点工程——港珠澳大桥顺利施工，立即停止采砂，停止采砂时间是从 2015 年 2 月 11 日到 5 月 1 日。

2015 年 2 月 24 日，大年初六，E15 管节再次出征，距离第一次拖回管节过去了 3 个多月。根据之前收集的所有信息反馈，判断未发现异常，但当船队即将到达施工区时，前方传来消息：E15 管节碎石基床尾部突然发现 2 000 平方米的淤积物。“2 000 多平方米的异常区约占管节基床总面积的 1/4！且泥沙厚度有八九十厘米。当看到潜水员从基槽捞出的满满一箱泥巴样本时，所有人惊呆了。泥沙从何而来？”梁桁对记者说。

分析认为，当第一次出现回淤后，施工人员清理了基床槽底的淤泥，而基槽边坡上面覆盖了一层薄薄回淤物，而回淤物受到外力扰动后发生了雪崩般的“塌方”。“我们原来的认识不足，加上世界沉管隧道目前没有边坡清淤的先例，导致了这个局面。对风险的认知总是一个不断总结和积累的过程。”梁桁说。

王汝凯对记者说：“港珠澳大桥是目前世界唯一深埋大回淤节段式沉管工程，单节管节重约 8 万吨，最大沉放水深 46 米，是目前世界上综合难度最大的沉管隧道。管节对基床的平整度要求非常严格，为了保证工程质量，设计要求泥沙淤积量不能超过 4 厘米。遇到这样大面积的泥沙回淤，只能返航。”

E15 管节第二次出航，在走到 2/3 的路程时只能再次被拖回。返航？指挥船上霎时气氛凝重，一些人按捺不住情绪当场流下了热泪。“当时心情特别激动，忍不住地掉眼泪。”山东大汉宿发强（港珠澳大桥岛遂工程第五工区常务副总经理）说，“第一次出航非常艰难，200 多人的团队连续 72 个小时不睡觉，巨大的压力已经接近人的承受极限。这个工程从开工到现在，我们连续多少个春节在这里?！500 多人从大年三十等到初六的时间窗口，没有想到又出现塌方被迫返航，心不甘呀！”他形容这是“人类无力抗拒自然的痛苦”。

建立一套回淤预警预测系统，为后续管节安装提供保障，是工程当时面临的最急迫的需求。E15 管节虽然两出两进，但正是这两次失败明晰了工程需求所在，由此为满足需求创设了回淤预警预测系统，收获了失败的第一个“潜在收益”。这项“收益”很可能正是对行业未来具有重大影响的智力成果。

之前管节安装有海浪、天气等气象窗口的预报，E15 管节遭遇的泥沙回淤，使管节安装增加了泥沙回淤预报。“泥沙回淤预报是非常难的事情，因为泥沙回淤受人为因素干扰大，既不可控也没有规律性，其难度并不亚于气象窗口预报。港珠澳大桥项目在泥沙回淤预报上实现了三大突破：第一，从宏观到微观。原来做泥沙回淤研究只限于宏观层面，比如大江大河或者一个海域，很少做具体到某个点的微观研究，现在实现了从几十平方公里的宏观预报到 8 000 平方米沉管基槽的微观预报的突破。第二，从长期到短期。以往做泥沙回淤研究是以百年或者几十年计，而现在的预报缩短到以十天为周期，也就是说，在从管节基床铺设到安装管节的这段时间内，为工程决策提供泥沙回淤的准确信息。第三，泥沙回淤预报的微量化。以前做泥沙回淤预报的量级是以米计量，通常是 1～2 米，最小单位也不过是 50 厘米。而沉管安装工程预报要求以10 厘米、4 厘米为计量单位。我们做到了。”梁桁介绍说。

正是两次沉管安装的意外失败，才孕育出泥沙回淤预报的创新，正是这种“意外”给创新提供了机遇。这类创新既满足了工程最为迫切的需求，也完美地展示了创新的意义。在这些创新手段的护航下，3 月 24 日，浮运船队携 E15 管节第三次踏浪出海，经过数轮观测、调整后，E15 管节在 40 多米深的海底与 E14 管节精准对接。

无中生有的清淤“救心丹”

大多数创新并不是想象中经过周密规划、刻苦钻研最终取得的预想成果，实际上很多创新大都因意外而诞生。虽然不是每一次意外都能产生创新，但意外事件常常是创新的契机。关键是此时是否有人能想到好点子。

应对管节基床泥沙回淤，通常解决办法是在深水环境下定点清淤。虽然可以用大功率的清淤设备清除淤泥，但同时也会把除了淤泥外的固体抽上来，比如石子，这对高精度的碎石垫层基床而言是灭顶之灾。一节管节基床的铺设费用是 5 000 多万元。正是为了达到基床铺设的精度要求，港珠澳大桥岛遂工程项目部与上海振华重工研制了高精度抛石整平船，其整平精度为±25 毫米。

E15 管节“三次浮运两次返航”事件，使林鸣有个强烈的愿望，如果有一台高精度清淤设备就好了，既能把 50 米深海底基床上的淤泥清理干净，而且还不会让基床上的一颗石子移动。自有记录以来，全世界没有任何一项工程在碎石层面上清淤。“我理解，林总希望有一颗治理回淤的‘救心丹’，这样就不会错过安装管节的时间窗口，但是这太难了。”梁桁说。

王学军是上海振华重工集团海工院海工机械设计所副所长，因主持设计港珠澳大桥岛隧工程的抛石整平船等关键设备，获中国交建科技进步奖特等奖和“建设功臣”称号。他回忆道：“当我就此事第一次到珠海见林总时，他首先提出能否在整平船上加装一套清淤装置的设想。为了完善这套系统的设计，我们之后多次交流想法，因为做工程的人才最明白他们想要的是什么东西，而振华重工则是通过装备研发，把他们的想法变为现实。”

在王学军的记忆里，他与林鸣就设计方案展开的几次讨论都是在上海浦东机场附近的酒店进行的，林鸣每次来都是穿着工作服，开完会马上就回珠海。“我从来没有见过这样的情景，能感受到工程对高精度清淤设备需求的迫切。”王学军说。

对工程而言，解决问题所要攻克的一个原理或者某项技术，对于那个工程问题来说一定是新课题。岛隧工程项目部很快将挑战简化为需求——一个需要解决的技术问题，之后，这个需求又变为一个被详尽描述的问题。将需求和一些技术联系起来，并能令人满意地满足那个需求的过程就是创新。“三次浮运两次返航”的第二项潜在收益正在向他们走来。

“从设计角度讲，这个设备的关键点是要实现定点高精度清淤，而把清淤设备嫁接到整平船是个好主意。”王学军认为。整平船通过四根桩腿将船体抬升，受波浪、水流、风等自然条件影响较小，不仅可以定点而且具有稳定性。再加上抛石管顶部的第二 GPS 定位系统接收的三维坐标数据，并结合抛石管长度、抛石管倾斜角度及底部液压缸的行程进行碎石基床的标高控制，整个系统测量精度控制十分精确。

高精度定点清淤系统嫁接在整平船上

“其实抛石管的原理与清淤原理有相同之处，整船可以实现碎石整平的高精度要求，如果在清淤机头部加装两个水泵，理论上可以完成精细清淤。只不过一个是抛石，一个是清淤，随着机头的移动，泥泵把淤泥抽走，与整平船的移动是类似的。当然，泥泵的机头离淤泥面多少距离，才能保证已经建成的基槽不遭到破坏，这是我们要研究的。说起来简单，实际上工作量很大，全套系统包括对泥泵转速、水流量的计算，以及如何通过系统控制完成精确动作控制等。”王学军说。

这个案例描述了一个解决方案是如何被提出，以及一项新技术是如何为满足需求而产生的全过程。上海振华重工立即成立了有 200 多人参与的“零号工程”项目组，从方案设计到物资采购，再到设备制造，一路畅行在绿色通道上。从林鸣开始提出想法到最后成功研制出深水高精度清淤设备，只用了 4 个月。这是在一个原有的集成技术中加入新元素的成功范例。

“‘救心丹’超级棒，高精度定点清淤设备挽回了一个安装窗口。”梁桁说。2015 年 11 月 4 日，E22 管节安装前，现场泥沙监测数据和多波束扫测数据显示，基床泥沙回淤量显著增加。高精度清淤设备一经使用便初展神威。它完美得令人惊叹！“清淤完成后，碎石表面不仅干净且纹丝未动。精确清淤装置最大的意义在于保证了当月安装两节管节的进度，这在之前是从来没有过的。”王学军说。

2015 年 12 月 21 日清晨 6 时 30 分，随着港珠澳大桥第 24 节管节在海底精准安装，中交岛隧建设者在台风、基槽回淤、珠江口大径流以及冬季寒潮大风等恶劣条件下，创造了一年完成 10 节管节安装的世界纪录。而已经建成的韩国巨加大桥的 18 节管节安装历时 3 年，平均每年安装 6 节。

"人们提起海洋工程装备首先想到的是北欧国家。港珠澳大桥无疑是世界上最大的跨海海底隧道组合工程，上海振华重工能为超级工程量身定做装备，人们是否可以认为，上海振华重工已经步入海洋工程装备制造的世界前列?"记者问道。"我觉得可以这样说。值得自豪的是所研发装备的核心部件都是我们自己的，这些才是振华重工的核心技术。"王学军说。

港珠澳大桥项目犹如打开创新之门的工具箱：以目的为导向，在"超级工程"中创新了一个个"超级产品"。

沉管隧道结构的独特创新

港珠澳大桥海底沉管隧道由 33 节管节相互联结而成。自人类工程史上修建第一条钢筋混凝土沉管隧道以来，沉管制作只有刚性和柔性两种方法。

什么是沉管结构的刚性与柔性？港珠澳大桥岛隧工程总设计师刘晓东用积木给出通俗易懂的比喻："刚性结构好比一块长条积木，而柔性结构好比乐高小块积木拼接的积木条。刚性结构因为是整体结构，接头漏水的概率会减小，但如果基底出现沉降，大体量沉管受力不均匀，出问题的概率也随之增大。而柔性结构是用短管节串成一个长管节，比刚性结构应对沉降有明显优势。无论选择哪种结构，最终目的都是为在地基发生不均匀沉降时，最大程度减少对海底隧道的影响。"

通常来讲，人们更倾向于使用以前曾经被证明的解决方案。在大桥前期设计阶段，国际知名岛隧咨询公司的专家们比较了两种结构，认为无论哪种方案对港珠澳大桥海底隧道来说都存在一定的问题，论证过程也很纠结。"我们认真研究了两种方案应用在港珠澳大桥海底隧道上的情况，无法直接选择其中一种作为整体设计方案，因为两种方案在特定的项目条件下都表现出了各自的优缺点。根据对各方面的研究考量，我们认为节段式

（柔性结构）更加经济、可行。”汉斯·德维特说。

现有工程记录显示，刚柔两种结构体系的沉管隧道都是浅埋隧道，回填及覆土厚度在 2 米左右；而港珠澳大桥沉管隧道是世界上唯一的深埋沉管隧道，沉放最大水深为水下 40 多米。为了预留出 30 万吨级航道，港珠澳大桥沉管隧道需要埋到海床以下 20 多米。要在这种条件下建设沉管隧道，是否要颠覆沉管隧道的传统概念？在 20 多米的覆盖层下，有超过浅埋沉管 5 倍的荷载，如果采用传统的结构体系，沉管结构的安全得不到保障。林鸣担心“200 多个水下接头，如果有一个接头遭到破坏，后果不堪设想”。

面对问题，权威隧道专家给出“深埋浅做”的两个解决方案：其一是在沉管顶部回填与水密度差不多的轻质填料，这需要增加 10 多亿元人民币投资，工期也将延长；其二是在 120 年运营期内控制回淤物厚度，进行维护性疏浚，维护费也要数十亿元人民币。

“深埋浅做”的设想虽然对工程方案有了一个交代，但代价太大，中国工程师心有不甘。他们一直在寻求结构设计的一条新路。“从 2012 年年初，我和设计团队一直在寻找一种可替代结构体系，希望为工程建设找到一条新出路。”林鸣说。创新就出现在人们面临问题的时候，尤其是在面对非常清晰的问题时。

寻找出路的过程是痛苦和令人绝望的。但有一天解决方案的灵感在寂静时刻倏然而至，让人觉得在潜意识中各部分已经完全被组合完好了一样。2012 年 11 月 17 号凌晨，总设计师刘晓东的手机上收到一条短信：“尝试研究一下半刚性。”发信人是林鸣。“那一夜我几乎没睡，凌晨 5 点左右，我的脑海中突然闪出了半刚性这个概念，它能够提高接头的能力，可能是从结构上实现深埋沉管隧道的一条出路。”林鸣回忆道。他所提出的半刚性结构设想，是保留甚至强化串起短管节的钢绞线，加强短管节之间的连接，使 180 米长、由数个短管节连接而成的标准管节的变形受到更大的约束，增强深埋沉管的防错位能力。

汉斯·德维特从专业的角度描述说：“半刚性方法利用了节段式隧道（柔性）和整体式隧道（刚性）理念的优点，保留了最初用于运输和沉放的后张预应力钢绞线。柔性隧道通常比刚性隧道便宜许多，但是需要很多临时后张预应力钢绞线，才能将所有小节段连接成一个管节，完成运输和沉放。尤其是在海底隧道工程中，运输和沉放条件都很恶劣，因此需要相当大的预应力张拉。这种半刚性方法很有吸引力。这是因为临时阶段的预应力钢绞线可以满足隧道最终状态处于刚性行为时的更高受力要求（在柔性隧道里后张预应力钢绞线被剪断，因此可承受力小很多）。如果保留预应力钢绞线（所有预应力钢绞线都不需要剪断了），隧道的性价比就更高，而沉管隧道节段接头的移动也会被显著减少甚至避免，这有利于隧道水密性。”

半刚性创新的洞见并不是结束，而只是一个开始。新概念需要经历技术论证才能转化为可能的技术方案：输出技术方案链条的一端是沉管隧道的“安全需求”以及“节省投资”的要求，另一端是通过什么样的方法与途径满足需求或要求。

形成方案后，设计团队又用了 30 多天完成《半刚性沉管结构方案设计与研究报告》，而之后的过程充满异议、批评乃至责备。首先听到的是来自内部“最好不要过度创新”的声音。紧随其后的是外国权威专家的讥讽：“你们有什么资格创造一个新的结构?”而遭遇更多的是来自国内同行专家的质疑。港珠澳大桥初步设计方案已经通过论证与批准程序，为前期设计方案作出贡献的都是权威专家，说服权威专家并取得共识比技术创新本身更艰难。

为了论证半刚性结构，从 2012 年底到 2013 年 8 月，他们经历了 200 多个备受煎熬的日子。但是林鸣坚持认为：“我们相信半刚性是一种科学的解决办法，如果不坚持就是没有尽到责任。”他们邀请国内外 6 家专业研究机构进行“背对背”的分析计算，从模型试验及原理上验证半刚性结构的可行性。各家的研究论证结果趋同，证明半刚性是从结构上解决沉管隧道深埋的科学方法。半刚性结构最终得到了各方面的一致认可。

经过近两年的努力和坚持，半刚性只花费了极小的经济代价就把沉管隧道深埋的构想变成了现实，到 2016 年 6 月 24 日，已安装隧道总长达到 4 702.5米，目前它不仅已经是世界上最长的公路沉管隧道，在长度上也超过了国内其他已建沉管隧道长度的总和。

汉斯·德维特对中国工程师的创新给予了高度评价，他说：“荷兰的海因隧道（Piet Hein Tunnel）是第一个保留预应力钢绞线的，运用了一些半刚性方法的基本概念。而中国工程师们真正使这个方法迈上了新台阶，实现了真正的创新。节段接头的完备设计使得后张预应力钢绞线在抗弯刚度被超过时，允许接头产生一定的旋转，来克服接头受力。同时，管节节段接头设计利用法向力（其中预应力是很重要的一部分），来提高节段接头的抗剪能力。这很好地展示了工程中的挑战是如何激发创新的。”

从此，世界百年沉管隧道结构的方案箱里除了已有的“刚性”“柔性”之外，增加了“半刚性”这个新成员。这个新成员不仅获得了名分，同时它也成为一项新技术。创新存在于新的解决方案转变为标准工程的过程中，其间包含着许许多多微小的进步和修正，它们积累在一起的共同作用推动着实践前进。“创新并不是显示所谓的创造性，而是为满足需求另辟蹊径地完成工程任务。”林鸣说。

结尾

港珠澳大桥岛隧工程建设已接近尾端，2017 年将向人们展示“世纪工程”巍巍壮观的身姿，同时将 64 项创新技术贡献给世界沉管隧道工程。

总设计师刘晓东按照技术难度列出一个谱系：从应用惯例和标准组件的传统技术，到那些需要实践或试验的项目及面临真正难以突破的关口的项目，再到需要应对一些特殊挑战的项目。在港珠澳大桥岛隧工程项目中，应用惯例和标准组件方面包括“桥梁；人工岛陆域形成、软基加固、消浪结构等；沉管预制厂土木结构；沉管基槽开挖、沉管回填、沉管附属工程等”，约占比 35%；需要试验及需突破难关部分是工程主要部分，包括沉管基础、沉管预制、沉管岛上段等，占比约 50%；还有一些项目是工程应对特殊挑战部分，需要技术创新，其中很多都是世界上第一次，比如深插钢圆筒、半刚性沉管结构、外海沉管安装系统、沉管最终接头等，占比约 15%。

一项标准的基建工程需要试验及需突破技术难关部分占到工程总量的一半，并且为应对特殊挑战而实现技术创新的项目占工程总量的 15%，这在中国工程史上是第一次。

大国工程师与超级样板工程*

——专访港珠澳大桥岛隧工程项目总经理林鸣

林鸣

珠海淇澳大桥，是林鸣工程师职业生涯中修建的第一座桥梁，20年后他重返珠海，承建世界超级工程——港珠澳大桥海底隧道工程。五年来他每天晨跑10公里，淇澳大桥是必经之路。也许就在2017年，距淇澳大桥20多公里的伶仃洋上将展现港珠澳大桥的巍峨雄姿。他会在隧道竣工通车前完成一次在港珠澳大桥的长跑吗？如果可能，这将是一次超长距离的马拉松——55公里。

在他的同事眼中，这是一位忠于理想、坚持原则、极富进取精神、善于处理复杂关系、能够把握事情关键环节的兄长，同时也是一个完美主义者。记者与林鸣交谈过三次，多数时候他是按照自己的思维回答问题，看起来像答非所问，但并非敷衍，而是表达当下他最关注的或者正在处理的关键性工程问题。在他办公室的一块白板上贴满了黄色的记事帖，每一张纸条就是一个需要解决的问题，通常密密麻麻有几十张，随着工程的进展，这些纸条在不断地被更新。修建世界最长的深水海底沉管隧道，对中国工程师来说是第一次，不仅要面对太多的不确定、风险以及挑战，还有太多的领域需要他们学习、探索与创新。

记者曾参与了E24管节的外海沉放全过程，正是在那个不眠之夜，我坐在指挥船的一端细细观察他。在连续22个半小时海上作业期间，林

---

* 本文的删减版原载2016年7月13日的《21世纪经济报道》。

鸣多数时候双手交叉抱于胸前坐在监视屏前，获取海事、对接保障、管节沉放安全监控、泥沙回淤监控、海流气象等信息，协调500多人将约8万吨的庞然大物沉入深海的指定位置。这个过程已经被重复了20多次，而第一节管节安装，他们在海上连续工作了96个小时。期间他多次召集现场决策会，以果断、自信、准确的判断及内在的平静感染着周围的人。

作为中国交建的总工程师，他具有项目建设总体控制，质量、进度、工程造价控制和技术管理的丰富经验。不同以往的是，港珠澳大桥岛隧工程的建设充分显示他还具有指挥世界超级大工程的能力。作为项目总指挥，他有非同寻常的探索能力与抗压能力以及创新的智慧；而作为一名总工程师，他还具有经年累月积累下的知识与经验，以及将它们转化为解决工程问题的非凡视野。他也是一个对组合手段或者功能着迷的人，正是依靠其非凡的视野，以及把洞见转化为新技术的能力，他带领团队击败一个个难题，正在向“超级工程”的终点走去！

是什么信念驱使他们勇往直前，遇难不退？是什么梦想鼓舞他们激情四射，无悔奉献？是什么样的责任感与使命感让他们一次次创造奇迹？这篇对话将给出答案。

中国体制的优势

赵忆宁：在采访国际隧道协会专家汉斯·德维特的时候，他与我分享了关于港珠澳大桥印象最深刻的故事。他说，在安装E15管节时遇到了基槽回淤的问题，在他看来，回淤问题可能会久久难以解决，不仅造成工期延误，也会造成成本大幅提高。令他没有想到的是，在港珠澳大桥遇到回淤时，所有利益相关方及政府有关部门能坐在一起，以专业、公平、合理的方式分析问题，寻找平衡所有相关方利益的解决方法，而政府有关部门以非常高效的方式促成了该方法的实施。他认为，其他国家可以从中国高效解决难题中学到很多。

林鸣：遇到回淤问题后，广东省常务副省长徐少华带着省里的同志到现场三四次，并主持了6次协调会议，最后决定把珠江沿岸的10多家采砂企业全部停掉。这些企业及其上下游涉及1万多人的就业，当然要考虑到社会稳定问题。徐少华副省长认为，建设港珠澳大桥是国家战略，是大局中的大局，要积极调动各方力量支持配合，务实解决遇到的困难和问题，确保项目质量和安全。面对这样的支持，中国交建作为一个央企，我们再困难也要完成当年“保九争十”的任务（在一年中安装十节管节），这就是我们对地方政府和珠江口人民的回报。

赵忆宁：汉斯介绍说你们组织了各方协商，都有什么人参加？

林鸣：我们组织了包括气象、地质、海洋等方面的专家“会诊”。其间采取了排除法（根据历史数据用模型计算），同时使用了卫星遥感测量、多波束扫描等高科技手段，最后的结论是：上游的采砂造成了回淤。我们也想了一些解决办法，最后都不行，只能暂停一段时间的采砂。

赵忆宁：停止采砂是谁提出来的，项目部、业主还是省政府？

林鸣：结论是专家经过论证得出的，省政府参与了论证的部分过程，他们认为专家们的判断是符合实际情况的。广东省发展和改革委员会原主任李春洪为此做了很多协调工作。他多次找采砂企业征求意见，还开了几次协调会。他告诉我，这些私营企业非常顾全大局，表态说：“既然政府说这个大桥这么重要，我们企业也应该为国家的战略承担社会责任。”他们甚至都没有向政府要求经济补偿。一停就是几个月呀！政府考虑到也不能让企业受损，所以相应地延长了它们的采砂许可证的期限。

赵忆宁：停止采砂涉及国家利益、企业利益、劳工利益等，广东省政府积极作为，很好地平衡了各方利益需求，是一个政府积极有为的案例。假设这件事情发生在西方国家一定要上法庭打官司了。

林鸣：是的。一是政府与企业、企业与工会的关系。采砂企业的许可证是政府批准的。从法理上讲政府没有权利随便让企业停工，即便停工也一定要给予经济补偿，至于补偿额的多少，通常要通过法院裁决。如果再加上行业工会与企业，关系就更复杂。二是承包商与业主的关系。从合同管理角度来说，只要工程自然条件发生了重大变化，就是承包商索赔的天赐良机。通常承包商只要发现测出来的水体含沙量超过了原合同的约定便开始停工，然后填写表格上报业主，不会组织攻关与科研，因为这些与承包商没有任何关系，只需等待水体环境恢复到原状复工即可。承包商会计算有多少人和多少设备停了多少天，坐等索赔就行了，而且提出的索赔金额没有上限。至于工期拖多长，风险责任是业主的。

赵忆宁：汉斯·德维特具有多国海底沉管工程经验，所以他深有感触。1994年投入运营的英法海底隧道，承包商TML（Transmanche Link）联营体在项目建设期内曾向项目公司欧洲隧道公司提出不少索赔，因隧道岩床条件与所预计的不符等原因，获得实际赔付高达12亿英镑。而项目的初始预算是48亿英镑，最后实际成本大约是105亿英镑。

林鸣：发生这种情况一点儿不奇怪，因为西方国家的价值观并不是同心同德，而是理性主义、个人主义、自由主义和平等主义。人们都是尽可能地确保自身利益的最大化，至少是自身利益不能受损，根本谈不上以国家利益为重。而中国传承几千年的文化视同心同德、以国家利益为重为美德，所以才能创造一个又一个的奇迹。只要一比较就充分显示了中国独特的体制优势。

共和国长子的担当

赵忆宁：作为一般意义上的工程承包商，主要目的是在建设施工过程中获得可观的利润。中国交建是国有企业，您如何理解国企特别是央企的责任与担当？

林鸣：其实国有企业肩负双重责任：其一，在社会主义市场经济的条件下，国企无疑要与市场共舞并实现商业利益。其二，国企的出资人是政府，除了要在市场竞争中为出资人创造更大的利润之外，担当国家责任是国有企业的另外一个重要目标。所以国企不是为自己而生，国家赋予了它们国家长子的责任。

中国交建是亚洲最大的国际工程承包商，在世界排名第五，我们当然懂得国际工程的游戏规则，这些规则在中东、欧洲市场必须运用，但是在有些工程上不能乱用，比如港珠澳大桥项目。我们是国有企业，是共和国的长子，长子的担当精神与生俱来。港珠澳大桥是中央政府主导的国家超级工程，我们的责任就是把工程做好。当工程遇到困难时，犹如一个家庭的母亲生病，作为长子理应为她分忧而不是跟她讨论价钱！

赵忆宁：担当就是责任。

林鸣：小到一个家庭，大到一个国家，家庭的平安与国家的繁荣昌盛，都不能缺少长子的担当与责任意识。如果这个工程总承包商不是中国交建，而是一家西方公司，业主就要准备多花几倍的价钱赔偿或者打官司，工程也不可能在2017年如期完工。西方公司寻求的是股东的利益最大化，而国企首要的是为实现国家目标着想，为国家利益着想。

赵忆宁：其实汉斯·德维特等外国专家所首肯之处正是我们体制的优势，但平心静气地说，他们的愿望可能在其他国家实现不了，因为不具备客观条件。

林鸣：外国企业很惧怕中国的央企，2015年有47家央企进入世界500强排行榜，显示了强大的竞争力。但是长期以来社会上对国有企业有各种各样的舆论，甚至个别人希望置国有企业于死地。我认为，央企是中国共产党执政基础的一部分，中国特色社会主义需要法治、需要市场经济，同样也需要央企，至少在一定的历史阶段它的存在是必要的，尤其是在党和国家需要的时候。比如当遇到关系到国家安全的南海问题时，当遇到关系国民经济命脉的金融风险时，只有央企才能作为国家脊梁发挥中流砥柱的作用，也一定需要依靠央企出手。国有企业是我国国民经济的中坚，肩负着发展壮大国民经济的重任。

赵忆宁：这就是央企和其他企业的最大区别。最近，习近平总书记多次谈到党员干部的担当精神，您从一个工程总指挥的角度如何理解央企的担当？

林鸣：我认为，桥的价值在于承载，而人的价值在于担当。

第一是担“责”不推。国家把一个“世纪工程”托付给我们，我们必须“职尽其责”。英国《卫报》在2015年评出“新世界七大奇迹”，港珠澳大桥位居第三（其余六大奇迹为：北京新机场、沙特王国塔、乌克兰新切尔诺贝利核反应堆、麦加 Abraj Kudai 酒店、伦敦 Crossrail 工程和巴黎 FFR 大体育场），当下与港珠澳大桥相提并论的工程，全世界也没有几个。这样一个全世界瞩目的超级工程，是展示中国国家实力的超级舞台，也只有中国才能提供这个超级舞台。而我们有幸成为主要演员，一定要把这场戏演好。这是一个十分难得的可以大显身手、大有作为的机遇，所以在工程中遇到任何问题，我们都要自己扛起来，首先想到的是如何解决问题。在这项土木工程建设中，创新比重占到总工程技术的15%，也是我国前所未有的。

第二是担“难”不怯。外海沉管安装是一个世界级难题，只有极少数西方专业公司具备这个能力，中国是海底隧道工程的新进入者。我们并非是无知者无畏，从一开始就做好了“知其难为而为之”的思想准备，但是遇到的困难还是大大超出我们的预期。6 年前（2010 年），我们与一家外国公司商谈技术合作，这家公司开出的咨询费高达 1.5 亿欧元，当时相当于约 15 亿人民币。最后一次商谈时我问，3 亿人民币的话，他们能够提供什么服务？他们说，给你们唱一首祈祷歌吧。之后这家公司就在中国注册了专利。外国公司的技术保护、技术壁垒与技术歧视，更激发了我们自主创新的决心。在港珠澳大桥岛隧工程建设过程中，我们的技术创新有 63 项，解决了包括深埋沉管、快速成岛、隧道基础、工厂法预制管节、外海深槽管节安装等一系列工程难题，中国工程师为世界海底隧道工程技术提供了新知识与新样本。

第三是担“险”不畏。在 E15 管节“三次浮运两次返航”的过程中，作为一个指挥者必须坚定信念并作出正确的决策，如果在悬崖边上踏错一步，就可能毁于一旦。当我们遇到回淤的时候，面临返航与否的艰难决策，因为全世界还没有把如此大的管节拖运回坞的先例。我们手中只有一套回撤的应急预案，12 条拖轮只有往前拖的经验，而回拖管节是另外一套操作程序，现场很多人并没有统一的认识。回拖管节时遇到六级海浪，

沉管出坞

一米多的大浪打到了管顶作业工人的胸脯上。恶劣的浮运自然条件、回拖管节技术的初次尝试与人的情绪波动等多种风险因素交织在一起。靠什么来战胜挑战和风险？我认为最重要的是要有对工程负责的坚定信念以及预测风险的能力。如果我们不尊重科学，不暂时放弃，就会给整个工程带来巨大的风险。虽然“战非必胜”，但是不可轻易言败。经过五年的工程历练，我们提高了应对工程风险的能力。

赵忆宁：人所能负的责任，我必能负；人所不能负的责任，我亦能负。勇于担当是一份责任，更是一种精神，而能够担当依靠的是技术能力和创新的智慧。

做大国的工程师

赵忆宁：之前，我采访了几位欧洲和我国香港的著名工程师，请他们评价港珠澳大桥岛隧工程，其中包括您的老朋友——香港土木工程署老署长刘正光先生。

林鸣：刘正光是香港桥梁界第一人，香港的几座大桥在他手上做得确实非常好。他建的几座桥到现在还像青壮年，而我们的一些桥至少已经步入了中老年，所以他一直对内地工程界颇有微词，他就是认为内地的工程质量不行。正是因为我们的工程总是出问题，所以他从专业的角度看不起我们。

赵忆宁：但是，当我采访的时候他盛赞了港珠澳大桥。他说，岛隧段工程难度极高，从国际层面来看也是项极困难的工程。特别是整段混凝土管节能一次浇成，而且质量好。整个流程中钢筋配置、混凝土混合比、温度控制、震浇、模板等都要控制得十分严密才行，他说这在香港也不容易做到。他也特别提到管节段与段之间的接合处理得十分细致，没有漏水现象，认为非常不容易做到。

林鸣：他也当面对我说过，“你们这工程做得确实不错，我们香港很多方面应该向你们学习”。要知道，让他说出这句话比登天还难。中国内地工程和桥梁界的人都知道，他在国际舞台上从来不说我们的好话。其实，他说得并不是没有道理。他一直十分关注内地土木工程，并在不同层

林鸣（中）在现场与工程师交谈

次参与其中，所以十分了解情况。在20世纪60年代和70年代初，我们还处于短缺经济时代，那时对工程质量标准控制比较松是可以理解的。当时大型土木工程很少，许多项目首先是解决有没有的问题，而对工程质量好坏不大注意。其后随着中国经济快速发展，人们开始注意工程质量、过程控制、外观及效果等，全国各地纷纷建造公路、铁路、桥梁、隧道、楼宇、港口和机场等。很多工程为了早日落成，合约施工期不合理，施工方为赶工期只有妥协，降低质量。加上工程分包层次太多，最下层分包者大多都是没有工程建造经验的农民工，五包、六包常有发生，到了最下层基本上无正常利润可言，只能通过降低材料质量、减少安全和环保等措施找利润。所以人们诟病内地土木工程质量不无道理。

赵忆宁：但是有些大型重点土木工程受政府高层重视，投入足够资源，专业意见受到尊重，工期合理，有些还特别邀请境外专家参与，工程质量则完全不同，比如上海长江隧桥、苏通大桥以及港珠澳大桥等。

林鸣：这完全不是能不能做到的问题，而是想不想去做的问题。近年我们开始重视工程全寿命价值（费用），即建造费用加上在使用寿命期内维修保养费用之总和，因而对工程质量比以前更加注重。特别是随着中国经济总量的不断增加，我们能够“上天下海”，做到航天器在外太空对接，“蛟龙号”载人潜水器完成7 000米级海试，为什么陆地的土木工程不能做好？国家把港珠澳大桥交给我们，能与这种特大型工程相提并论的工程全世界几乎没有。如果干糟了，丢的将是中国人民的脸，所以我们总是战战兢兢、如履薄冰。站在一个工程师的角度，在这么一个重要的平台上，从职业精神上来说，也要干得最好，我们是竭尽全力朝着最好这一目标在努力，从管理、工艺到技术都是坚持最严格的要求，中国人一定要在世界上做出一个标志性的超级工程。

赵忆宁：您为什么有这么强的自尊心？您曾受到过您的同行的羞辱吗？

林鸣：没有。但我和外国同行有很多交流，我知道他们对我们中国工程是怎么看的。有些外国同行从骨子里不看好中国的工程。看看别人的工程，再看看自己的工程，我确实感觉到底气不足，所以我的梦想是在有生之年也尝试一下，看看我们中国工程师能不能做到最好。通过到国外实地看人家的工程以及与国外同行相互交流就能看到我们之间的差距，但是这个差距总得有人来缩小。港珠澳大桥给了我们一个机遇！事实上我们已经做到了。前些年我和几位同事为了沉管隧道最终接头设计到荷兰做试验，荷兰一家顶级工程咨询公司邀请我们去交流。为了欢迎中国工程师，它的工作人员专门升起了中国国旗，这是自 1881 年该公司成立以来第二次为来宾升外国国旗。看着眼前这面中国国旗，我们不禁感慨万千！他们敬畏的不仅仅是中国的强大与中国的超级工程，还包括中国工程师的不懈努力与探索，以及在沉管隧道技术方面的跨越。我们赢得了世界同行的尊重！

赵忆宁：其实您的同行对港珠澳大桥工程已经给出了非常高的评价。汉斯·德维特认为："中国已经有了内陆水道的沉管隧道，现在又有挑战巨大的港珠澳大桥，所以中国现在有充分的潜力成为全球沉管隧道工程的领军国家。"而德国 PERI 公司大中华地区业务主管郑宽志先生也评价道："港珠澳大桥沉管管节预制的水准绝对是世界一流的。港珠澳大桥项目总经理部对项目的管理及现场的施工水准可以用通俗的话来讲是一个超级样板，这不仅为中国，也为全球的施工定出了一个全新的高标准。"

林鸣：国际同行的客观评价和尊重让我感到欣慰。在人类美的创造中，只有建筑是规模最大、最永久的作品。古希腊的庙堂圣殿至今还在向人们展示那时国家经济、文化、艺术的强盛，不仅给世界留下了宝贵的艺术遗产，而且至今都对世界建筑艺术有着重大且深远的影响。**中华民族的伟大复兴，既需要大国工匠，以工匠精神向世界输出工艺精湛的"中国制**

造”商品，同样更需要大国工程师将中国复兴的历史像万里长城、京杭大运河一样镌刻在中国的大地上。这也是我们这一代工程师的历史使命。2016年是港珠澳大桥建设的决战阶段，依然有很多困难在前方的路上等着我们，但是我们不会让人们失望，在这座桥上我们将留下大国工程师的智慧，要让这座桥成为名副其实的超级工程的样板作品。

赵忆宁：您的话让我想起一个纪录片的片段。美国国家地理学会所拍摄的《伟大工程巡礼：韩国釜山巨济道桥》（这里的巨济道桥，即前文中的巨加大桥），描述了沉管安装的全过程。画面上处处是荷兰工程师的身影。在最后一节管节打开门的时刻，也是荷兰人开香槟庆祝的画面。纪录片的解说词说，韩国是借荷兰人而登上了世界舞台。对韩国人来讲，巨加大桥只是在为荷兰人庆功，为他们的丰功伟绩又添了一笔。这让我感到震撼。

林鸣：韩国巨加大桥的这一幕绝不会在中国港珠澳大桥发生。韩国在建设巨加大桥海底隧道时，聘请了两家欧洲公司负责所有的工程，除了日常留驻人员，每到管节安放时，有56人的团队从荷兰飞到韩国，包括气象、海浪保障人员等。而港珠澳大桥岛隧工程是我们中国人独立自主完成的。我相信，在2017年港珠澳大桥海底隧道竣工的时刻，将是我们中国人自己的庆典。我将邀请你与我们一起见证这一值得纪念的伟大时刻。

赵忆宁：谢谢林总。

港珠澳大桥的工程思想：“对失误零容忍”*

——专访港珠澳大桥岛隧工程项目副总经理、总设计师刘晓东

刘晓东

刘晓东，中交公路规划设计院有限公司副总工、教授级高工；一直从事特大桥梁、跨海通道规划设计一线工作，先后负责了江阴长江大桥、厦门海沧大桥、武汉军山长江大桥结构设计；主持完成了深港西部通道（又称深圳湾公路大桥）规划及设计。历时十年，他主持港珠澳大桥研究及设计，实践了桥、岛、隧结合的跨海综合工程研究及设计方法，获得国家级奖项4项。

教师授课、法官断案，为什么设计师不专谈设计而谈工程思想？这是因为建造港珠澳大桥的设计师与工程师们花了几乎全部时间去解决问题，尤其是未经历过的新问题，远非动手做个设计那么简单。港珠澳大桥的前期初步方案设计，由港珠澳大桥管理局组织国内外专家共同完成，而大桥的关键性工程海底隧道部分，更多的是听取了有工程经验的外国专家的建议，因为中国公司没有做过，既无设计实践，更无工程经验。

设计是先有意向，为了完成这个意向到工具箱挑选工具，这就是所谓的前期方案设计。而承包商为了实现设计意向，要到已有的工具箱找到合适的工具或者设备组件，从而实现设计的表达。将设计从蓝图变为现实意味着工程详尽细节的完善。正是因为港珠澳大桥是一项前所未有的超级工

---

* 本文的删改版原载2016年7月13日的《21世纪经济报道》，收入本书时标题有改动。

程，所以工程师们发现既有的工具箱中并没有可用或者适合的工具，由此他们面临着要自己不断制造新工具的处境。

选择工具、辨别工具、制造工具贯穿工程始终，或者说工程建设与解决工具问题紧密相连，它们隐藏在一个个环节里，或者躲在某个流程中，并不为人所易见。而工程师们在这个过程中历尽磨难：他们首要的工作是辨识工程设计的风险并排除风险，要在一次次的试验中辨识选定的工程理论与工艺正确与否。为此，他们要对所有未知领域采取试验先行的做法，甚至采取反向论证。事实上他们一次次地推翻了原有的设计方案，创造了在一个工程中更改九成以上原设计方案的纪录，目的是使所有的风险可知可控。

在港珠澳大桥建设者们的心中，大桥设计与建设的理论推演可以尝试各种可能的答案与创新，但与大到国家的政策，小到个人人生乃至婚姻允许从不断试错中获得成功相比，大桥的工程实践严苛到不允许任何试错，只能成功，因为一旦将错误铸成事实，谁都没有能力去纠正。这是一项对失误和错误零容忍的工程。

在工程进入结尾阶段时，记者与刘晓东进行了三次交谈。他用五年工程实践的事实，梳理对港珠澳大桥工程属性的认识、工程思想的主旨以及施工思想的落实。这个对话已超出工程施工的本身，也超出一般工程师的思考范围，也许对日后新的超级工程具有借鉴作用。

赵忆宁：林总曾向我介绍，大桥初步方案设计中的沉管地基是采用桩柱施工方法。为此，他组织进行了典型试验（1：1的试验），试验结果出人意料，关键数据并不能达到施工要求，由此创新了“组合基床”的新方法。难道你们施工每个环节的实施都是先从怀疑的角度出发？如果工程这样做，那太累了。

刘晓东：这是林总的工程思想。虽然已经有了初步设计方案，但我们是这个工程的实施者与承包人，做工程当然要把工程的风险和质量放在第一位。林总在拿到设计方案时，首先是找问题、找风险。这是基于我们对工程属性的认识：第一，岛隧组合工程我们之前并没有做过。第二，深海沉管隧道工程在属性上被归类为高风险工程，我们心存敬畏之心。与陆上的工程相比，在海洋里施工，人与自然的力量对比悬殊，人在海浪、海流、台风、气候面前非常渺小，可以说是风险无处不在，而且风险极高，对此我们有清醒的认识。第三，在连接粤港澳三地区域内施工，我们不能出任何问题，除了对三地的社会影响，这个工程国际关注度也非常之高。

如果我们对上述问题考虑不周到，工程出现那么一点点差错，一是付出的代价和时间是不可控的，二是失误将是不可逆转的。林总经常举这样的例子：在陆地上用混凝土做个房子，如果质量出问题可以扒了重来，但是在海中，假设管节下沉没有精准对接，我们甚至没有装备能把它吊起来，如果再影响到珠江口航道的运输，那将会造成无法计算的工程与社会损失。所以我们每走一步都是如履薄冰。林总对工程的主导思想是“对失误零容忍”。

赵忆宁：这是严苛的工程思想。

刘晓东：因为不同于普通工程，因为高风险性，因为不允许失败，所以我们每一步走的都很谨慎，走每一步之前要先审视风险点在哪里，我们每走一步都是先从找问题出发。

赵忆宁：没有见过这样做工程的。零失误，这是多么大的压力。你们看问题的方法会不会让人们不舒服？已经有初步的设计方案，凭什么一个承包商不相信全世界知名专家的设计？难道你们比知名专家们还高明？

刘晓东：会是这样的。其一，我们花了很多时间找问题，同样也要花很多时间做说服工作。但是总体来讲，无论是领导还是社会，对这项工程都有一个基本的判断与共识：岛隧工程是整个项目中最难的工程。其二，中国人以前没有做过，这是第一次。我记得当时交通运输部的专家组组长、交通运输部副部长冯正霖说过：“我们没做过的事情，没经验的事情，希望是试验先行。”我的理解是，如果我们没有把握，更谈不上有经验，一定先要通过试验研究清楚再实施。

赵忆宁：这是一个尊重客观、懂技术的专家型领导。

刘晓东：正是在这样的氛围中，我们对找出的问题进行了很多次试验。我给你讲个有代表性的故事：2010 年我们中标后，林总组织在青岛做过一次典型试验。原来工程设计的隧道基础是“钢减沉桩”，就是在海底打桩，上面铺上桩帽，桩帽上面再铺碎石，之后把管节放在上面。这个方案可行吗？原本试验目的是验证设计参数，但是试验过程中有两个发现：其一，外国咨询公司所给的设计参数值远远小于我们试验的结果；其二，试验过程出现严重的沉降变形，石头往两边跑，我们的专业术语叫“不收敛”。林总开始警惕了，试验是在静载状况下进行的，如果是动载呢？比如发生地震。发生地震会造成隧道在水平面和纵向面产生变形和破坏，并且会使隧道管节的接头产生差异移动和旋转，那时工程将面临彻底失败。

赵忆宁：方案不是有经验的欧洲公司做的吗？他们的工具箱不是有很多被验证的工具和类似的工具吗？难道他们没有考虑地震载荷的问题吗？

刘晓东：投标之前我们就开始研究这个方案，刚开始的时候总觉得打桩是我们的水下强项，只是觉得具体的施工工艺跟我们之前做过的桩不太一样。中标后凭经验隐隐约约地感觉有些不妥，因为600根钢桩每根都很细，桩上面顶着一个大帽子，7万多吨的管节就放在这上面，在管节和桩顶帽之间还有一层碎石。这个方案是一家外国咨询公司的外国专家给我们的，他们说能做成，我们开始时更多地考虑如何实现。但是在真正做详细设计计算时发现不得要领，比如基础沉降的均衡值是多少？特别是碎石的参数如何取？后来我们找到这家外国咨询公司的专家，当时他们给了我们一套他们的算法，得出的结果和我们试验获得的数据有很大的差异。我问：“你们的算法以前用过吗？”他们没有回答我们的问题。当时我心里就紧张了一下，进一步追问：“你们以前做过这东西没有？”他们说：“没有，但是挪威有一个项目跟这个类似。”我们找到挪威的项目认真研究，发现两者差别很大。

赵忆宁：按说这家著名咨询公司的工程师或者设计师应该是很负责任的，他们怎么会这样做？在环境条件有如此大的差异的情况下，将一个没有验证过的方案拿给你们？

刘晓东：说句实话，当时我们心里开始没底了。深入交谈后才知道，他们选择水下钢桩的施工方法，是因为此前中国做过的一些隧道，比如甬江隧道是用打桩的方法。但他们提出的水下钢减沉桩的工艺跟国内的打桩不太一样，在工艺上要求更高。也许他们的出发点是好的，把我们已经掌握的方法与他们的工艺做了融合，或者是希望利用中国人较强的工艺完成这个设想，并在工艺上有所创新。但是我们经过试验发现，如果按照他们的方案做，相当于给港珠澳大桥的海底隧道建设挖了一个很大的陷阱。之后，我们通过研究分析，采用了复合地基作为沉管隧道基础的设计施工方案，这在国内也是首次。

赵忆宁：沉管隧道工程是一个标准工程，每一个环节都有一套对应的解决方案。沉管隧道基底出现这样的问题，其他的环节呢？

刘晓东：正是从这件事情开始，我们对每个环节的方案都持谨慎审视的态度。实际上，外国公司只是提供咨询，出主意，拿出方案让施工方自己选。可能它们的起始点高、思路宽、见得多，与我们相比占尽优势。但随着对工程的深入研究，以往旧有的经验是否符合工程实际，某个方案能不能做成，在这点上我们的起步点差距并不大。比如港珠澳大桥，你没做过，我也没做过，你只是构想比我丰富，见的比我多而已。通常我们会把疑问分解成十个或者八个问题去证明，只要有一个问题得不到解答，可能这个问题就是风险点所在。中国交建有很强的研究、制造与设计团队，比如复合地基的创新，就是我们经过大量调研、计算和试验，最终建立的一套完整的复合地基设计施工方法。从这个环节更改方案后，我们对外国人的方案更加谨慎。包括后来林总提出的深埋沉管半刚性结构，也是一个了不起的创新，而原来欧洲人建议我们采用的柔性结构，同样具有致命的弱点。

赵忆宁：你们为大桥海底隧道建设避免了工程技术上的灭顶之灾，对工程有巨大贡献。我曾就港珠澳大桥工程向欧洲的这家咨询公司的工作人员提出采访请求，之前他们同意接受我的采访，待我把问题传给他们后就石沉大海了。因为其中的一个问题涉及他们提出打桩加碎石方案的初衷。他们可能真的无法回答，我能理解。我有一个问题：你们为什么会有这样强的风险意识呢？

刘晓东：林总的工程经验非常丰富，他的风险意识很强，没有把握的事绝对不做。之前他参加过江苏润扬大桥工程建设。大桥设计方案的一个环节是在长江边上挖一个五六十米深的大基坑，工人们都不敢在基坑底下作业，害怕基坑垮塌了。施工时，林总下到基坑底，坐在小马扎上为工人们细心解释，为他们树立信心，因为他对基坑的安全性有充分的信心。这种信心正是他在工程实践中积累起的风险意识。对每个环节，他首先要辨识风险，辨识哪些是我们没做过的。我们对所有存在未知的领域都要去做试验研究，搞清楚以后再做。他骨子有这么一种工作思维：宁可把问题找得过分了，也不会放过一个疑点，一切从找问题入手。

通常，大多数工程有了设计方案，具体施工基本在经验涵盖范围之内展开，人们要做的只是细化问题。但是在一个没有经验覆盖的工程中施工，等于是拿一个没做过的事情让你去做，每个问题的解决思路还要进一步转化成可行方案，这里面当然有很多风险。岛隧工程我们都没做过，在做的过程中发现问题、解决问题，这也符合唯物辩证法的思想。

赵忆宁：发现问题后你们是如何解决衍生的次级问题呢？或者说，推翻了原有的方案后，如何建立一个新的解决方案呢？

刘晓东：以快速成岛技术为例，快速成岛是我们的重要创新成果之一，同样也是林总提出来的。港珠澳大桥的桥梁和海底隧道是通过两个人工岛连接起来的。传统成岛技术是用混凝土或者石头围一圈挡住海水。而林总建议采用大的钢圆筒止水围岛，出发点是任何常规建岛方式都无法满足止水的要求，普通工程漏点水影响不大，而港珠澳大桥99.99%的保证率都不行，只要发生0.01%的漏水可能，就将带来不可想象的灾难。

俯瞰建设中的东人工岛

当时港珠澳大桥人工岛通过的初审设计，对人工岛的建设方案采用了常规的建岛方法。在我们提出新的方案后，花了差不多半年多的时间做具体设计、论证、试验，同时还要说服专家们同意并取得共识。为了做到严谨，林总请设计大师王汝凯作钢圆筒建岛不成立的反向研究。王大师组织了8个攻关课题研究，包括钢圆筒的稳定计算理论、钢圆筒筒体结构设计、振沉技术及振沉工艺、止水方案等，经过三个月的研究，得出的结论是大圆筒快速成岛施工方法是可行的。围两个岛用了120个大圆筒，每个筒的直径有22米，筒和筒之间有两米的间距，再用钢板把相邻的筒连接起来，形成稳定安全的岛壁结构。我们用五个月完成两个人工岛成岛，施工效率提高了好几倍。人工岛已经建成 3 年，没有出现任何问题。

钢圆筒吊装振沉

赵忆宁：港珠澳大桥工程的60多项创新都经历了这样的过程吗?

刘晓东：基本上都是。我们这个工程有些不一样。大多数工程习惯于沿用已有的技术与方法。100 年前就是这样做的，现在依旧如此。但我们在做这个工程的时候，采用已有的方法，从工程质量的把控上来说不能接受，也不符合我们的工程思想，所以每走一步都在探索有没有更好的办法。这是我们的特别之处。我们当然希望使用成熟的工具与技术，但是只要发现这个工具并不适合我们用，或者说对港珠澳大桥工程存在风险或潜在的风险，我们就会放弃所谓成熟的做法，立刻投入到组织创造新工具、新结构、新工艺和新技术中去。工程已经进入收尾阶段，差不多有九成的原有方案都做了变更。**港珠澳大桥的工程思想是：对失误零容忍。林总常对我们说，深埋沉管隧道历史性地摆到了中国工程师面前，我们不能在中国的超级工程上留下任何遗憾!**

赵忆宁：听您的介绍，我对工程的艰难程度有了新的认识。谢谢您!

港珠澳大桥是世界最复杂的工程*

——专访荷兰隧道工程咨询公司执行总裁、首席隧道专家汉斯·德维特

汉斯·德维特

我与汉斯·德维特（Hans de Wit MSc）并不相识。当我突兀地写信请求他接受采访时并无把握，但他答应了。之后我给他写了长长的十个问题，我想他也许能回答一半。我很快收到回复，邮件满满几页，令人吃惊，他对问题逐一作了回答。汉斯目前是荷兰隧道工程咨询公司（Tunnel Engineering Consultants，TEC）执行总裁，工作很忙是自然的，他的回复让我领略到科学知识给人的震撼，带我至海底隧道认知的一种新境界。

汉斯所领导的荷兰隧道工程咨询公司拥有专业技术人员约 9 000 人，在包括中国在内的全球 30 多个国家和地区拥有近 100 多家分支机构。荷兰隧道工程咨询公司是隧道和地下工程的专业设计和咨询公司，尤其在沉管隧道领域处于世界领先地位。接受记者采访时，汉斯·德维特正在中国负责港珠澳大桥岛隧工程的设计和施工全过程咨询等项目。他还担任国际隧道协会沉管隧道讲师，也是国际隧道协会“沉管和水中悬浮隧道”小组成员。

汉斯·德维特参与了众多世界知名的沉管隧道项目，如担任卡塔尔多哈沙尔克跨海大桥项目的资深顾问/（沉管）隧道专家，为桑托斯港的双向六车道沉管隧道进行可行性分析、设计和施工咨询，另外还参与了墨西

---

* 本文的删改版原载 2016 年 7 月 13 日的《21 世纪经济报道》。

哥夸察夸尔科斯沉管隧道、纽卡斯尔泰恩河隧道、爱尔兰利默里克隧道、韩国巨加大桥沉管隧道等项目。目前他是港珠澳大桥管理局聘请的第三方咨询单位荷兰隧道工程咨询公司专家，任该公司隧道业务负责人和首席隧道专家。

赵忆宁：贵公司作为专家顾问方受邀参与港珠澳大桥项目，那么贵公司能够为中方工程师提供隧道方面的什么专业知识？您和贵公司主要负责哪方面的咨询工作？您认为自己对港珠澳大桥工程最大的贡献是什么？

汉斯·德维特：荷兰隧道工程咨询公司从事沉管隧道项目至少有 25 年历史。荷兰虽然是个小国，但是有全世界数量最多的沉管隧道。我们公司也参与了世界主要的重大跨海工程，例如连接丹麦和瑞典的厄勒海峡大桥海底隧道和韩国的巨加大桥岛隧组合工程（这两个项目都已经完工）。我们的经验是，这些重大工程的建设都不断突破沉管隧道建设的极限，必须依靠各种创新才能实现。设计师和咨询顾问必须跳出通常的设计思维，才能为完成这种类型的工程提供最优的解决方案。

港珠澳大桥也是如此，而且可能是其中最为复杂的工程。荷兰隧道工程咨询公司自 2008 年以来一直参与港珠澳大桥工程，作为港珠澳大桥管理局聘请的设计与施工咨询单位，负责所有岛隧工程设计和施工的咨询。我认为，我们对港珠澳大桥最大的贡献，就是分享了我们在其他项目上的经验，以及在之前大型跨海项目中所运用到的创新设计方法。我也认为，港珠澳大桥非常幸运，能够由能力这么强的中国设计院执行项目设计。中国工程师们非常清楚港珠澳大桥工程需要创新，并提出了很棒的设计方案。作为咨询公司，我们审查了这些方案，并与中国工程师们经历了富有挑战、有时非常艰难但最终总是非常有建设性的交流和讨论。我认为，对所有参与者而言，最终的结果都是值得骄傲的。我很有信心，业主对我们的贡献和支持是非常赞赏和感谢的。

赵忆宁：您曾经参与过许多岛隧工程。那么对有着丰富实践经验的荷兰隧道工程咨询公司来说，与贵公司参与过的其他工程相比，港珠澳大桥的难点在哪里？有哪些对贵公司来说也是全新挑战的地方？

汉斯·德维特：我认为港珠澳大桥是全球最具挑战的跨海项目，岛隧工程可能也是迄今为止最为复杂的一项工程。该岛隧工程挑战有许多，比如海底隧道是当今世界最长的公路隧道；隧道沉管管节的制作（一个沉管大约 75 000 吨，也是现如今世界之最），要在规定时间内完成；要在最深接近水下 50 米的海况条件下完成管节的连续安装，并达到要求苛刻的安装精度；等等。当然，难点还包括局部施工区域属于极为松软而且类型多样的土质，深埋隧道管节要承受非常高的覆土荷载（厚度达 20 米!!），还有隧道极大的管节单幅跨度。这些都使得港珠澳大桥比其他工程要难得多。

荷兰隧道工程咨询公司曾经参与过一些很需要挑战沉管隧道建设技术、解决新难题的工程。我们必须要依靠最优秀的专业人员，并做好充分的准备来面对并解决这些挑战。正如我刚才所解释的，港珠澳大桥就是个非常好的例子，我们需要再次挑战沉管隧道的种种设计和施工极限，这也意味着我们公司要面临新的挑战。港珠澳大桥的建设也说明，国际专业公司在参与这种项目时，要和当地设计和施工单位一起，通过精诚合作及互相挑战和质疑，才能面对并解决难题。

赵忆宁：在此之前，中国没有在外海建设沉管工程的经验。那么为什么工程部只邀请了丹麦科威公司、荷兰特瑞堡集团、荷兰隧道工程咨询公司等负责初步设计和咨询，而不是像韩国巨加大桥那样，直接让有经验的公司完成沉管安装呢？

汉斯·德维特：请外国公司参与初步设计是有道理的，因为这些公司都曾经参与过连接丹麦和瑞典的厄勒海峡大桥工程和韩国的巨加大桥工程这些已经完工并和港珠澳大桥类似的重大跨海工程项目。另外，荷兰隧道工程咨询公司和丹麦科威公司是全球最为知名的沉管隧道设计公司，和这些已经完工的大型跨海通道工程的业主及参与工程的承包商都有很好的联系。但并不是只有荷兰隧道工程咨询公司和丹麦科威公司参与了港珠澳大桥工程。项目施工开始后，还有其他国际设计、施工和项目管理咨询公司参与到这个项目中来，为工程作出了各自的贡献。中国法律还不允许国外公司直接参与施工，所以也不可能让国外公司去完成沉管安装。

赵忆宁：在海底的沉管有许多接头，完工的沉管隧道出现渗漏属于正常现象吗？在您参与过的工程，例如厄勒海峡大桥、韩国巨加大桥工程中，沉管隧道有没有出现过渗漏？另外，根据沉管安装标准或手册（我不确定是否有这类标准或手册），渗漏是不是不可避免的？有没有相关

标准？

汉斯·德维特：在全球范围来说，设计隧道的目标都是要确保水密性（100%）。但是，建造几公里长而且100%水密的隧道又是另外一回事了。在许多国家，隧道业主和设计师都明白，建造100%水密的隧道意味着什么样的挑战。同时，如果在施工图设计中足够细致小心，在大多数情况下渗漏不会影响到隧道的运营和运营寿命。因此，在许多国家，有限的渗漏是可以接受的，通常在招投标阶段会明确这个限度（但是没有真正的标准），在隧道施工图设计中也会针对渗漏的问题采取防范措施，把可能渗漏的水排到为其建造的集水坑中，然后抽到隧道外面。在许多隧道工程中，在有防水膜或者外包钢壳防水的隧道中，我们也观察到有轻微的渗漏，但能够处理好。

赵忆宁：以往安装沉管有柔性和刚性两种方法，中国设计师选择了半刚性方法。您觉得这种方法怎么样？这是不是岛隧工程中的一项创新？

汉斯·德维特：半刚性方法利用了节段式隧道（柔性）和整体式隧道（刚性）理念的优点，保留了最初用于运输和沉放的后张预应力钢绞线。柔性隧道通常比刚性隧道便宜许多，但是需要很多临时后张预应力钢绞线，才能将所有小节段连接成一个管节，完成运输和沉放。尤其是在海上隧道工程中，运输和沉放条件都很恶劣，因此需要相当大的预应力张拉，这样半刚性方法就很有吸引力。这是因为临时阶段的预应力钢绞线可以满足隧道最终状态处于刚性行为时的更高受力要求（在柔性隧道里后张预应力钢绞线被剪断，因此可承受力小很多）。如果保留预应力钢绞线，隧道的性价比就更高（所有预应力钢绞线都不需要剪断了），而沉管隧道节段接头的移动也会被显著减少甚至避免，这有利于隧道水密性。荷兰的海因隧道是第一个保留预应力钢绞线的，运用了一些半刚性方法的基本概念。而中国工程师们真正使这个方法迈上了新台阶，实现了真正的创新。节段接头的完备设计使得后张预应力钢绞线抗弯刚度被超过时，允许接头产生一定的旋转，来克服接头受力。同时，管节节段接头设计利用法向力（其中预应力是很重要的一部分）来提高节段接头的抗剪能力。这很好地展示了工程中的挑战是如何激发创新的。

赵忆宁：在港珠澳大桥岛隧工程的33节管节中，包括有8节带有曲线的管节。从专业的角度来看，比较多的曲线管节在以往的工程中是否存

曲线沉管

在？管节预制的难度系数应该是多少（如果按照1～10的等级来衡量）？

汉斯·德维特：带曲线的、有时候还是双曲线（水平和竖向均有曲线）的管节在沉管隧道中并不少见，但是在设计和施工时需要特别关注。在使用传统干坞法预制沉管管节时，带曲线（在水平和竖向上）的管节可以采用常规的方法预制，只是需要对管节进行非常精细的测量。

用工厂法预制并放在滑轨上顶推的曲线管节则更具挑战性，通常竖向曲线是最复杂的。道路线型的竖向曲线通常是通过第二阶段施工的压载混凝土来调节。这样，曲线管节就很简单地变成直线管节来处理了。如果在水平方向管节呈曲线，通常也可以使用类似的方法，但只要底板是平的，就允许接受一定程度的水平曲线和偏差。当然，实际施工以及把管节放在滑轨上顶推会更复杂，可以通过缩短管节的长度来限制水平偏差。在厄勒海峡大桥海底隧道之后，港珠澳大桥沉管隧道是第二个使用工厂预制法的。但是，厄勒海峡大桥海底隧道没有一个管节在制造时是带曲线段的。港珠澳大桥沉管隧道有 5 个带水平曲线段的管节，而且是第一个用工厂法制造带水平曲线段管节的。承包商非常清楚这个新的特点，而且做好了充分的准备。现在，首批带曲线段管节正在预制之中。考虑到曲线段管节从来没有用工厂法制造过，我认为难度应该是 8 到 10 级的。我必须说这是另一个挑战。

赵忆宁：中国工程师们为港珠澳大桥岛隧工程量身定做了一些海洋工程专用设备，包括管节浮运船、碎石整平船以及深海高精度清淤设备等。您如何评价中国海洋工程设备制造的进步？岛隧工程一定会带动海洋工程设备制造的进步吗？它们两者之间有必然的联系吗？

汉斯·德维特：像港珠澳大桥这样的复杂工程推动着创新，而且提供了非常好的学习机会。这些工程会显示哪些是正确的决定，哪些是错误的决定，而且会让参与者的技术获得快速良好的发展。中国已经有了内陆水道的沉管隧道，现在又有挑战十足的港珠澳大桥。中国现在有充分的潜力成为全球沉管隧道工程的领军国家。在港珠澳大桥上使用的海洋工程设备也是如此。港珠澳大桥提供了太多信息，能够进一步开发海洋工程设备，使其能够更好地应对波浪与天气难题。

赵忆宁：您一定非常熟悉总经理林鸣先生和他的团队。从您与他们共事的经历看，您认为这支团队与您之前合作过的团队相比，在专业和职业精神方面如何？优秀、尚可还是一般？这个团队未来在全球岛隧工程中是否具备竞争力？

汉斯·德维特：我认为林先生及其团队的特殊之处，就是他们真的希望能够亲身体验和经历港珠澳大桥的种种难题。他们希望亲自发现真正的问题所在，也会在特定问题上向国际专家咨询。我认为，这显示了他们对所从事工作的高度责任心，有时候他们或许会深深感觉承担责任的痛苦，这逼着他们不得不快速学习许多事情，但最终中国交建会变得更强大，能够在海外的沉管隧道工程中与国际承包商竞争。但是国际项目需要公司在其他文化氛围下工作，就荷兰隧道工程咨询公司的经验来说，要想成功完成一个项目，就必须关注不同文化的差异这一点。

赵忆宁：国际隧道协会是否关注港珠澳大桥的建设？在您的专业圈子里，专家们是否密切关注港珠澳大桥的进展？有多关心？他们主要的关注点和兴趣点在哪里？他们认为大桥是否能达到预期的设计标准？

汉斯·德维特：国际隧道协会密切关注全球所有有挑战性的隧道工程，而港珠澳大桥肯定是其中之一。我是国际隧道协会第 11 工作小组“沉管和水中悬浮隧道”小组的成员，小组成员会互相交流工程经验。中国工程师也参与工作小组的会议。我们都在密切追踪、讨论之前说过的港珠澳大桥面临的种种难题，小组成员都对工程克服的难题留下了很深刻的印象。

赵忆宁：您能否与我们分享有关港珠澳大桥印象最深刻的故事？

汉斯·德维特：在前面的回答中我已经分享了很多故事。其中很特别的一个就是，在安装 E15 管节时遇到了基槽回淤问题。回淤来得非常突然，主要原因是附近的大型采砂作业。回淤可能久久难以解决，造成工期延误、成本大幅提高。但是我们的业主、咨询顾问、承包商以及有关部门坐在一起，以专业、公平、合理的方式分析问题，向有关部门提出考虑所有相关方利益的实际解决方法，而有关部门也以非常高效的方式促成了该方法的实施。我相信，许多国家可以从中国高效解决这个问题中学到很多。

惊心动魄38小时：挑战最终接头“重新对接”极限*

2017年5月3日凌晨4点，港珠澳大桥岛隧工程总指挥林鸣辗转反侧，他在等待一个重要的电话——最终接头贯通测量数据。以往，获得这个数据只要2～3小时，过去4年他们已经完成了33个管节的安装，都是如此。

5月2日22时30分，在100多位记者的见证下林鸣带领团队完成了港珠澳大桥沉管隧道最终接头的吊装沉放（见图4-2），几十家媒体发出“最终接头安装成功”的消息，依据的是现场卫星、声呐测量数据。只有3～4厘米的横向偏差堪称完美，这是按照设计最终接头横向偏差允许值在7厘米之内来说的。而林鸣等待的是“贯通测量”数据——一套以光学测量方法建立的测量系统所得的数据，也是最终将被承认的数据，这个数据只有打开最终接头的钢封门后才能获得。

图4-2　5月2日最终接头第一次吊装沉放示意图

---

* 本文完成于2018年1月。

清晨6点，还未接到贯通数据电话的林鸣开始感到不安，“肯定出问题了”。他拿起电话打给贯通测量负责人刘兆权：“怎么回事啊？数据出来了吗？”刘兆权在电话里吭吭哧哧：“贯通数据，偏差10厘米……12厘米……可能是14～15厘米。”之后他又补充说：“沉管结构不受影响，滴水不漏。”显然，这个与GPS测量相差甚远的数据让刘兆权心有顾忌。“我们经过多次的数据复核验算，两个数据相差得太远了，所以不敢上报。”刘兆权对记者说。

港珠澳大桥岛隧工程项目总设计师刘晓东、副总工程师尹海卿、沉管基础监控的负责人梁桁等在睡梦中接到林鸣的电话：“出问题了，去现场。”从那一刻起直到5月4日19：50，所有参与的人经历了职业生涯惊心动魄的近38小时：

- 7小时中纠结与筹商最终接头是否进行第二次“精调”，最终选择了与不确定性收益或者损失共存的“重新对接”方案。在不确定性乃至颠覆性风险下，建造“大国工程”的理念与“央企担当”的价值观经历了最严酷的考验。
- 工程师用27个多小时逆向操作——重新吊起最终接头并准备进行第二次沉放。对未知风险的认知彰显了整个团队面对不确定结果的勇气，整个团队与风险抗争的每个环节可谓步步惊心，终于使风险化为无形，威胁变成希望。
- 5月4日17时，他们将最终接头再次沉放（见图4－3）。经过近3个小时，上百次精调，奇迹发生了：南北横向偏差只有2.5毫米，是最终接头偏差验收标准（7厘米）的1/28；比第一次沉放17厘米的对接精度提高了66倍。

可能没有人告诉你或者教你如何做出一项决策，但林鸣团队告诉你如何在风险条件下做出好的决策；可能没有人教你怎样与风险抗争，但林鸣团队展示了在面对多方面风险情况下，如何对风险排序并及时作出反应。他们以央企的担当勇气和世界水平的专业精神，为世界沉管隧道建设贡献了“主动止水最终接头”的“中国结构”“中国预制”以及“中国安装标准”，确立了中国从沉管隧道建设弱国到世界沉管技术领军国家的地位。

图 4-3　最终接头与 E29、E30 管节对接示意图

7 小时的艰难决策

从营地到最终接头沉放作业位置，“津安 3 号”指挥工作船（沉管安装船）航行几十海里，一路上，指挥工作船上的人们从往日的相互交谈变为沉默不语。总设计师刘晓东望着海面，几小时前这里还在举行庆典，烟花绽放，而现在的结果预示着将要发生什么呢？梁桁看着表情凝重、一言不发的林鸣，也预感到未来时间里将注定发生不平凡的事情。这个团队已经为港珠澳大桥岛隧工程工作了 2 550 天。

8 时，决策会从营地会议室搬到“津安 3 号”安装船上。几个项目负责人从东岛 E33 管节进入夹在 E30 和 E29 管节间的最终接头（见图 4-4）。眼见为实，手工测量横向最大偏差 17 厘米，纵向偏差 1 厘米，止水带压接均匀，不漏水。这个被反复核实的数据令在场的人感到震惊与不安。“横向误差 17 厘米，要不要重新精调对接？大家都说说吧。”这是林鸣的习惯，每当遇到重大决策时他第一步要做的就是收集信息并加以权衡。这是一个设计师、工程师、工程监理、设备提供商和业主共同参加的决策会议。

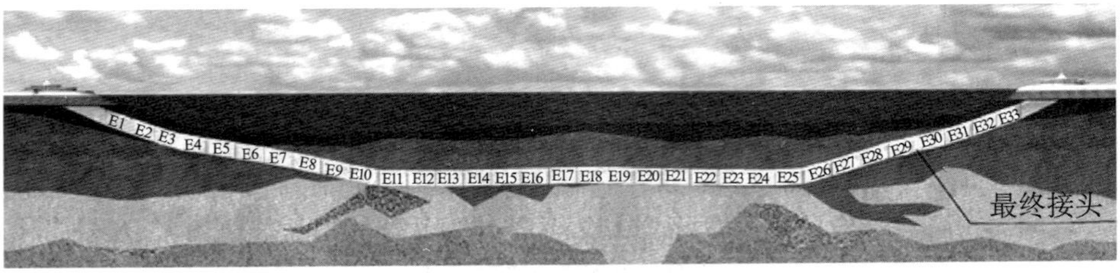

图 4-4　沉管隧道最终接头位置示意图

刘晓东感到从未有过的纠结，作为岛隧工程项目总设计师，他十分清楚沉管“错牙”是不能接受的，如果缺陷在 10 厘米之内，可以通过管节内表面装修或者焊接来调整，前提是不能超过行车道净宽的安全间距。他第一个发言：“因为不漏水，所以甚至偏差在 10 厘米我都可以接受，但 17 厘米的偏差已经到了设计可以容忍的极限，现在很难抉择。再装一次的话，过程不怕，而是怕再装一次不成功。一旦从成功走向不成功，一切就都毁了。”他的发言缓慢且音调低沉。

在拿到实测数据后，刘晓东打电话向港珠澳大桥管理局朱永灵局长汇报，他明显感到朱局长有压力。“昨天晚上已经向全世界宣布最终接头沉放成功了……但上报交通运输部的汇报文件还没发出，你们无论如何要万分小心。”朱局长补充说，“我相信你们，也相信林总能够把这件事情做好。”实际上他没有明确表态。经过 7 年合作的风风雨雨，他太了解林鸣了，林鸣是一个具有睿智判断力和超常抗压能力，能坚持到底的人。

岛隧工程副总监理周玉峰语调平静地说：“错边超出了验收标准的要求，是一个质量的缺陷项。因为最终接头安装既没有先例，也没有国家标准可以参照，如果业主（港珠澳大桥管理局）和总设计师允许这样的偏差值并且放行，作为工程监理我也会同意。但是，根据港珠澳大桥验评标准，在信誉评价的时候要对工程扣质量分。缺陷就是一个不合格项，势必成为 5.6 公里沉管安装的败笔。”现场有人注意到当林鸣听到“败笔”两字时动作的细微变化：合十紧压在嘴唇上的双手握成了拳头。

梁桁一直在观察林鸣的反应，他已经嗅到林鸣“不甘心”的气息，工程师的特质是追求完美，而林鸣则是工程师里的极致。但他还是表达了自己的想法："如果能够满足设计和使用要求，我不赞成顶开重做，因为最终接头并没有漏水。理论上四个保障系统可以按照原来的流程逆向操作一次，但是我们对逆向操作过程中会碰到什么风险缺乏实操预案，所以马上再做一次的风险太大了。"事后，梁桁对记者说："在决策会上我不能掩饰自己的看法，我很怕七年辛辛苦苦的成果毁于一旦。如果过程中出现问题，项目将拖延几个月或者一年，给业主、承包商乃至国家造成负面影响，因为已经对外宣布成功了。厄勒海峡沉管隧道在施工中曾有一节管节因密封门破裂沉入海底而延误了工期。所以我当时是持反对意见的。"事实上，他的担心代表了大多数人的想法。

5 月 3 日五小时决策会现场（视频截图）

瑞士威胜利（VSL）的沃尔特·奥尔索斯（Walter Althaus）在施工现场被称为"水爷"，他是国际著名预应力专家，也是国际预应力协会会员。沃尔特也认为不宜再次对接："最终接头顶推系统的原设计方案中，没有'重新安装'逆向操作的预案，但为了安装和测试，液压系统具备将顶推小梁移出并再次安装的功能。虽然千斤顶释放负载后用泵收回是可能的，但在复杂工况条件下将对系统设备构成很大挑战。"他表达了担心。最终接头安装控制的关键环节——液压顶推系统的设计出自他手，所以他不希望出现任何变数。

威胜利最终接头安装现场项目经理张立在接受采访时说："一开始我们并不清楚隧道合龙结合腔内的水压能否再次增加到与隧道外水压相同的

水压，也不清楚已经完成结合腔排水的密封顶推小梁受到外部水压的弯曲载荷，另外在载荷下收回密封框架也没有做过。但沃尔特答应林总，可以在现场重新计算，找出在这种载荷情况下的轴承摩擦有多大。”

乔尔（Joel Van Stee）是荷兰特瑞堡公司港珠澳大桥岛隧项目密封产品设计师，这家公司是大桥橡胶止水带的供应商。乔尔说：“压接状况相当好，管内滴水不漏，根据我之前的经验，总体线形很好了，虽然将 GINA 止水带重新再压缩一次，从理论上说水密性是没有问题的，但是我们的纵向间距、平面转角、竖向位置、竖向转角、GINA 止水带压缩情况及止水效果都很完美。为了一个精准对接度，意味着将这些来之不易的完美结果全部重新置于不确定性之中，所以我倾向于不要再重新对接了。”

逆向操作行不行?

责任让人们对失败充满了恐惧，因为厌恶风险与担心犯错有千丝万缕的联系。港珠澳大桥的特性决定了这个项目“只能成功不许失败”，没有人喜欢不确定。多数人不愿意放弃已经得到的成果，害怕将来之不易的成果置于不确定以及风险中，因为没有人愿意被指着鼻子说“你搞砸了”。退一步讲，第二次沉放对项目团队而言，即便是获得成功，其收益也是补偿性的——“边际收益递减”，而一旦不成功，带来的有可能是颠覆性的结局。

此时，林鸣的大脑在高速运转，肾上腺素的增加使他的思维变得异常敏捷。他没有掉入群体思维的裂缝中，而是有自己独特的视角。他认为不能把“不确定”和“风险”画等号，不确定性并非都意味着风险，还有获得收益的可能，只有当不确定性可能造成损失时才能谈到风险。他决意将危机当成一次机遇。

从清晨 6 点林鸣得到贯通数据，到中午 13 点第二次决策会结束，长达 7 小时，表达了看法的人们期盼总指挥说句话，林鸣早已确立起在这项工程中的技术与精神领袖地位。但他没有说一句话。“这 7 个小时您都在想些什么?”后来我问他。林鸣平静地回答：“始终在考虑该不该和能不能重新做，能不能做成功，以及风险可不可控的问题。”他在用经验和直觉权衡不确定性条件下重新对接的收益和损失概率。

对于决策判断，至关重要的第一步是描述决策发生时的情境：这些情境中都包括什么？哪些是确定的因素？哪些是客观不确定和主观不确定因素？或者哪些是结果与概率均无法确定的因素？以及哪些是要排除在外的因素？

1998 年，在林鸣被评为工程师的时候，一位老局长曾面对面地传授经验：“做工程，动手之前要先把工程像过电影画面一样在脑袋里放几轮，一直放到这个画面很清晰流畅时才可以做。”这一宝贵的经验让林鸣牢记至今。但是，港珠澳大桥沉管隧道工程是世纪工程超级大片，自 2010 年底工程中标，使用钢圆筒人工快速成岛、工厂法沉管预制、E10 管节的深水深槽遭遇、E15 管节的回淤、E20 管节的异常波，以及 E33 管节——首个曲线管节的安装等，他们陆续遭遇了一个又一个难题，即便是再高明的导演与编剧也无法完成全部画面的预设。

对林鸣而言，刚刚过去的 15 个小时的最终接头沉放片段是清晰与完整的：使用振华 1.2 万吨起重船将 6 000 吨的最终接头放置在 E29 和 E30 管节间；使用 54 个千斤顶将最终接头两端的小梁顶出，使最终接头与相邻管节接触，压缩临时止水带形成密封结合腔；再将结合腔内的水排出去；之后从隧道内通过钢板焊接与注浆实现永久连接施工结构（见图 4 - 5、图 4 - 6、图 4 - 7）。

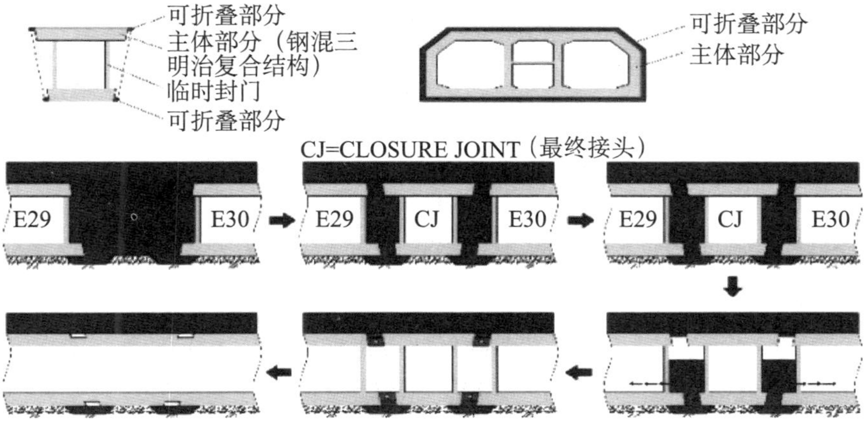

图 4 - 5　最终接头示意图及施工步骤

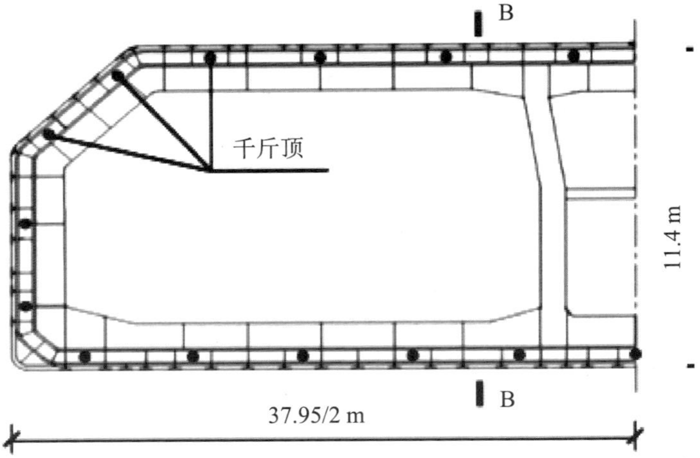

图 4-6 最终接头千斤顶示意图

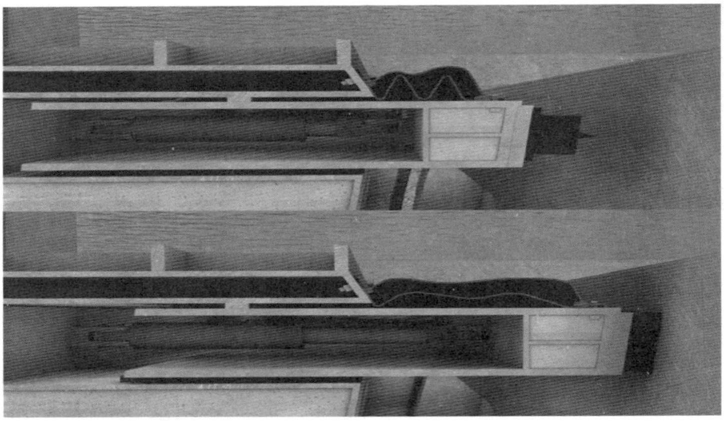

图 4-7 可伸缩性小梁示意图

他连续性地过电影，包括所有画面。在最终接头安装之前的 4 月，曾召开过一次专家论证会，他们对专家们提出的 100 多项风险进行排查，并做出操作预案。有第一次成功沉放的经验，有经过检验的四大保障系统支撑（环境、海流、结构与测控系统，见本文文末的附表 1），特别是有一支经过 7 年磨合，在设计施工领域经验丰富的一流团队，林鸣坚信：潜在风险升级为灾难的概率很小。

林鸣开始思考重新做的步骤并评估每个步骤的困难程度。尽管现场嘈杂、信息不充分，最大的不确定性因素还是被他锁定了：威胜利液压系统与特瑞堡密封止水系统。5 月 2 日，在第一次最终接头安装现场，记者曾与世界隧道协会著名专家汉斯·德维特简短交谈，当问到千里迢迢观看最终接头安装的他最关注什么时，他回答说："我特别关注某些结构的创新，某些与隧道对接的部位、隧道区段之间的部件，还有止水带等。"也就是展开部分的顶推小梁，包括两边顶推部分的止水带。他与林鸣关注的焦点相同。所幸，这两家公司给林鸣提供了重要信息：逆向操作之门是敞开的。

找到"未知"中"已知"的林鸣，必须尽快做出决策，因为没有更多时间了。国家海洋环境预报中心总工程师王彰贵告诉记者，5 月 3 日的作业窗口期是从凌晨 4 点到 18 点，之后是 5 月 4 日的 5：30—19：30。

做还是不做？他只有两种选择。林鸣脑海中呈现一张分为两栏的白纸，分别是做与不做的收益与损失（见图 4－8）。

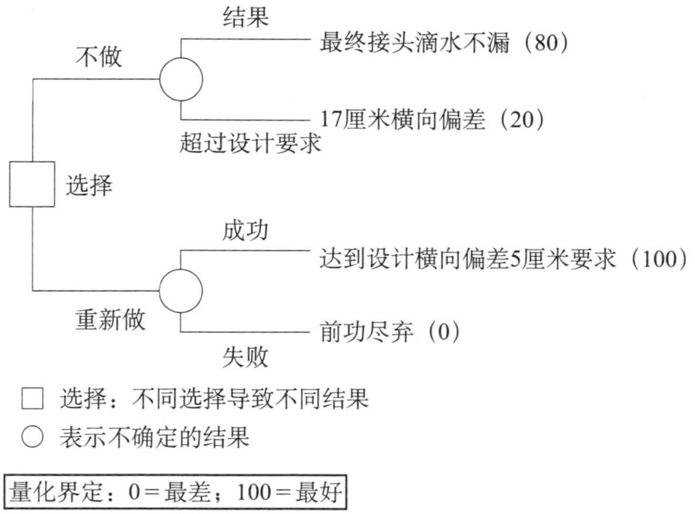

图 4－8　最终接头重新安装决策树

可以不做吗？第一次沉放已经满足"良好密封"的使用需求，但超出之前制定的验收标准，工程如果就此结束可谓"瑕不掩瑜"。但 17 厘米的偏差将意味着什么？2014 年 3 月 4 日安装的 E10 管节出现横向偏差 9 厘米（设计要求 5 厘米以内），林鸣曾因此受到交通运输部督查组的调查，这段经历让林鸣刻骨铭心。项目副总工程师高纪兵介绍说："我们整个沉管隧道的安装预算只有 5 亿元，购买深水测控系统时，外国人要价 15 亿元，所以我们只能自主研发，但是研发中遇到深水深槽的困难。督查组由交通运输部一位副部长带队，这是交通运输部自成立以来第一次对一个工序进行督查。当时，林鸣向督查组负责人说了句掏心窝子的话，‘你们应该判断我们这里是发生了问题，还是出现了难题。显然，工程碰到了难题，你们应该帮助我们’。”在接受采访时林鸣不愿谈及此事，而对记者说：“如果就此罢手，意味着 120 年设计使用寿命的超级工程会留下最大的遗憾。4 000 多名员工为之付出 7 年的心血将留下遗憾——不甘心。”

重来一次？重来就等于选择了不确定性，不确定性下最好的结果是精调大获成功，但也有可能是不成功，而且风险一定是和损失相关的，比如错过时间窗口而延误工期，顶推系统的保压期只有 30 天，一旦失去压力，势必造成极大的损失。经过深思熟虑，林鸣以他的工程经验和“直觉”，在反复确认所有细节及已知风险后做出抉择。他对在场的人们说：“这是 120 年设计使用寿命的超级工程，我们不能给工程、给自己、给历史留下遗憾！这个数据会让港珠澳大桥建设的光辉变得暗淡，我们曾经承诺过，我们自己这一关就应该是最高标准的，所以我决定重新对接！”

5 月 3 日中午 13 时，那一刻会场十分安静，甚至没有一个人争辩。此刻，在感情上的触发成为凝聚共识的助推器，人们接受了跟随林鸣总指挥一起迎接严峻考验的选择。“林总‘不留遗憾’的这句话，在那一刻触动了我们所有的人。他的最后决策如同战场统帅的命令，作为战士理解要执行，不理解也要执行，而且是不折不扣地执行。”梁桁对记者说。风会熄灭蜡烛，却能使火越烧越旺，一团烈火准备迎接风的吹拂与风暴的洗礼。

林鸣心中的“锚定”与“中国标准”

“我跟林总一起工作了那么多年，贯通数据一出来我就觉得林总一定会决定重新装。”梁桁说。林鸣团队的每个人都清楚那一刻总指挥在想什么和要做什么，因为林鸣心中有一个“锚”，这是他决策的起点和依据，他会根据这个所谓的“锚”收集信息、进行评估和判断。林鸣在判断过程中注意力始终聚焦在这个“锚”上，这个“锚”的起点就是“不甘心”，更是创造世界沉管隧道工程的“中国标准”。

刘晓东向记者讲述了一段往事。2007 年深港西部通道通车，这是内地与香港协作建设的第一座跨海大桥，以粤港分界线为界，香港建设了 3.2 公里，我们内地建设了 1.9 公里，最后交由香港人管理和养护。梁桁说：“一座桥分两段同台竞争，在工业化施工程度、精细化设计及现场管理方面内地确实不如香港。香港土木工程署前署长刘正光专门约我私谈过几次，在公开场合多次讲到内地工程的质量问题。那时林鸣是这个项目的专家顾问，他一直不服气。十年过去了，当我们再次有机会与香港（以及澳门）协作，建设港珠澳大桥时，从一开始他就锚定要做一个世界最好的超级样板工程。所以当刘正光参观沉管隧道后说‘你们现在做得比香港好’时，林总逢人便说‘我最爱听刘署长的这句话’。”

港珠澳大桥沉管隧道工程中受到世界同行瞩目的创新之一是“可逆式主动止水最终接头”，它的巧妙之处在于可伸缩性止水顶推小梁，其区别于目前世界沉管隧道已经使用过的 5 种工法。2011 年 1 月，港珠澳大桥岛隧工程正式动工，在第一节管节还没有安装时的 2012 年，他们即着手调研世界上已有的最终接头工法，中国香港、韩国、日本、欧洲，对凡是做过沉管隧道最终接头的地区和国家都做了详细考察。得出的结论就是，外国人使用过的 5 种最终接头工法都不适用于港珠澳大桥。项目部为研制最终接头成立了技术攻关组（分 8 个大项，39 个专题，见本文文末的附表 2），并且直到 2015 年年中才明确了设计方向，之后，可逆式主动止水最终接头诞生。

参与过世界众多沉管隧道项目的 TEC 首席隧道专家汉斯·德维特评价道：“港珠澳大桥沉管隧道超越了之前任何沉管隧道项目的技术极限。因为港珠澳大桥沉管隧道的建设，中国从一个沉管隧道技术的相对弱国发展成为国际隧道行业沉管隧道技术的领军国家之一。”所谓的“技术极限”，包括可逆安装接头的创新。汉斯说：“中国工程师创新的最终接头方案是对沉管技术的重大贡献，尤其是在外海作业条件下，相比传统接头方式，该接头最大优势在于一次性作业。以前在外海安装需要半年的时间，而现在一天就可以完成。从质量和外海作业风险的角度看，这种接头是当前最好的方案。未来世界沉管隧道业可能会更多地使用这种方式。”

短短十几年，在业界同行内，中国从饱受诟病的“豆腐渣”工程遍地到“沉管隧道技术的领军国家”，这是包括林鸣在内的所有中国工程师内心渴望得到的承认与尊重。当他们以创新和实力使中国即将成为世界沉管隧道建设顶级俱乐部新成员（老成员国包括美国、荷兰、日本）之际，怎么可能因最终接头对接精度偏差而功亏一篑？这已经超越个人的荣辱，而关乎“中国标准”通行证的质量和追求卓越的境界。随着主动止水最终接头的完成，事实上，沉管隧道设计结构、沉管预制以及最终安装的世界标准来自港珠澳大桥，来自中国的央企。

逆向操作和与风险对话

不放弃意味着行走在成功的边缘。一条总长 6.7 公里的沉管隧道（其中沉管段长 5.664 公里）已经完成物理连接，它静静地卧在深海中。“重新对接”的逆向操作，意味着把已经沉放的最终接头重新吊起来，工程师们要做的第一件事是把已经打开的钢封门重新焊死，往结合腔里重新注满海水，使结合腔的水压与外部海水的压力相同。5 月 2 日，最终接头首次沉放后，工作人员打开了结合舱门并完成了排水。

5 月 3 日 13：30，决策会后，焊接结合舱门，拉开了最终接头逆向操作的第一幕，在此之后，一波又一波的惊险轮番上阵，躲藏在暗处的风险伺机而动，将林鸣和他的团队一次次置于险境之中。

“林总从最终接头高 30 多米的通气塔爬到最终接头里，现场督战上海振华工人对钢封门的重新封闭操作（钢结构的最终接头由上海振华重工制造）。当看到狭窄的工作面与工人在里面的各种操作时，林鸣非常担心散放的操作工具掉到凹槽中，因为那个地方就是舱门，哪怕是一段绳索、一个扳手、几个螺丝，或者一块角钢，任何小的物品落下都将影响密封。”梁桁介绍。工人们徒手排查凹槽中是否有异物，在确认安全后开始舱门的密闭焊接。振华重工拥有世界上最多最优秀的专业电焊技师，有 1 125 人获得美国焊接协会（AWS）证书，所以林鸣对他们的技术很有信心。

5 月 3 日 19 时，开始为临时止水结合腔注水增压。为了保障液压顶推系统与橡胶密封系统的安全，要使 10 米高的结合腔内部压强达到与 28 米水深水压相同的 0.28 兆帕。灌水进展非常缓慢，4 个多小时后水压只达到 0.1 兆帕。在“津安 3 号”指挥船监控室中的林鸣一次次通过报话机询问压强，之后他开始怀疑水位计和水压计坏了，根据经验判断，只需要灌入不足 800 立方米（最终接头长 12 米、宽 38 米、高 11 米）的水不可能用这么长的时间，他准备将顶推小梁液压系统锁死机扣松开并回收小梁。

在指挥船监控室中的林鸣（右一）

指挥团队中的骨干刘晓东、梁桁、中交四航院总工卢永昌等，在密切关注并分析结合腔加水过程，他们提醒林鸣还没达到内外水压平衡；副总工程师高纪兵注意到一个细节，他告诉林鸣压强还没有达到要求，钢封门上的变形压强监测仪数值与水压计是一致的，两组数据的一致性证明当时结合腔里面的水压就没有达到与外面相同的水平。林鸣听完汇报立刻从监控室来到二楼舱室亲自看数据，他突然感觉打开锁死机扣有风险，立刻下令将机扣重新锁死。“如果在此时回收千斤顶将会面临钢封门崩掉的极大风险，他如同站在悬崖边上，一脚踏出去又果断地收回来了。”刘晓东说。

面对危机，虽然有四大保障系统做后盾，但林鸣的团队成员才是最强有力的保障。“在林总七年的训练下，这个团队形成了特别能战斗的职业精神以及精益求精的专业化工作态度，掌握了非常专业的工作方法。平日他就如同我们的父辈，急起来也会骂人，但在关键时刻所有人都没有后退，为了这个‘世纪工程’，也是‘士为知己者死’。”梁桁说。

仅仅过去5分钟之后，更大的考验来临：漏水了！重新焊接的钢封门漏水了（见图4－9）！当结合腔水压上升到0.16兆帕的时候，人们在指挥船的监控视频中听到接头里“砰”的一声巨响，之后就看到进水了。“水柱有5～6米高，就像高压水龙头一样，水从舱门进来了，当时沉管隧道中还有一个值班的工人，我们的一线工人冒着生命危险奋不顾身顶着雨衣往前冲去堵水，画面非常感人。水压很大，依靠人的力量根本顶不住。看到这个镜头时我们感到慌乱与震惊，因为在已经完成安装的33个管节，从来没有见过漏水。我们紧急把已经注入的400多立方米的水向外排，然后再进去检查舱门，这时这才发现，舱门焊接的地方被崩掉了一个缺口。万幸的是整体结构没有受到影响。”刘晓东说。

图4－9　最终接头内部结构与钢封门灌水示意图

这个意外带给人们巨大的心理冲击。风险忧虑乃至恐惧袭来，还敢再做下去吗？此时已经是3日的23时，连续9个多小时的紧张操作，让所有人都非常疲劳。刘晓东、梁桁和高纪兵三人坐在指挥室的椅子上沉默不语。刘晓东心中在想：“重新对接也尝试过了，十几厘米的误差并不是不能接受，就此打住吧。”而梁桁非常担心发生连锁反应：“厄勒隧道E13管节沉入海底，沉放时没有任何迹象表明会发生事故，但15分钟后事故发生了。先是交通竖井的盖子发出爆炸声，30秒之后控制塔发现其中一个舱壁失灵，情况已经失控了。”而此时的高纪兵手脚冰凉：“如果 5 分钟前下达了脱开顶推系统的命令，舱门会彻底崩开，海水将涌入淹没最终接头。还有必要再走下去吗？第一次决策会时很多人反对重新对接：非可控因素太多了，风险太大了！”林鸣并没有给他们再次表达的机会。“假如再开决策会讨论，我坚决不同意接着往下干了。”刘晓东说。

林鸣的情绪并没有受到漏水事件太大的冲击。碰到这种情况时人们一般会往最坏的方面想，而忘了进行客观的风险评估。如何进行沟通才能避免恐慌呢？他找了几个苹果给周围的人吃，笑着说：“吃个苹果保平安。”之后他迅即将注意力集中在技术分析层面：只是焊接出现了问题而不是有其他问题。漏水，在他看来是一次没有造成实际损失的风险，犹如下棋时移动一个棋子，它可能被吃掉，但它却是胜局的起点。

“如果总指挥不是林鸣，可以肯定地说，换任何一个人都会停下来，他的自信基于经验的判断，如果没有这种自信，只有坚强的意志他也不敢做这种选择。因为这个选择注定只许成功不能失败。”刘晓东说。事后有人曾经问过刘正光署长，他肯定地说：“我不会选择重新对接的。”在困难的时候能够坚定不移，这才是林鸣真正令人钦佩的非凡之处。坚定、果敢寓于林鸣性格之中，高度的专业素养则是来自工程实践的长期磨炼。勇敢、顽强、坚定，就是要排除一切障碍。

结合腔中的水被重新排掉，重新修复损坏的钢封门，这对承担焊接任务的上海振华而言压力巨大。上海振华的工人什么时候惧怕过焊接?！这次却是真的有些怕了，他们认为自己给工程捅了娄子，但是林鸣甚至没有责怪他们一句。当钢封门被重新焊接之后，他通过对讲机下令：“继续加压!”4 日 5 时，再次向结合腔成功注水，逆向操作的第一步已经完成。5 日 16：45，“振华 30”再次吊起最终接头，重新回到 5 月 2 日早上 7 时第一次沉放的原点。

天道酬勤的完美精度

第一次沉放后，最终接头已放在 E29 管节与 E30 管节间，其与两个管节的空距都只有 15 厘米，重新对接意味着要将最终接头吊起来重新挪位。最大的风险是与 E29 管节和 E30 管节发生碰撞。林鸣很有信心避免这一风险，他的秘密武器就是海上工程大型霸主——1.2 万吨“振华 30”起重船。“振华 30”自从 2016 年 5 月建成后一直漂泊在海上尚未施展手脚，第一次出手就用在最终接头项目上。施工期间工程技术人员对吊装船索具长度误差、大吊臂（扒杆）扭矩和吊钩进行了专题攻关，精度从原来索具吊装 1.5 米误差缩小到 1 毫米。“成败在于细节中。”林鸣说。

5 月 4 日 17 时，“振华 30”再次登场，最终接头开始第二次安装，此时距离 5 月窗口期结束只剩下两个半小时。

林鸣开始用对讲机指挥“振华 30”吊车司机操控吊机大臂（扒杆）。“抬扒杆！”“下扒杆！”随着指令，大吊臂一起、一落，两个小时过去了，他下达了上百次口令，不断地精确调整。“林总那时候在追求精度，此间多次已经显示偏差在 3～4 厘米之间，我们都认为完全可以停下来了，但他并没有停，林总这次要的是一个完美的精度。”梁桁说。19 时 50 分，吊机大臂的吊钩吊着 6 000 吨重的最终接头在基床上稍微一滑一放。“放下去！”这是林鸣在此吊装中下达的最后一个指令。此时，距林鸣在 5 月 3 日 6 时许接到第一个电话过去了近 38 小时。GPS 的数据显示偏差为 1～2 厘米。此时，朱永灵局长也在现场，他说：“这个工程太惊心动魄了，我在这里，第一说明我们在一起，第二我坚信林总能够做好。”

5 月 5 日早晨 7 时，林鸣再次接到贯通数据电话时不敢相信奇迹发生了：“报告林总，贯通测量数据东西向偏差 0.8 毫米，南北向偏差 2.5 毫米。”还是刘兆权打来的电话。“搞错没有啊，怎么可能啊？是毫米级的精确度？”刘兆权肯定地说：“林总，数据经过多次复核，真实可靠。”再也没有支支吾吾，这次的回复语调肯定并非常流畅。“我之前估计能够达到 3～5 厘米就已经很好了，人们不能想象，在强大压力下我们做出重新对接的决策，并把它做成功了。毫米级的精度只能说是天道酬勤的奖励，是对我们七年努力的一个奖励。”林鸣对记者说。

港珠澳大桥岛隧工程项目常务副总工程师尹海卿评论说：“重新对接意味着中国建设者首次在世界沉管隧道建设史上实际验证了最终接头施工方法‘工序可逆’，为同类工程建设提供了可复制的施工经验和可供同类事物比较核对的标准。”

全程参加最终接头对接的汉斯·德维特在 2017 年 5 月 5 日发来贺信。

他在信中写道："非常荣幸见证了沉管隧道最终接头的成功安装过程，这一重大节点预示着港珠澳大桥海底隧道即将胜利贯通，也预示着港珠澳大桥主体工程全线即将胜利贯通。向所有付出辛勤劳动，精准完成这一世界级安装难题的工程建设者们致以崇高敬意！最终接头方案带来沉管隧道最终接头设计和施工创新、高效的理念，是对沉管隧道技术的重大贡献，将来中国和世界隧道行业都会从这个项目受益。"

这封贺信让林鸣感慨万分，他回忆了工程之初的一段往事。沉管隧道最重要的深水测控系统，是测控最终接头在深海中的位置、姿态、运动特征、端面间距等重要数据的"眼睛"。"当初，我们对这套测控方法一无所知，只能到欧洲购买，但英国与荷兰两家公司的报价相差只有几块钱，报价都很高是国际工程界的潜规则，我们没有办法，只能自己搞！"

谁能想到，总长 6.7 公里的沉管隧道相向修建，要预留出最终接头 12 米的合龙口位置，最后两段管节的偏差只有 2 厘米；33 节管节安装精度偏差值平均只有 2 厘米，其中有超过 2/3 的管节偏差值在 1.8 厘米以内。而厄勒海峡海底隧道与韩国巨加跨海大桥海底隧道从来没有公布过相关数据。港珠澳大桥岛隧项目部的设计师林巍对记者说："偏差值不是一个独立的参数。港珠澳大桥沉管隧道标准管节重量约 7.6 万吨，水深 50 米，而厄勒海峡海底隧道的管节重量大概是 5.5 万吨，安装水深 25 米。如果用投篮球来打比方，一个是大球小筐，一个是小球小筐，篮筐高度差异也很大，而且海流、波浪、工法也千差万别。偏差值与项目环境和条件相关联。"

"荷兰隧道工程咨询公司成立近 30 年以来，我们参与了世界上众多的沉管隧道项目，包括到目前为止最复杂的一些项目，例如丹麦—瑞典的厄勒海峡通道，韩国巨加跨海大桥，19 公里长的连接丹麦、德国的费马恩跨海通道等，当然也包括我们的港珠澳大桥项目。通过对比我们参与过的这些众多复杂的项目，我能够评价港珠澳大桥海底隧道对世界沉管隧道行业的贡献：回顾港珠澳大桥沉管隧道需要克服的设计挑战和施工困难，两者都必须面对很多很多创新，我的结论是，港珠澳大桥沉管隧道超越了之前任何沉管隧道项目的技术极限。因为港珠澳大桥沉管隧道的建设，中国从一个沉管隧道建设技术的相对弱国发展成为国际隧道行业沉管隧道技术的领军国家之一。"汉斯·德维特参加沉管隧道贯通仪式时如此总结道。

记者手记：伟大时代需要时代英雄

林鸣带领他的团队用了7年时间，成功完成港珠澳大桥控制性工程——沉管隧道的建设，带领我们打开一扇窥探中国“由富到强”特殊历史性时期的科技创新与重大工程建设的窗户。我们详尽回溯最终接头第二次重新对接近38个小时的故事，揭开在高端与小众的海洋工程技术领域如何应对不确定风险的“深奥”谜底时发现，成功的秘诀并非只是源于知识，还需要一套认知体系，包括知道如何挽救困局，忽略什么和留意什么，如何做出正确的决策，以及用什么方法更容易获得成功。这些“手艺”的精髓来自信念与文化，源自我们共同经历的通常在心底不愿言明的文化。

在即将完成这一段最具挑战性、最吸引人、关于决策和人的潜力与成功的故事时，恰逢习近平主席发表2018年新年贺词，他列举了十大科技创新、重大工程建设项目，港珠澳大桥主体工程在他为之喝彩的名单中。当我们观察一个时代发生剧变或者转折的时候，当我们看到一个个伟大的科技创新与超级工程诞生的时候，千万不能忘记那些让我们这个时代变得伟大的人们！他们并不是“天才”，他们创造的成就来自于经年累月的知识和技能积累、锲而不舍的精神、“赶超欧美”领先技术的追求，当这三者被牢固地结合在一起的时候，其结果就是值得记录的里程碑事件。

伟大的时代需要伟大的工程，伟大的工程需要时代的英雄，时代的英雄需要伟大的精神，伟大的精神寓于历史的担当中。总指挥林鸣和他的团队向我们展示了中国工程、中国速度、中国标准以及中国精神。每个时代都有每个时代铭记的中国工程与中国英雄，20世纪五六十年代的大庆与“铁人”紧密相连，其“为国分忧、为民族争气”的爱国主义精神曾是激励中国半个多世纪的样板。如今，中国已经从世界科技革命的落伍者、学习者、追赶者，向创新者、贡献者、引领者转变，进入创新强国新时代。港珠澳大桥“世纪工程”则与林鸣团队相关，“大国工程、技术创新”是十分典型的“不忘初心，牢记使命”的体现。在实现“两个一百年”目标的过程中，中国要为世界贡献更多的超级工程、世纪工程。林鸣团队正是新时代勇于担当国家重任、肩负中国成为世界强国的责任与使命的榜样，他们用超级工程、创新技术书写了强国时代的新篇章。

附表 1　　岛隧工程四大支撑系统

<table>
<tr><th>系统</th><th>子系统</th><th>典型项目（及解释）</th></tr>
<tr><td rowspan="5">环境</td><td rowspan="2">气象</td><td>风速</td></tr>
<tr><td>强对流</td></tr>
<tr><td rowspan="2">船舶</td><td>船行波对最终接头吊装摆动量的影响</td></tr>
<tr><td>过往船舶及施工船舶的一些安全细节，例如，“振华 30”的系泊缆绳（在水下的一段，看不见）对过往船舶安全的风险</td></tr>
<tr><td>回淤</td><td>回淤的大小影响最终接头的基础高程及沉降规律</td></tr>
<tr><td rowspan="3">海流（包括波浪、异常波等）</td><td>监测</td><td rowspan="2">海流影响大。浮吊“振华 30”长 300 米，由于受隧道基槽两旁的水深限制，它的长度方向与水流（或涨落潮）方向是垂直的，迎流面积很大。一旦船舶失控就无法挽回。而且，海流对吊装时的最终接头的摆动影响很大。</td></tr>
<tr><td>预报</td></tr>
<tr><td>预警</td><td>最终接头安装部位的海流复杂。体现在“龙口效应”与“扰流效应”上，前者是因为合龙口的存在，后者是因为浮吊“振华 30”这座“浮岛”。</td></tr>
<tr><td rowspan="2">结构</td><td></td><td>对应力的监测</td></tr>
<tr><td></td><td>对应变的监测</td></tr>
<tr><td rowspan="7">测控</td><td>最终接头的位置</td><td>通过在“振华 30”首尾端设置 GPS 来推算最终接头的位置</td></tr>
<tr><td>最终接头的姿态</td><td>通过顶部测量塔上安装的 GPS、内部的倾斜仪等推测接头的姿态</td></tr>
<tr><td>最终接头的运动特征</td><td>通过最终接头内部安装的加速度仪器推测接头的运动特征</td></tr>
<tr><td>端面间距</td><td>通过水下无线声呐推测端面间距</td></tr>
<tr><td colspan="2">吊重及吊缆长度</td></tr>
<tr><td colspan="2">最终接头两个端面，每端各有四个水下千斤顶，可以纵向精确地调节最终接头的姿态</td></tr>
<tr><td>最终接头以及 E29 管节、E30 管节的顶板上的导向装置</td><td>最终接头上的导向杆与相邻管节上的导向托架，导向托架内还藏有水下千斤顶，用于对最终接头的姿态进行最后的精调</td></tr>
</table>

附表 2　　最终接头八大领域研发

项目组	专题	
总体组	• 总体施工组织 • 风险评估	• 风险辨识 • “脐带缆”系统和管内设施
安装组	• 碎石整平、清淤 • 二次舾装调试 • 精确调位 • 接合腔排水 • E30 管节深坞区转向 • 基床稳定性验证试验 • 现场船舶布置演练	• “振驳 28”进出坞 • 管节安装 • 小梁顶推对接 • 管外舾装件拆除及回填 • E29 管节、E30 管节堆载预压 • 环形吊带演练 • 调位系统演练
加工组	• 钢壳制作 • 顶推小梁安装及调试 • 管内钢接头焊接	• 舾装件安装 • 运输和吊装 • 钢接头演练及实施计划
注浆组	• 临时预应力张拉 • 钢接头注浆 • 顶推系统操作规程及调试	• 钢壳混凝土浇筑 • 基础后注浆
钢混组	• 钢帽施工 • 止水带安装	• M 止水带保护装置
测控组	• 外海深水高精度实时水下定位测控系统开发 • 标定 • 对接面里程偏差预评估	 • 基础铺设测量 • 合龙口姿态精确测量精度评估
沉管试验室	• 钢壳混凝土研究及规程	
中心试验室	• 基础后注浆研究及规程	

（致谢：此文在技术方面得到林巍的诸多帮助，特此致谢，一并感谢林彦臣与黄喆的帮助。）

后　记

这本书所有写作完成于 2013—2018 年间，并大都以专题报道形式刊登在《21 世纪经济报道》。为了向读者交代写作背景与新近的状况，编辑成书时在每章起始处加了引言，以方便读者了解事情的来龙去脉。

在后记中，有两件事情向读者交代。第一，我为什么从长期关注中国与世界关系的调研，转向科技报道的写作？

这要从 2011 年完成中国加入 WTO 十周年专刊报道说起。2011 年，《21 世纪经济报道》以 76 个版面刊出中国加入 WTO 十周年专刊，我个人对这个专刊贡献了 26 个版面，完成了对中国加入 WTO 谈判美国三任贸易代表、总统国家安全事务助理和原中国外经贸部四位部长的报道。2013 年，当浙江人民出版社将我的报道结集成书的时候，我给这本书选择了一个响亮的名字：《中国入世大角力：新型超级大国的拐点》。“新型超级大国的拐点”是我对中国加入 WTO 十周年评价的关键词。

总结 35 年记者生涯，我在新华社花了前 20 年的时间（1983—2003 年）关注中国内部改革与发展问题，2003 年加盟《21 世纪经济报道》之后，又花了 10 年时间完成从国内视角看中国到从国际视角看中国的转型。完成中国加入 WTO 十周年的报道后，我有一种强烈的感受，那就是随手可以触摸中国经济规模将超过美国的历史时刻。2011 年，中国发生一件并没有引起大多数人注意的事件，就是中国发电量已经超过美国。中国经济驱动的要素正在发生深刻的变化，不再单纯依靠土地和劳动力，而且也不只是依靠资本与贸易，而是转入到依靠科技创新，中国已经悄然进入到一个依靠科技创新驱动的时代。当科学技术已成为经济社会发展的主要驱动力的时候，中国将从外生型追赶发展进入到内生型赶超发展的阶段，势不可挡。

当我意识到这个问题时，就立即采取行动，与报社负责同志商量，希望开设一个以中国技术创新为报道主题，且聚焦于具有世界领先水平的重大项目与重大工程的专栏，也同样给它一个更响亮的名字：《国际技术创新前沿》。我以《国家重大科技基础设施建设中长期规划（2012—2030年)》为依据，列出了长长的备选报道名单，包括大飞机、高铁、特高压输电、港珠澳大桥、中国最大风洞群、500米口径球面射电望远镜、中国北斗卫星导航系统、“蛟龙号”载人潜水器、国产航母等。入选的条件是以国际水平为标准，该项技术一定要在世界同领域排位前三。

从开始关注国际问题再次转向国内问题报道后，我原本以为可以在五年时间内完成相关的报道，但是2015年3月，我开始了“一带一路”五国调研，2016年又进行了“本世纪的中国与非洲七国”的调研，事实上，报道的重点再次转向中国与世界关系的层面，“国际技术创新前沿”这个重大选题计划暂时中断。但是我从来没有减少对中国技术创新的关注，哪怕是一点点。遗憾的是，我们新闻界还是无法跟上中国前沿科技创新的脚步。近两三年以来，中国重大科技创新成果井喷式涌现，一项项高科技成果惊艳了整个世界：暗物质粒子探测卫星、可燃冰试采、“天宫二号”与“神舟十一号”对接、货运飞船升空、全球首台永磁电机驱动盾构机、世界首颗量子科学实验卫星成功发射、超强超短激光装置开工建设……2017年5月，当我在广州见到报社总编辑邓红辉时，我们达成共识，报社需要成立一个“国际技术创新前沿”的报道团队，来完成这些显然不是一个人所能完成的报道。

第二，如何做好科技创新前沿报道？

近些年来，科技记者这个职业正在从人们的视野中消失，或者说是存在感渐渐薄弱。上一次你从传统媒体中读到与科技相关的深度报道是什么时候？还有没有哪一条来自科技媒体的新闻（注意是新闻，而不是科普文章）让你惊叹连连？如果有的话，你还记得这个记者叫什么名字吗？可能隔三岔五我们会读到火箭又发射了、航母下水了、可燃冰试采成功了，公众固然需要“地球是圆的”之类的简单事实，但是否也需要了解更多关于科学和发现本身的故事，以及技术创新与社会之间更为紧密的联系？中国的技术创新每时每刻都在高歌猛进，但是讲述它们和社会、人类联系的故事却越来越少、越来越浅，更不要说走进科学家、工程师的精神世界。核心问题是“讲故事的人”消失了。

实话实说，科技类新闻报道的确比一般商业、社会新闻具有更高的门槛，包括技术门槛、专业门槛与深加工门槛。以本书的四个专题报道对象来说，大飞机、高铁、特高压输电、海底沉管隧道分属四个不同专业技术领域，所以每次采访之前为了迈过技术门槛，需要学习相关专业知识。这是个艰苦的、更具挑战的过程，每个项目都有一个长长的书单，比如为采访大飞机项目要读《飞机系统原理》《航空制造工程手册》，为采访高铁项目要读《铁路高速列车应用基础理论与工程技术》《超大型工程系统集成理论与实践》，为采访特高压输电项目要读《特高压交流输电技术研究成果专辑》《特高压电网》，等等。采访每一个项目所要读的书平均在30～40本。这对一个技术外行以及长期从事政治、经济、国际关系报道为主的记者来讲，虽然已是恶补，但也只能起到聊胜于无的作用。所以我每次出征的时候总会有种期盼，心情像迎接考试时那样，期盼到考场上验证所掌握知识的程度。事实上，这个考场给人太多的惊喜，你会发现采访过程中，不同领域的中国最顶级专家在给你一个人专门授课，耐心地回答你所有的疑问。给我留下深刻印象的是中国商飞的吴兴世，他准备了80多页的PPT，用4个小时概述了大飞机的历史演变以及中国大飞机艰难的发展历程，并不是所有人都能够拥有这样的学习机会。还有四方机车的4位专家曾给我上了一天的课。

学习的目的是为了采访与写作。采访是获取信息的第一步，专业知识的学习是为了将记者置于与受访者用相同工作语言交流的境地，进而获得并理解所需信息——技术创新的新事物、关键创新点，并用新闻报道形式以大众化或者说通俗易懂的语言准确地传递给读者。这是一个其他报道领域不常遇到的专业门槛与深加工门槛。报道的成功与否取决于记者对这项创新的本质的认识，认识的程度不仅直接影响接近事物本质的距离，也直接影响到加工提炼的附加价值。特高压专题中的《特高压输电的曲折之路：追寻特高压技术创新之美》一文，以“提高电压与控制电压”“污秽环境下外绝缘子的配置”“控制电磁环境与控制电场”“特高压设备的研制”，导入特高压输电技术并雅俗共赏地“翻译”了关键技术。

我一直将记者的定位和作用比喻为“桥梁”。对技术创新的报道而言，因为技术知识的不对称性，存在受众和辐射面窄的限制，记者可以发挥

“桥梁”的作用，用技术创新的生动故事把技术创新与人连接起来，建立起人与技术创新之间的共鸣，以达到有效的传播。所以科技报道显然不是科普，而是既有科学技术，也有新闻事件，更要有人的思想碰撞的报道，三者缺一不可，要见物，更要见人。重大技术创新事件只是报道的起因，渐进性创新、根本性创新以及技术系统的变革等是报道的支撑，创新过程中的人的思想及活动才是整个报道的灵魂。因此，科技创新报道要掌控好技术与新闻所占的比重，是新闻在左还是技术在左（即二者孰轻孰重）并不重要，我认为最重要的还是进行创新活动的人。以港珠澳大桥的报道为例，我一直把重点放在领军人物身上，如岛隧工程项目总经理林鸣。

有温度、有深度的科技报道不是报幕词。对于科技报道来说，提高附加价值且提炼出具有统领性的核心思想才是关键。中国航天科工集团第三研究院第 304 研究所周自力副所长告诉我，当我的报道将他们研制的“对接运动姿态监测”提炼为“海中的眼睛”后，只要他到大桥项目部人们都会说“眼睛”来了。另外，将港珠澳大桥海底沉管隧道铺设的成功，与中国综合国力的提升放在一起讲述，才能说清楚在中国可以成功，而韩国只能聘请外国人代理的根本原因所在。

“十二五”以来，特别是党的十八大以来，党中央、国务院高度重视科技创新，做出深入实施创新驱动发展战略的重大决策部署。我国科技创新步入以跟踪为主转向跟踪和并跑、领跑并存的新阶段，正处于从量的积累向质的飞跃、从点的突破向系统能力提升的重要时期，在国家发展全局中的核心位置更加凸显。我国在全球创新版图中的地位进一步提升，已成为具有重要影响力的世界科技大国。中国的创新技术发展给科技新闻报道提供了一座座“富矿”，记者应该担负起记录强国时代大国工程的责任，做一个能够讲好“科技故事”的记者。

我要特别感谢 90 余岁高龄的父母亲。我常年出差在外，回到家中也是夜以继日地写作。每次满怀愧疚回父母家看望二老的时候，母亲总是在我临走前叮嘱：“忙你的事，不要总是来看我，打个电话就行了。”这句贴心的话总会勾起我的内疚与伤痛。我的两个姐姐常年轮流住在父母家，陪伴并照顾年迈的父母，而我却不能做到。我从内心感激她们为父母做的一切。有的时候我甚至在想，是不是该停下脚步陪伴父母？每当我出版一本新书的时候，父亲总是会把书分送给他的老友，只有那时他为女儿的骄傲与自豪才让我得到稍许慰藉。

在此，我要感谢丈夫胡鞍钢，他为这本书撰写了序。之前我的若干本书他都没有这样做，尽管他所撰写的图书序言已经集合成册出版。这次例外的主要原因，是他对这些重大工程有深入了解，无论是中国商飞的大飞机，还是四方机车的高速列车，乃至港珠澳大桥项目与特高压输电工程，他都曾将其作为研究国家五年发展规划以及研究国有企业的样本深入一线调研，所以他对这些工程有切身的感受与共鸣。志向相同，兴趣一致，我们在以不同的方式共同记录中国伟大复兴的历史。

赵忆宁

2018年1月于北京荷清苑

图书在版编目（CIP）数据

大国工程/赵忆宁著．—北京：中国人民大学出版社，2018.5
ISBN 978-7-300-24094-7

Ⅰ.①大…　Ⅱ.①赵…　Ⅲ.①报告文学-中国-当代　Ⅳ.①I25

中国版本图书馆 CIP 数据核字（2017）第 022533 号

大国工程
赵忆宁　著
Daguo Gongcheng

出版发行	中国人民大学出版社		
社　　址	北京中关村大街 31 号	**邮政编码**	100080
电　　话	010－62511242（总编室）		010－62511770（质管部）
	010－82501766（邮购部）		010－62514148（门市部）
	010－62515195（发行公司）		010－62515275（盗版举报）
网　　址	http://www.crup.com.cn		
	http://www.ttrnet.com（人大教研网）		
经　　销	新华书店		
印　　刷	涿州市星河印刷有限公司		
规　　格	170 mm×240 mm　16 开本	**版　　次**	2018 年 5 月第 1 版
印　　张	15.5 插页 2	**印　　次**	2021 年 5 月第 5 次印刷
字　　数	233 000	**定　　价**	49.00 元